TATUAŻYSTA Z AUSCHWITZ

TATUAŻYS
Z AUSCHWIT

HEATHER MORRIS

Przełożyła KAJA GUCIO

MARGINESY

OD AUTORKI

Niniejsza książka to fikcja literacka, a choć powstała na podstawie bezpośredniej relacji ocalałego więźnia Auschwitz, nie stanowi historycznego dokumentu wydarzeń Zagłady. Istnieje wiele relacji, w których opisano te straszliwe czasy w znacznie bardziej szczegółowy sposób, niż byłoby to uzasadnione w powieści i gorąco zachęcam zainteresowanych czytelników do tego, żeby po nie sięgnęli. Lale natknął się w Auschwitz-Birkenau na wielu strażników i więźniów, a na stronach książki pojawiają się tylko niektórzy z nich; kilka występujących tu postaci stanowi amalgamat całego szeregu osób, a szczegóły pewnych wydarzeń zostały uproszczone. Pojedyncze spotkania i rozmowy przedstawione w powieści są dziełem pisarskiej wyobraźni, jednak nie ma wątpliwości co do tego, że w ogólnym zarysie fabuła jest zgodna z historyczną prawdą, a informacje przedstawione jako fakty zostały odpowiednio zweryfikowane i znajdują potwierdzenie w źródłach.

PROLOG

Lale stara się nie podnosić wzroku. Sięga po skrawek papieru, który ktoś mu podaje. Musi nanieść te cztery cyfry na skórę trzymającej kartkę dziewczyny. Widać na niej poprzedni numer, ale wyblakły. Wbija igłę w jej lewe przedramię i kreśli czwórkę najdelikatniej, jak potrafi. Pojawia się krew. Niestety igła weszła zbyt płytko i Lale musi powtórzyć czynność. Dziewczyna nawet nie drgnie, chociaż Lale wie, że sprawia jej ból. *Ktoś musiał je ostrzec – nic nie mówić, nie ruszać się*. Lale wyciera krew i barwi rankę zielonym tuszem.

– Pospiesz się! – mówi cicho Pepan.

Za długo to trwa. Tatuowanie mężczyzn to jedno, ale profanacja ciał młodych kobiet to dla Lalego makabra. Zerka w górę i widzi mężczyznę w białym kitlu, który kroczy niespiesznie wzdłuż ustawionych w rzędzie dziewcząt. Co jakiś czas zatrzymuje się i przygląda twarzy i sylwetce przerażonej kobiety. W końcu podchodzi do dziewczyny, której ramię Lale trzyma w delikatnym uścisku, chwyta ją za twarz i obraca to w jedną, to w drugą stronę. Lale zagląda w jej przerażone oczy. Jej usta drgają, jeszcze chwila i się odezwie. Lale mocno ściska jej ramię, żeby ją powstrzymać. Ucisza ją niemym gestem. Mężczyzna w białym kitlu puszcza jej twarz i oddala się.

– Bardzo dobrze – szepcze Lale i bierze się do tatuowania ostatnich trzech cyfr – 5 6 2. Kiedy kończy, przez moment trzyma ramię dziewczyny w dłoni i spogląda na nią. Zmusza się do nieśmiałego uśmiechu. Ona odpowiada jeszcze bardziej nieśmiało, ale oczy jej błyszczą. Kiedy Lale w nie zagląda, czuje, jak serce zatrzymuje mu się na chwilę, po czym zaczyna bić mocno, jakby po raz pierwszy w życiu, niemal wyrywając mu się z piersi. Z trudem odrywa wzrok od jej oczu i wbija go w ziemię. Ktoś podsuwa mu kolejny kawałek papieru.

– Pospiesz się, Lale – napomina go znowu Pepan.

Kiedy podnosi wzrok, jej już nie ma.

1
KWIECIEŃ 1942

Pociąg jedzie przez pola, koła stukają głośno. Lale trzyma głowę wysoko, do nikogo nie zagaduje. Dwudziestosześciolatek nie widzi powodu, żeby zapoznawać się z drzemiącym obok mężczyzną. Współpasażer od czasu do czasu opiera się przez sen o jego ramię; Lale go wtedy nie odpycha. To tylko jeden z nieprzeliczonej rzeszy młodych mężczyzn stłoczonych w wagonie przeznaczonym do przewozu zwierząt. Nie mając pojęcia, dokąd zmierzają, Lale ubrał się jak zwykle: w wyprasowany garnitur, czystą białą koszulę i krawat. „Zawsze noś się jak najlepiej".

Lale próbuje odgadnąć wymiary pomieszczenia, w którym go zamknięto. Na oko wagon ma jakieś dwa i pół metra szerokości, ale nie widać, jak daleko sięga, nie sposób więc oszacować jego długości. Lale próbuje policzyć jadących z nim mężczyzn, jednak wokół niego podskakuje tyle głów, że w końcu się poddaje. Nie wie, ile jest wagonów.

Bolą go plecy i nogi. Swędzi go twarz. Zarost na twarzy przypomina mu, że nie golił się ani nie kąpał, odkąd dwa dni temu wsiadł do pociągu. Czuje się coraz bardziej nieswojo we własnej skórze.

Zagadnięty przez współpasażerów, odpowiada słowami otuchy, stara się przekuć ich strach w nadzieję. *Stoimy po kostki w gównie, ale nie musimy się w nim topić.* Słyszy mamrotane pod nosem obraźliwe komentarze pod swoim adresem. Oskarżenia o wielkopańskie pochodzenie. „Popatrz tylko, co ci z tego przyszło". Lale usiłuje nie zwracać uwagi na te słowa, a na groźne spojrzenia odpowiada uśmiechem. *Kogo ja oszukuję? Boję się tak samo jak reszta.*

Lale napotyka wzrok młodego mężczyzny, który zaraz wstaje i przeciska się w jego stronę przez masę ludzkich ciał. Po drodze zbiera kilka kuksańców od pozostałych. *Musisz wywalczyć sobie przestrzeń, inaczej nie będzie naprawdę twoja.*

– Jak to możliwe, że jesteś taki spokojny? – pyta młody człowiek. – Oni mieli karabiny. Te bestie celowały w nas z karabinów i wepchnęły nas do tego... pociągu dla bydła.

Lale uśmiecha się do niego.

– Ja też nie tego się spodziewałem.

– Jak myślisz, gdzie jedziemy?

– Nieważne. Pamiętaj, dzięki temu, że my tu jesteśmy, nasze rodziny są bezpieczne w domu.

– Ale co, jeśli...?

– Żadnych „co jeśli". Ja nie wiem, ty nie wiesz, nikt z nas nie wie. Po prostu róbmy, co nam każą.

– A może spróbujmy ich zaatakować na postoju, w końcu nas jest więcej. – Twarz mężczyzny wykrzywia grymas gniewu. Zaciśnięte pięści żałośnie boksują powietrze.

– My mamy gołe ręce, a oni karabiny. Jak myślisz, kto wygra?

Mężczyzna milknie. W ciasnocie wciska się barkiem w pierś Lalego, który czuje zapach jego przetłuszczonych, nasiąkniętych potem włosów. Mężczyzna opuszcza dłonie.

– Jestem Aron – mówi.

– Lale.

Pozostali przysłuchują się rozmowie, unosząc na chwilę głowy, żeby za moment na powrót zapaść w milczącą zadumę, pogrążając się głęboko we własnych myślach. To, co ich wszystkich łączy, to strach. I młodość. I wyznanie. Lale próbuje powstrzymać się od domysłów na temat tego, co go czeka. Powiedziano mu, że jedzie pracować dla Niemców, i właśnie to zamierza robić. Myśli o bliskich, którzy zostali w domu. *Bezpieczni.* Poświęcił się i niczego nie żałuje. Gdyby mógł, zrobiłby to samo jeszcze raz, jeśli dzięki temu najbliżsi mogą zostać w domu, wszyscy razem, bezpieczni.

Mniej więcej co godzinę ktoś zadaje mu podobne pytanie. Znużony Lale w końcu zaczyna odpowiadać: „poczekamy, zobaczymy". Nie ma pojęcia, dlaczego pytają właśnie jego. Nie ma dostępu do żadnej specjalnej wiedzy. To prawda, ma na sobie garnitur i krawat, ale to jedyna widoczna różnica pomiędzy nim a resztą pasażerów. *Wszyscy jedziemy na tym samym brudnym wózku.*

W zatłoczonym wagonie nie ma gdzie usiąść, a co dopiero się położyć. Ubikację zastępują dwa wiadra. Kiedy się przepełniają, między mężczyznami próbującymi odsunąć się jak najdalej od smrodu wybucha bójka. Ktoś przewraca wiadra, a ich zawartość wylewa się na podłogę. Lale kurczowo trzyma walizkę w nadziei, że dzięki ubraniom i pieniądzom uda mu się wykupić od tego, dokąd zmierzają, a przynajmniej zapewnić sobie bezpieczną pracę. *Może będę mógł wykorzystać znajomość języków.*

Jest zadowolony, że udało mu się przecisnąć do ściany wagonu. Przez szpary między deskami może obserwować mijany krajobraz. Ma dostęp do świeżego powietrza, więc łatwiej mu powstrzymać ogarniające go raz po raz fale mdłości. Mimo wiosny deszcz pada codziennie, a na niebie wiszą ciężkie chmury. Co jakiś czas pociąg przejeżdża przez pole usłane dywanem wiosennych kwiatów, a wtedy Lale uśmiecha się do siebie. Kwiaty. Kiedy był mały, mama powiedziała mu, że kobiety je uwielbiają. Jak dużo czasu upłynie, zanim będzie mógł podarować jakiejś dziewczynie kwiatki? Lale chłonie ich widok, jaskrawe kolory tańczą mu przed oczami, całe pole maków faluje jak czerwona masa, kołysana łagodnym wiatrem. Lale przysięga sobie, że kiedy następnym razem przyjdzie do kogoś z kwiatami, sam własnoręcznie je zbierze. Nigdy wcześniej nie przyszło mu do głowy, że na dziko aż tyle ich rośnie. Matka hodowała kilka w ogródku, ale nigdy ich nie zrywała ani nie przynosiła do domu. Lale zaczyna w myślach tworzyć listę rzeczy do zrobienia. *Kiedy wrócę do domu...*

Wybucha kolejna bójka. Przepychanki, krzyki. Lale nie widzi dokładnie, co się dzieje, ale czuje napór kłębiących się ciał. A potem cisza. Wśród posępnego milczenia słychać: „zabiłeś go".

– Szczęściarz – mruczy ktoś pod nosem.

Nieszczęśnik.

Za dobre mam życie, żeby miało się skończyć w tej śmierdzącej dziurze.

•

Pociąg zatrzymuje się wielokrotnie, czasem na kilka minut, a kiedy indziej na kilka godzin. Za każdym razem staje w miasteczku albo wiosce. Co jakiś czas Lalemu udaje się przeczytać nazwę stacji, przez które przejeżdżają: Zwardoń, Dziedzice, a potem Dankowice, czyli rzeczywiście są w Polsce. Pozostaje pytanie, gdzie będzie stacja końcowa. Lale spędza większość podróży pogrążony w myślach nad swoim życiem w Bratysławie: myśli o swojej pracy, mieszkaniu, przyjaciołach – szczególnie intensywnie zaś o przyjaciółkach.

Pociąg znowu staje. Ciemno choć oko wykol; zza chmur nie widać księżyca ani gwiazd. Czy ta ciemność to wróżba ich dalszego losu? *Jest jak jest. Jak widać, słychać i czuć, tu i teraz.* Wokół widzi wyłącznie podobnych mu mężczyzn, młodych i jadących w nieznane. Słyszy burczenie pustych brzuchów i świszczący oddech wyschniętych gardeł. Czuje urynę i gówno, i odór niemytych ciał. Korzystając z tego, że na postoju przestało nimi rzucać i że nie trzeba szarpać się i przepychać o każdy skrawek podłoża, mężczyźni układają się do odpoczynku. O ciało Lalego opiera się już kilka głów.

Jakiś hałas dobiega z odległego wagonu, po czym stopniowo rozprzestrzenia się na kolejne. Niektórzy mają dosyć i szykują się do ucieczki. Słysząc odgłos ciał uderzających z impetem o drewniane ściany wagonu i kogoś walącego w nie najprawdopodobniej jednym z wiader do srania, pogrążeni w drzemce pasażerowie nagle się budzą. Wkrótce z każdego wagonu słychać odgłos ataków przypuszczanych na ściany przez zamkniętych ludzi.

– Jak nie pomagasz, to zejdź z drogi! – wrzeszczy na Lalego wielki mężczyzna, rzucając się na deski.

– Szkoda waszej energii – odpowiada Lale. – Gdyby te ściany dało się sforsować, to nie uważacie, że krowy już dawno by to zrobiły?

Kilku mężczyzn zatrzymuje się w pół ruchu i odwraca ku niemu z wściekłością.

Rozważają jego słowa. Pociąg rusza. Może ktoś, kto tu rządzi, zdecydował, że to uspokoi buntowników. Po chwili wagony cichną i nieruchomieją. Lale zamyka oczy.

•

Lale wrócił do domu rodziców w słowackim mieście Krompachy na wieść o tym, że Żydów w małych miejscowościach wyłapuje się i wywozi na roboty do Niemiec. Wiedział, że Żydzi mają zakaz pracy, a firmy zostały skonfiskowane. Blisko cztery tygodnie spędził, pomagając w domu, naprawiając to i owo z bratem i ojcem, czy robiąc nowe łóżka dla bratanków, którzy powyrastali już z kołysek. Jedyną osobą w rodzinie, która cokolwiek zarabiała, była jego siostra, szwaczka. Musiała jeździć do pracy i z powrotem w tajemnicy, przed świtem i po zmroku. Jej szef był gotów zaryzykować dla swojej najlepszej pracownicy.

Któregoś wieczoru przyniosła do domu obwieszczenie, które jej szef musiał wywiesić w witrynie zakładu. Obwieszczenie nakazywało, aby każda żydowska rodzina wysłała do pracy na rzecz niemieckiego rządu pełnoletnie dziecko. Do Krompachów dotarły w końcu pogłoski o tym, co działo się w innych miasteczkach. Wyglądało na to, że słowacki rząd godził się na coraz to dalsze ustępstwa wobec Hitlera, w zasadzie dając mu wszystko, czego zażądał. Na obwieszczeniu ostrzegano także, że jeśli w jakiejś rodzinie jest dziecko w odpowiednim wieku, które nie zostanie wysłane, wszyscy domownicy bez wyjątku zostaną wywiezieni do obozu koncentracyjnego. Maks, starszy brat Lalego, od razu zgłosił się do wyjazdu, ale Lale nie chciał nawet o tym słyszeć. Maks miał żonę i dwójkę małych dzieci. Był potrzebny w domu.

Lale stawił się na wyjazd w lokalnym oddziale samorządu w Krompachach. Urzędnikami byli jego znajomi – chodzili razem do szkoły, ich rodziny dobrze się znały. Powiedzieli Lalemu, że ma jechać do Pragi, zgłosić się do właściwego urzędu i czekać na dalsze instrukcje.

•

Po dwóch dniach pociąg znowu się zatrzymuje. Tym razem na zewnątrz panuje wielkie zamieszanie. Szczekają psy, słychać wywrzaskiwane po niemiecku rozkazy, rygle zostają zdjęte, a drzwi wagonu otwierają się z metalicznym zgrzytem.

– Wychodzić z wagonu, zostawić rzeczy! – wrzeszczą żołnierze. – Szybciej, raz, raz! Zostawić rzeczy na ziemi!

Stojący w głębi wagonu Lale wychodzi jako jeden z ostatnich. Zbliżając się do drzwi, zauważa ciało mężczyzny zabitego podczas bójki. Przymyka na moment oczy, pospieszną modlitwą składa hołd zmarłemu. Następnie wysiada, ale zabiera ze sobą smród, który klei mu się do ubrania, skóry i każdej cząstki organizmu. Ląduje na ugiętych kolanach i przez chwilę kuca, podpierając się dłońmi o żwir, z trudem łapiąc oddech, wyczerpany, nękany pragnieniem. Powoli wstaje i rozgląda się wokół, patrzy na setki wystraszonych mężczyzn, którzy próbują zrozumieć, co się dzieje. Psy kłapią szczękami i kąsają każdego, kto się za wolno porusza. Co chwila ktoś się potyka, mięśnie nóg odmawiają posłuszeństwa po tylu dniach w bezruchu. Walizki, zawiniątka z książkami i skromne pakunki są wyrywane z rąk tych, którzy nie chcą się z nimi rozstać albo po prostu nie rozumieją rozkazów. Ich właściciele dostają cios pięścią lub kolbą karabinu. Lale przygląda się mężczyznom w mundurach, czarnych i groźnych. Widząc bliźniacze błyskawice na patkach kołnierzy, Lale wie już, z kim ma do czynienia. To esesmani. W innych okolicznościach doceniłby staranne wykonanie, jakość tkaniny i elegancję kroju ich uniformów.

Lale kładzie walizkę na ziemi. *Skąd będą wiedzieć, że to moja?* Przeszywa go dreszcz, kiedy dociera do niego, że raczej nie zobaczy już nigdy zawartości bagażu. Kładzie dłoń na sercu, tam, gdzie w wewnętrznej kieszeni marynarki ukrył pieniądze. Wznosi wzrok ku niebu, oddycha głęboko świeżym, chłodnym powietrzem i pociesza się, że przynajmniej jest teraz na otwartej przestrzeni.

Podskakuje, kiedy nagle rozlega się wystrzał pistoletu. Stojący przed nim esesman trzyma broń wymierzoną w górę.

– Ruszać się!

Lale spogląda za siebie na pusty pociąg. Wiatr rozwiewa ubranie i szamoce kartkami książek. Podjeżdża kilka ciężarówek, z których wyskakują młodzi chłopcy. Szybko zbierają pozostawione bagaże i wrzucają je na ciężarówki. Lale czuje, jakby spadł na niego ciężar. *Przykro mi, mamusiu, zabrali twoje książki.*

Mężczyźni biegną truchtem w kierunku widniejących w oddali budynków z brudnoróżowej cegły o zamkniętych na stałe oknach. Wokół bramy wejściowej rosną drzewa porośnięte młodym, wiosennym listowiem. Przechodząc przez żelazne wrota, Lale podnosi wzrok i widzi wykute w metalu niemieckie słowa.

ARBEIT MACHT FREI

Praca czyni wolnym

Nie wie, gdzie jest ani jaka praca go czeka, ale sam pomysł, że w ten sposób otrzyma wolność, wydaje mu się chorym żartem.

SS, karabiny, psy, odebranie bagażu – nie wyobrażał sobie tego.

– Gdzie my jesteśmy?

Lale odwraca głowę i widzi stojącego obok Arona.

– Podejrzewam, że to koniec trasy.

Twarz Arona wykrzywia się w grymasie.

– Po prostu rób, co ci każą, wszystko będzie dobrze. – Lale zdaje sobie sprawę, że w jego słowach brak przekonania. Uśmiecha się przelotnie do Arona, który odwzajemnia uśmiech. W duchu Lale powtarza własną radę: „Rób, co ci każą. I nieustannie obserwuj".

Na miejscu nowo przybyli zostają ustawieni w równych rzędach. Na czele rzędu Lalego siedzi za niewielkim stolikiem więzień o twarzy noszącej ślady pobicia. Ma na sobie marynarkę i spodnie w biało-niebieskie pionowe pasy, a na piersi ma przyszyty zielony trójkąt. Za nim stoi esesman z karabinem w gotowości do strzału.

Nadciągają chmury. W oddali uderza piorun. Mężczyźni czekają.

Przed grupką pojawia się oficer wyższego stopnia w asyście mundurowych. Ma zaokrągloną szczękę, wysokie czoło i patrzące podejrzliwie oczy. Jego mundur wydaje się skromny w porównaniu z tymi, które mają na sobie otaczający go strażnicy. Żadnych błyskawic. Z jego zachowania wynika jednoznacznie, że to on tu rządzi.

– Witamy w Auschwitz.

Lale słyszy słowa padające z niemal nieruchomych ust i nie może uwierzyć. Najpierw zmuszono go do wyjazdu z domu i wieziono jak zwierzę, otaczają go uzbrojeni po zęby esesmani, a teraz się go wita – wita!

– Jestem komendant Rudolf Hoess. To ja rządzę tutaj w Auschwitz. Nad bramą, przez którą przeszliście, widnieją słowa „Praca czyni wolnym". To wasza pierwsza lekcja, wasza jedyna lekcja. Pracujcie ciężko. Róbcie, co wam każą, a będziecie mogli odejść wolno. Jeśli nie posłuchacie, spotkają was konsekwencje. Tutaj zostaniecie zarejestrowani, a następnie traficie do nowego domu, Auschwitz II-Birkenau.

Komendant przebiega wzrokiem po ich twarzach. Zaczyna coś mówić, ale przerywa mu głośne uderzenie pioruna. Spogląda na niebo, mówi coś pod nosem, macha ręką na ustawionych przed nim mężczyzn, po czym odwraca się i odchodzi. Koniec przedstawienia. Ochraniający go orszak znika w ślad za nim. Pokaz nie ze wszystkim się udał, choć zdołał zasiać strach.

Zaczyna się rejestracja. Lale patrzy, jak pierwsi więźniowie, popychani, stają przed stolikami. Jest za daleko, żeby usłyszeć krótkie rozmowy, widzi tylko, jak siedzący mężczyźni w piżamach zapisują dane i wręczają każdemu więźniowi kawałek papieru. W końcu przychodzi kolej na Lalego. Ma podać imię, nazwisko, adres, zawód oraz imiona rodziców. Wynędzniały człowiek przy stoliku zapisuje jego odpowiedzi starannym pismem i podaje mu skrawek papieru z numerem. Mężczyzna ani razu nie podnosi głowy i nie patrzy Lalemu w oczy.

Lale spogląda na numer: 32407.

Noga za nogą podąża za innymi w stronę następnych stolików, gdzie czeka na nich kolejna grupa więźniów w pasiakach i z zielonymi trójkątami, w otoczeniu jeszcze liczniejszych esesmanów. Lale słania się z pragnienia. Wyczerpany i spragniony, nie zauważa, kiedy ktoś wyrywa mu z ręki skrawek papieru. Esesman zdziera z niego marynarkę, zrywa rękaw koszuli i przyciska przedramię do blatu stolika. Lale patrzy z niedowierzaniem, jak więzień nanosi mu igłą na skórę jedna za drugą cyfry 32407. Umocowana w drewnianej obsadce igła porusza się szybko i boleśnie. Następnie mężczyzna bierze do ręki szmatkę umoczoną w zielonym tuszu i wciera go mocno w ranę na przedramieniu Lalego.

Tatuaż trwał zaledwie kilka sekund, ale wstrząśniętemu Lalemu wydaje się, jakby czas się zatrzymał. Zaciska dłoń na drugiej ręce, nie odrywając oczu od numeru. *Jak można coś podobnego zrobić drugiemu człowiekowi?* Zastanawia się, czy przez resztę życia, jakkolwiek krótkie czy długie by ono było, będzie go już zawsze definiowała ta chwila, ten nierówny numer: 32407.

Szturchnięcie kolby karabinu wyrywa Lalego z zamyślenia. Podnosi z ziemi marynarkę i z trudem podąża za innymi w stronę okazałego budynku z cegły z ławkami wzdłuż ścian. Widok przywodzi mu na myśl salę gimnastyczną w szkole w Pradze, gdzie nocował przez pięć dni, zanim wyruszył w podróż do tego miejsca.

– Rozbierać się. Szybciej, szybciej!

Esesmani wywrzaskują rozkazy, których większość mężczyzn nie potrafi zrozumieć. Lale tłumaczy na użytek tych, którzy stoją najbliżej, a oni przekazują dalej.

– Zostawić odzież na ławce. Będzie ją można odebrać po wyjściu spod natrysku.

Zgromadzeni zdejmują spodnie i koszule, marynarki i buty, składają brudne ubrania w schludnych stosikach na ławce.

Lale cieszy się na myśl o wodzie, ale ma świadomość, że już raczej nie zobaczy ani swojego ubrania, ani pieniędzy zaszytych w kieszeni.

Rozbiera się i układa odzież na ławce, ledwo powstrzymując wzbierającą w nim wściekłość. Z kieszeni spodni wyjmuje niewielkie pudełko zapałek, pamiątkę po niegdysiejszych przyjemnościach, i zerka ukradkiem na stojącego najbliżej wartownika. Ten patrzy w inną stronę. Lale zapala zapałkę. Być może ostatni akt jego wolnej woli. Przykłada zapałkę do podszewki marynarki, na wierzch kładzie spodnie i biegiem dołącza do czekających w kolejce pod natrysk. Nie minęła chwila, a za plecami słyszy krzyki „pali się!". Lale ogląda się i widzi, jak nadzy mężczyźni popychają się, próbując odsunąć się jak najdalej, a esesman usiłuje ugasić płomienie.

Jeszcze nie stoi pod natryskiem, a już wstrząsa nim dreszcz. *Co ja narobiłem?* Dopiero co przez kilka dni przekonywał wszystkich dookoła, żeby nie zwracali na siebie uwagi, robili, co im każą, nikogo nie prowokowali, a tymczasem sam wzniecił pożar w budynku. Nie ma wątpliwości, co by się stało, gdyby tylko ktoś wskazał go jako podpalacza. *Idiota. Co za idiota.*

Pod natryskiem uspokaja się, oddycha głęboko.

Setki drżących z zimna mężczyzn stoją ramię w ramię pod strumieniami lodowatej wody. Odchylają głowy do tyłu i łapczywie piją, niepomni paskudnego smaku. Wielu próbuje w zawstydzeniu zakryć genitalia dłońmi. Lale zmywa pot, brud i smród ze skóry i włosów. Woda syczy w rurach i głośno spada na podłogę. Kiedy przestaje płynąć, drzwi do przebieralni otwierają się ponownie i wszyscy karnie, bez rozkazywania, podchodzą do tego, co pojawiło się na miejscu ich ubrań – stare radzieckie wojskowe mundury i buty.

– Przed założeniem ubrania trzeba iść do fryzjera – informuje ich krzywo uśmiechnięty esesman. – Wychodzić, szybko.

Raz jeszcze mężczyźni ustawiają się w rzędy. Podchodzą do więźnia z brzytwą w dłoni. Kiedy przychodzi jego kolej, Lale siada na krześle wyprostowany, z głową wysoko uniesioną. Patrzy na kroczących wzdłuż szeregu esesmanów, widzi, jak biją nagich więźniów kolbami karabinów, słyszy ich obelgi i okrutny śmiech. Kiedy golą mu włosy, Lale prostuje się na krześle i jeszcze wyżej unosi głowę, nawet nie drgnie, gdy brzytwa kaleczy skórę.

Szturchnięciem w plecy wartownik daje mu znać, że już po wszystkim. Lale dołącza do pozostałych i wraca do sali z natryskami, gdzie jak inni szuka dla siebie ubrania i drewnianych trepów w odpowiednim rozmiarze. Wszystko jest brudne i poplamione, ale udaje mu się znaleźć parę trepów, które jako tako na niego pasują, oraz radziecki mundur, który będzie musiał mu wystarczyć. Ubrany wychodzi przed budynek na polecenie esesmana.

Zaczyna się ściemniać. Lale idzie w strugach deszczu wśród niezliczonej rzeszy innych mężczyzn i wydaje mu się, że idzie tak całą wieczność. Z coraz większym trudem wyciąga stopy z gęstniejącego błota. Jednak idzie naprzód bez wahania. Niektórzy potykają się lub upadają na kolana i podnoszą się z trudem pod gradem spadających na nich ciosów. Ten, kto się nie podniesie, zostaje zastrzelony.

Lale próbuje oderwać ciężki, przemoczony materiał munduru od skóry. Tkanina ociera go boleśnie, a smród mokrej wełny i brudu przywołuje wspomnienie jazdy w bydlęcym wagonie. Lale podnosi wzrok ku niebu, spija deszcz ogromnymi haustami. Od wielu dni nie miał w ustach niczego o równie słodkim smaku, właściwie niczego nie miał w ustach, z pragnienia słania się na nogach i ma mroczki przed oczami. Pije łapczywie. Nabiera deszczówkę w złożone dłonie i połyka prędko. W oddali widzi światła reflektorów wyznaczających granice ogromnego obszaru. Jest na wpół przytomny, więc wydaje mu się, że patrzy na latarnie, połyskujące, roztańczone w deszczu, wskazujące mu drogę do domu. „Przyjdź do mnie", zdają się go wzywać światła. „Tu znajdziesz schronienie, ciepło i strawę. Idź dalej naprzód". Jednak kiedy przechodzi przez kolejne bramy, nad którymi próżno szukać powitalnych wiadomości, które nie oferują żadnych układów, żadnych obietnic wolności w zamian za trud pracy, Lale zdaje sobie sprawę, że migoczący miraż znika. Oto znalazł się w kolejnym więzieniu.

Za dziedzińcem znajduje się jeszcze jedno, pogrążone w ciemnościach obozowisko. Szczyty ogrodzenia wieńczy drut kolczasty. Na wieżach wartowniczych Lale dostrzega esesmanów z karabinami wycelowanymi w niego. Ogrodzenie rozświetla błyskawica. *Druty są pod napięciem.* Grzmot pioruna nie jest na tyle donośny, żeby zagłuszyć dźwięk wystrzału, kolejnego ciała padającego na ziemię.

– Udało nam się.

Lale odwraca się i widzi przepychającego się w jego stronę Arona. Jest przemoczony i w opłakanym stanie. Ale żyje.

– Rzeczywiście, wygląda na to, że jesteśmy w domu. Ależ ty wyglądasz!

– Szkoda, że sam siebie nie możesz zobaczyć. Przyjmij, że ja to twoje lustrzane odbicie.

– Dzięki, ale wolałbym nie.

– Co teraz? – W głosie Arona pobrzmiewa dziecinna nuta.

•

Dołączają do kolumny mężczyzn i jak inni pokazują wytatuowane ramię stojącemu przed budynkiem esesmanowi, który zapisuje numery na arkuszu papieru. Brutalne szturchnięcie w plecy i oto Lale i Aron znajdują się we wnętrzu Bloku 7, sporego budynku z trzypiętrowymi pryczami wzdłuż ściany. Do środka wciśnięto kilkudziesięciu mężczyzn. Przepychają się i poszturchują, usiłując znaleźć sobie miejsce. Szczęśliwcy i najbardziej brutalni będą mieć tylko jednego lub najwyżej dwóch towarzyszy. Lalemu nie dopisuje szczęście. Wraz z Aronem wspina się na najwyższe piętro pryczy, zajęte wcześniej przez dwóch innych więźniów. Są trzeci dzień bez jedzenia, więc nie mają siły na walkę. Lale próbuje się ułożyć na wypchanym słomą worku, mającym tu najwyraźniej służyć za materac. Przyciska zaciśnięte pięści do brzucha targanego głodowymi skurczami. Kilku mężczyzn woła w stronę strażników, prosząc o jedzenie.

– Jutro rano coś dostaniecie – dobiega odpowiedź.

– Do rana wszyscy zdechniemy z głodu – mówi ktoś na tyłach bloku.

– I spoczniemy w pokoju – dodaje głucho inny głos.

– Te materace są wypchane sianem – zauważa inny. – Skoro traktują nas jak bydło, to może trzeba zabrać się do żucia jak krowy.

Pojedyncze wybuchy cichego śmiechu. Esesman nie odpowiada.

A wtedy z głębi pomieszczenia rozlega się niepewne „Muuuuu...".

Śmiech. Cichy, ale autentyczny. Esesman, obecny, choć niewidoczny, nie reaguje i w końcu mężczyźni zasypiają przy wtórze burczących brzuchów.

•

Na zewnątrz jest jeszcze ciemno, kiedy Lalego budzi parcie na pęcherz. Czołga się po ciałach śpiących towarzyszy, schodzi na dół i po omacku kieruje na tyły bloku, zakładając, że to będzie najbezpieczniejsze miejsce, żeby się wysikać. Kiedy się zbliża, dobiega go dźwięk głosów mówiących po niemiecku i słowacku. Z ulgą widzi, że urządzono dla nich latrynę, nieważne, że prymitywną. Za budynkiem wykopano długie rowy i ułożono nad nimi deski z drewna. Nad rowem kuca trzech mężczyzn, wypróżniają się i cicho rozmawiają. W półmroku Lale widzi, że z drugiego końca budynku zmierzają ku nim dwaj roześmiani esesmani z papierosami w rękach i z karabinami przewieszonymi swobodnie przez plecy. W migających światłach reflektorów wież wartowniczych ich sylwetki rzucają dziwne, niepokojące cienie, ale Lale nie słyszy, co mówią. Pęcherz niemal mu pęka, ale nie jest pewien, czy może się ruszyć.

Wartownicy jednocześnie podrzucają niedopałki w powietrze, ściągają z pleców karabiny i otwierają ogień. Ciała trzech ludzi, którzy wyszli za potrzebą, wpadają do rowu. Lale nie może oddychać. Kiedy esesmani go mijają, z całej siły przyciska się do ściany budynku. Przez chwilę patrzy na profil jednego z nich – to młody chłopak, jeszcze dzieciak.

Sylwetki wartowników znikają w ciemności, a Lale poprzysięga sobie: *Przeżyję i wyjdę stąd. Wyjdę jako wolny człowiek. Jeśli piekło istnieje, to dopilnuję, żeby ci mordercy w nim spłonęli*. Biegnie myślami do bliskich, którzy zostali w Krompachach, i ma nadzieję, że przyjeżdżając tu, przynajmniej oszczędził im podobnego losu.

Lale załatwia się i wraca na pryczę.

– Te strzały – pyta Aron. – O co chodziło?

– Nic nie widziałem.

Aron przetacza się po Lalem, zmierzając na dół.

– Gdzie ty się wybierasz?

– Wysikać się.

Lale sięga do krawędzi pryczy i ściska Arona za rękę.

– Wytrzymaj.

– Dlaczego?

– Słyszałeś strzały – mówi Lale. – Po prostu wytrzymaj do rana.

Aron nie odpowiada i w milczeniu wspina się z powrotem na pryczę; kładzie się i przyciska do podbrzusza pięści w geście lęku i nieposłuszeństwa.

•

Ojciec odbierał klienta ze stacji kolejowej. Pan Sheinberg z gracją wspiął się do powozu, a na siedzeniu naprzeciwko spoczęła jego elegancka walizka. Skąd przyjechał? Z Pragi? Bratysławy? A może z Wiednia? Miał na sobie kosztowny wełniany garnitur i buty świeżo wypastowane na połysk; uśmiechał się, zagadując do ojca Lalego, gdy ten sadowił się na siedzeniu woźnicy. Ojciec ponaglił konia. Jak większość mężczyzn, których ojciec Lalego woził swoim powozem, pan Sheinberg wracał do domu z ważnej podróży w interesach. Lale chciał być jak on, a nie jak ojciec.

Pan Sheinberg podróżował tego dnia bez żony. Lale uwielbiał chwile, kiedy udawało mu się zerknąć na panią Sheinberg albo na inne kobiety, które woził ojciec, na ich drobne dłonie obleczone w białe rękawiczki, ich delikatne perłowe kolczyki w komplecie z naszyjnikami. Ubóstwiał piękne kobiety w eleganckich sukniach i klejnotach, które czasami towarzyszyły ważnym mężczyznom. Jedyną zaletą pomagania ojcu było to, że mógł otwierać im drzwi powozu i podawać rękę przy wysiadaniu, chłonąc przy tym ich zapach i śniąc o ich życiu.

2

– Wychodzić. Wszyscy na zewnątrz!

Słychać dźwięk gwizdków i szczekanie psów. Przez otwarte drzwi do Bloku 7 wpadają promienie czystego, porannego słońca. Mężczyźni wyplątują się z kłębowiska ciał, zsuwają z prycz na dół i powoli wychodzą na zewnątrz. Stają tuż pod ścianą budynku. Nikt się nie kwapi, żeby się oddalić. Czekają. I czekają. Ci od gwizdków i wrzasków zniknęli. Mężczyźni przestępują z nogi na nogę, szeptem rozmawiają z sąsiadami. Pod innymi blokami rozgrywają się podobne sceny. Co teraz? Czekać.

Wreszcie pojawia się esesman w asyście więźnia, a Blok 7 milknie. Żadnego wstępu. Więzień wyczytuje numery z kartki. Esesman stoi obok, niecierpliwie postukując obcasem i uderzając się w udo trzymanym w dłoni pejczem. Dopiero po chwili do więźniów dociera, że wyczytywane numery odpowiadają tym, które wytatuowano im na lewym przedramieniu. Apel dobiega końca, dwa numery nie odpowiedziały.

– Ty. – Wyczytujący wskazuje mężczyznę z końca rzędu. – Pójdziesz na blok i sprawdzisz, czy nikt tam nie został.

Mężczyzna patrzy na niego niepewnie. Nie zrozumiał ani słowa. Kiedy sąsiad szeptem tłumaczy mu polecenie, pospiesznie je wykonuje. Po chwili wraca, podnosząc dwa palce, środkowy i wskazujący: dwóch nie żyje.

Podchodzi esesman. Mówi coś po niemiecku. Więźniowie nauczyli się już trzymać gęby na kłódkę i posłusznie czekają z nadzieją, że ktoś im to przetłumaczy. Lale rozumie wszystko.

– Dostaniecie dwa posiłki dziennie. Jeden rano, a drugi wieczorem. Jeśli dożyjecie wieczora – dodaje z ponurym uśmiechem. – Po porannym posiłku będziecie pracować, dopóki nie każemy przestać. Będziecie dalej rozbudowywać ten obóz. Przywieziemy tu bardzo, bardzo dużo ludzi. – Półuśmiech na jego twarzy zamienia się w grymas dumy. – Róbcie, co wam każe wasz kapo i ludzie od planów budowlanych, a doczekacie zachodu słońca.

Słychać brzęk metali i więźniowie odwracają się w stronę zbliżającej się grupy mężczyzn, którzy niosą dwa kotły i naręcze niewielkich metalowych menażek. Śniadanie. Kilku więźniów rusza w kierunku nadchodzących, najwyraźniej chcąc im pomóc.

– Jeszcze krok, a ich wystrzelam – rzuca ostro esesman, podnosząc lufę karabinu. – Nie będzie drugiego ostrzeżenia.

Strażnik oddala się, a więzień, który odczytywał apel, zwraca się do grupy:

– Słyszeliście, co powiedział – mówi po niemiecku z polskim akcentem. – Jestem waszym kapo, czyli ja tu rządzę. Ustawicie się w dwie kolejki po jedzenie. Niech tylko nikomu nie przyjdzie do głowy się poskarżyć, bo mnie popamięta.

Mężczyźni ustawiają się karnie, a kilku dopytuje się ściszonymi głosami, co takiego powiedział „Niemiec". Lale przekazuje jego słowa stojącym najbliżej niego i prosi, żeby podali dalej. Będzie tłumaczył, ile tylko zdoła.

Kiedy przychodzi kolej na niego, z wdzięcznością przyjmuje niewielki cynowy kubek; zawartość wylewa się na szorstkie dłonie człowieka, który mu go wręcza. Lale odsuwa się na bok i przygląda posiłkowi. Brązowy płyn bez jakichkolwiek dodatków ma trudny do zidentyfikowania zapach. Ani to kawa, ani herbata, ani zupa. Lale boi się, że jeśli będzie sączył ohydną ciecz zbyt wolno, może ją zwymiotować. Zamyka więc oczy, zatyka nos palcami i połyka wszystko za jednym zamachem. Inni mają mniej szczęścia.

– Trafiłem na kawałek ziemniaka, a ty jak? – Stojący nieopodal Aron wznosi kubek w parodii toastu.

– Sam nie wiem, kiedy ostatnio jadłem coś równie pysznego.

– Zawsze masz taki dobry humor?

– Zapytaj mnie o to wieczorem. – Lale puszcza oko w odpowiedzi.

Oddaje pusty kubek więźniowi, od którego go dostał, i dziękuje mu skinieniem głowy i półuśmiechem.

– Jak już skończycie jeść, śmierdzące nieroby, to ustawić się z powrotem w rzędzie! – wrzeszczy kapo. – Macie robotę do zrobienia!

Lale przekazuje innym polecenie.

– Pójdziecie za mną – warczy kapo – i będziecie robić, co wam każe brygadzista. Jak się ktoś będzie obijał, to zaraz się o tym dowiem.

•

Prowadzi grupę Lalego do na wpół skończonego budynku, identycznego jak blok, w którym spali. Są tam już inni więźniowie: cieśle i murarze pracują w milczeniu w miarowym rytmie, jak ludzie przywykli do wspólnej pracy.

– Ty. Tak, ty. Właź na dach. Tam będziesz pracować.

Lale zdaje sobie sprawę, że polecenie jest skierowane do niego. Rozgląda się wokół, aż dostrzega drabinę wiodącą na dach. Na nim widzi dwóch kucających więźniów, którzy czekają na wjeżdżające właśnie na górę dachówki.

Lale wspina się po drabinie, a mężczyźni robią mu miejsce. Na razie dach składa się z drewnianych dźwigarów, na których będą układane płyty.

– Uważaj – mówi robotnik. – Przesuń się tam wyżej i patrz, co robimy. To nic trudnego.

Mężczyzna jest Rosjaninem.

– Nazywam się Lale.

– Później się będziemy zapoznawać, dobra? – Robotnicy wymieniają spojrzenia. – Rozumiesz, co mówię?

– Tak – odpowiada po rosyjsku Lale. Mężczyźni się uśmiechają.

Lale przygląda się, jak odbierają ciężkie, ceramiczne dachówki z rąk wystających ponad krawędź dachu, czołgają się do miejsca, gdzie wcześniej skończyli, i starannie je układają jedną na drugiej, po czym wracają do drabiny po kolejne. Rosjanin miał rację – to nie jest trudna praca, więc Lale wkrótce do nich dołącza, odbiera dachówki i mocuje je do powierzchni dachu. Jest ciepły wiosenny dzień, więc jeśli nie udaje mu się dorównać bardziej doświadczonym robotnikom, to tylko dlatego, że żołądek ściska mu się boleśnie z głodu.

Przerwa zostaje ogłoszona dopiero po kilku godzinach. Lale rusza w kierunku drabiny, ale Rosjanin go powstrzymuje.

– Tutaj bezpieczniej odpoczywać. Stąd nie widać cię z dołu.

Lale idzie w ślady towarzyszy, którzy najwyraźniej wiedzą, które miejsce jest najlepsze, żeby usiąść i rozprostować nogi: narożnik, gdzie do wzmocnienia dachu użyto najmocniejszego drewna.

– Od jak dawna tu jesteście? – pyta Lale, zaraz gdy siadają.

– Będzie jakieś dwa miesiące. Po jakimś czasie ciężko powiedzieć.

– Skąd jesteście? Znaczy, skąd się tu wzięliście? Jesteście Żydami?

– Za dużo pytań naraz. – Rosjanin się śmieje, a młodszy, większy od niego robotnik przewraca oczami wobec ignorancji nowego, który jeszcze nie wie, gdzie jego miejsce w obozie.

– Żadni z nas Żydzi, tylko radzieccy żołnierze. Oddzieliliśmy się od oddziału, a te pieprzone szkopy nas złapały i zapędziły do roboty. A ty co, Żyd?

– Tak. Przywieźli nas wczoraj z taką wielką grupą ze Słowacji: sami Żydzi.

Rosjanie spoglądają na siebie wymownie. Starszy odwraca się, przymyka oczy i unosi twarz ku słońcu, udział w rozmowie zostawiając młodszemu.

– Rozejrzyj się. Stąd widać, ile bloków się buduje i ile terenu muszą oczyścić.

Lale unosi się na łokciach i patrzy na ogromny obszar otoczony ogrodzeniem pod napięciem. Jak okiem sięgnąć, wszędzie widać bloki takie same jak ten, który właśnie buduje. Nagle chwyta go za gardło groza, kiedy dociera do niego, czym to miejsce może się stać. Słowa więzną mu w gardle, nie chce, żeby głos zdradził jego poruszenie. Kładzie się z powrotem i odwraca głowę od towarzyszy, desperacko próbując zapanować nad emocjami. Nikomu nie wolno ufać, nie można zdradzać nic na swój temat, trzeba się pilnować...

Mężczyzna obserwuje go uważnie.

– Słyszałem, jak esesmani się chwalili, że ten obóz koncentracyjny będzie największy ze wszystkich.

– Naprawdę? – Lale zmusza gardło do pracy. – Skoro mamy go razem budować, to chyba możesz mi powiedzieć, jak się nazywasz.

– Andor – odpowiada tamten. – A ten wielkolud to Borys. On nie lubi dużo gadać.

– Od gadania można tutaj zginąć. – Borys wyciąga rękę i ściska dłoń Lalego.

– Co jeszcze możecie mi powiedzieć o ludziach tutaj? – dopytuje Lale. – I kim, do cholery, są ci wszyscy kapo?

– Ty mu powiedz. – Borys ziewa szeroko.

– Niektórzy to radzieccy żołnierze, jak my, ale to mało kto, a reszta to inne trójkąty.

– Jak ten zielony u mojego kapo? – zgaduje Lale.

Andor odpowiada śmiechem, ale tłumaczy:

– Ci z zielonymi są najgorsi, to kryminalni: mordercy, gwałciciele, takie typy. Sprawdzają się jako strażnicy, bo to straszni ludzie. Inni trafili tutaj przez antyniemieckie poglądy polityczne. Ci mają czerwony trójkąt. Od czasu do czasu można zobaczyć czarny trójkąt, ale rzadko. To są nieroby i nigdy za długo nie wytrzymują. No i wreszcie ty i twoi koledzy.

– Mamy żółtą gwiazdę.

– Tak, dla was jest gwiazda. Wasza zbrodnia to bycie Żydem.

– A wy? Dlaczego nie macie żadnego koloru? – pyta Lale.

Andor wzrusza ramionami.

– My jesteśmy wrogami i tyle.

Borys parska śmiechem.

– Obrażają nas, bo dają wam nasze mundury. Niewiele gorszego może nas z ich strony spotkać.

Rozlega się dźwięk gwizdka i wszyscy trzej wracają do pracy.

•

Wieczorem mężczyźni z Bloku 7 gromadzą się w niewielkich grupkach, rozmawiają, wymieniają się informacjami i zadają pytania. Kilku staje na drugim końcu budynku, żeby wznieść modlitwę do swojego Boga. Słowa mieszają się, aż nie sposób ich zrozumieć. *O co się modlą, o wsparcie, pomstę czy pogodzenie z losem?* Lale myśli, że bez pomocy rabina każdy modli się o to, co dla niego najważniejsze. Postanawia, że właśnie tak powinno to wyglądać. Krąży od jednej grupy do drugiej, słucha, ale nie przyłącza się do żadnej rozmowy.

•

Pierwszego dnia Lale wyciągnął z obu rosyjskich towarzyszy wszystko, co się dało. Przez resztę tygodnia stosuje się do własnych rad: nie wychyla się, robi, co mu każą, z nikim nie dyskutuje. Nie przestaje obserwować wszystkich i wszystkiego dookoła. Patrzy na nowe budynki i widzi wyraźnie, że Niemcom brakuje zmysłu architektonicznego. Kiedy tylko może, podsłuchuje pogrążonych w rozmowie i plotkach esesmanów, którzy nie mają pojęcia, że Lale rozumie, co mówią. Dostarczają mu jedynej dostępnej tu amunicji, wiedzy, a on zachowuje ją na później. Przez większość dnia esesmani podpierają ściany, palą papierosy i nieszczególnie uważnie pilnują więźniów. Wkrótce Lalemu udaje się podsłuchać, że Hoess, komendant obozu, to leniwy dupek, który prawie nigdy tu nie przychodzi, i że kwatery dla Niemców w Auschwitz są lepsze niż w Birkenau, bo tam nie ma papierosów i piwa.

Lale zauważa, że jedna grupa szczególnie się wyróżnia. Trzymają się z dala od innych, noszą cywilne ubrania i rozmawiają z esesmanami bez obawy o własne bezpieczeństwo. Lale postanawia, że musi się dowiedzieć, kim są ci ludzie. Ci inni więźniowie nigdy nie biorą do ręki deski ani dachówki, tylko chodzą po obozie swobodnie i załatwiają jakieś sprawy. Jednym z nich jest jego kapo. *Jak by tu dostać taką pracę?* Gdyby mu się udało, mógłby się dowiedzieć, co się dzieje w obozie, jaka przyszłość czeka Birkenau i – przede wszystkim – jego samego.

•

Lale siedzi na dachu w promieniach słońca i kładzie dachówki, gdy nagle zauważa, że w ich stronę zmierza kapo.

– Dalej, leniuchy, do roboty, szybciej! – krzyczy Lale. – Mamy blok do skończenia!

Wywrzaskuje polecenia, kiedy kapo dociera na miejsce. Od jakiegoś czasu Lale zawsze pozdrawia go uprzejmym skinieniem głowy. Raz kapo odpowiedział mu na pozdrowienie, zwrócił się też do niego po polsku. W najgorszym wypadku widzi w nim potulnego więźnia, który nie będzie sprawiał problemów.

Uśmiechając się lekko pod nosem, kapo wbija wzrok w Lalego i gestem dłoni nakazuje mu zejść z dachu. Lale podchodzi z opuszczoną nisko głową.

– Podoba ci się ta robota na dachu? – pyta kapo.

– Zrobię wszystko, co mi każą – odpowiada Lale.

– Ale każdy by chciał, żeby żyło mu się łatwiej, co nie?

Lale milczy.

– Potrzebny mi chłopak do posług – mówi kapo, bawiąc się wystrzępionym brzegiem radzieckiej koszuli wojskowej, którą ma na sobie.

Jest na niego za duża; wybrał ją z powodu mikrej postury, żeby sprawiać wrażenie większego niż w rzeczywistości, potężniejszego niż ci, którym rozkazuje. Z ust, w których brakuje paru zębów, Lale czuje smród na wpół przetrawionego mięsa.

– Będziesz robić wszystko, co ci każę. Będziesz mi przynosić jedzenie, czyścić mi buty, będziesz na moje każde zawołanie. Jak posłuchasz, będzie ci się żyło łatwiej; jak mnie zawiedziesz, to mnie popamiętasz.

Lale stoi przed kapo i rozważa jego propozycję. Zastanawia się, czy jeśli się zgodzi zostać posługaczem, podpisze diabelski cyrograf.

•

Jest piękny wiosenny dzień, ciepły, ale niezbyt gorący. Lale patrzy, jak spora ciężarówka z zasłoniętą naczepą mija punkt, gdzie zwykle rozładowywane są materiały budowlane. Pojazd jedzie dalej i skręca za budynek administracji.

Lale wie, że stamtąd niedaleko jest do ogrodzenia i choć nigdy nie śmiał się tam zapuścić, teraz nie może zapanować nad ciekawością. Idzie tam, gdzie pojechała ciężarówka, demonstracyjnie swobodnie, przybiera pozę człowieka, który ma prawo tam być, ma prawo chodzić, gdzie mu się podoba.

Zagląda za róg na tyły budynku. Ciężarówka zatrzymuje się przed czymś, co wygląda jak więzienna furgonetka. Zamieniono ją w coś w rodzaju bunkra z oknami zabitymi arkuszami stalowej blachy. Lale widzi kilkudziesięciu nagich mężczyzn pędzonych z ciężarówki do furgonetki. Niektórzy idą sami. Inni się opierają, a wtedy spadają na nich ciosy wymierzane kolbami karabinów. Półprzytomnych niepokornych wloką ku przeznaczeniu współwięźniowie.

Furgonetka jest tak przepełniona, że ostatni wsiadający zapierają się kurczowo palcami stóp o stopnie, a ich nagie pośladki wystają poza drzwi. Esesmani wpychają ich do środka w kłębowisko ciał. Potem zatrzaskują drzwi. Jeden wartownik obchodzi furgonetkę dookoła, puka w metalowe blachy w oknach, sprawdza, czy wszystko jest zabezpieczone. Drugi zwinnie wchodzi na dach, trzymając w dłoni kanister. Sparaliżowany Lale patrzy, jak Niemiec otwiera niewielką klapę na dachu i wlewa całą zawartość kanistra do środka. Następnie zatrzaskuje klapę i zamyka na zasuwę. Kiedy esesman schodzi na ziemię, furgonetka się trzęsie i z wnętrza dobiegają stłumione krzyki.

Pod Lalem uginają się kolana, pada na klęczki i wymiotuje. Klęczy tam, wśród wsiąkających w grunt wymiocin, kiedy wrzaski powoli cichną.

Kiedy w furgonetcee zapada zupełna cisza i bezruch, otwierają się drzwi. Ze środka wypadają martwi ludzie jak bloki kamienia.

Zza drugiego rogu budynku maszeruje grupa więźniów. Ciężarówka podjeżdża, a oni zaczynają ładować ciała na naczepę, sapiąc pod ich ciężarem i próbując ukryć przerażenie. Na oczach Lalego rozegrała się rzecz niewyobrażalna. Podnosi się z kolan, czuje, że stoi u progu piekieł, a dusza płonie mu żywym ogniem.

Nazajutrz rano nie może się podnieść. Pali go gorączka.

•

Przez siedem dni Lale nie odzyskuje przytomności. Ktoś delikatnie wlewa mu wodę do ust. Na czole czuje chłodny, wilgotny kompres.

– Już, już, chłopcze – słyszy czyjś głos. – Spokojnie.

Lale otwiera oczy i widzi obcą twarz starszego człowieka, który patrzy na niego łagodnymi oczami. Unosi się na łokciach, a nieznajomy pomaga mu usiąść. Siada i rozgląda się zdezorientowany dookoła. Jaki dzisiaj dzień? Co to za miejsce?

– Świeże powietrze dobrze ci zrobi – mówi nieznajomy i bierze Lalego pod ramię.

Prowadzi go na zewnątrz, pod bezchmurne niebo i światło dnia, który wydaje się stworzony do radości, a Lalego przeszywa dreszcz na wspomnienie takiego samego dnia. Potyka się, kiedy świat wiruje mu przed oczami. Nieznajomy go podtrzymuje i prowadzi w stronę pobliskiego stosu drewna.

Podciąga rękaw Lalego i wskazuje palcem wytatuowany tam numer.

– Nazywam się Pepan. Jestem Tätowierer. Jak ci się podoba moja robota?

– Tätowierer? – odpowiada Lale. – Czyli to ty mi to zrobiłeś?

Pepan wzrusza ramionami i patrzy Lalemu prosto w oczy.

– Nie miałem wyboru.

Lale potrząsa głową.

– Gdybym się planował tatuować, to wybrałbym coś innego, nie ten numer.

– A co byś wolał? – chce wiedzieć Pepan.

Lale uśmiecha się szelmowsko.

– Jak jej na imię?

– Mojej lubej? Nie mam pojęcia. Jeszcze jej nie spotkałem.

Pepan parska cichym śmiechem. Przez chwilę siedzą razem w milczeniu. Lale wodzi palcem po cyfrach na przedramieniu.

– Co to za akcent?

– Jestem Francuzem.

– A co się ze mną działo? – pyta w końcu Lale.

– Tyfus. Niewiele brakowało, a wylądowałbyś przedwcześnie w grobie.

Ciałem Lalego wstrząsa dreszcz.

– W takim razie jakim cudem teraz tu z tobą siedzę?

– Przechodziłem akurat koło twojego bloku, kiedy mieli cię wrzucić na wózek ze zmarłymi i umierającymi. Jakiś młody człowiek błagał esesmanów, żeby pozwolili ci zostać, obiecywał, że będzie się tobą opiekował. Poszli do drugiego bloku, a on wtedy zepchnął cię z wózka i próbował zaciągnąć do środka. Pomogłem mu.

– Kiedy to było?

– Jakieś siedem, osiem dni temu. Przez cały ten czas ludzie z twojego bloku opiekowali się tobą w nocy. Przychodziłem do ciebie tak często, jak mogłem w ciągu dnia. Jak się czujesz?

– W porządku. Nie wiem, co powiedzieć, jak ci podziękować.

– Podziękuj temu, co cię ściągnął z wózka. To jego odwaga wyrwała cię ze szponów śmierci.

– Dowiem się, kto to był. A ty wiesz?

– Nie, przykro mi. Nie powiedział, jak się nazywa.

Lale przymyka na chwilę oczy, słońce ogrzewa mu skórę, daje mu energię i wolę, żeby przetrwać. Prostuje skulone ramiona i czuje, jak na nowo wstępuje w niego siła. Ciągle jeszcze żyje. Staje na drżących nogach i przeciąga się, próbuje tchnąć nowe życie w osłabione ciało, któremu trzeba wypoczynku, jedzenia i wody.

– Siadaj, jesteś jeszcze bardzo słaby.

Dyskusja nie ma sensu, więc Lale słucha polecenia. Jednak teraz plecy ma proste, a głos pewny. Uśmiecha się do Pepana. Dawny Lale powrócił i jest złakniony informacji niemal tak samo jak jedzenia.

– Masz czerwoną gwiazdę – mówi.

– A, tak. Byłem wykładowcą w Paryżu i nie kryłem się z poglądami, na własną zgubę.

– Co wykładałeś?

– Ekonomię.

– I to dlatego, że uczyłeś ekonomii, tutaj trafiłeś? Jak?

– Cóż, Lale, człowiek, który wygłasza wykłady o podatkach i odsetkach, prędzej czy później zaangażuje się w politykę w swoim kraju. Polityka pomaga ci rozumieć świat, aż w końcu przestajesz cokolwiek rozumieć, a wtedy przez nią trafiasz do obozu. Tak właśnie działa polityka. I religia.

– Zamierzasz wrócić na uczelnię, jak stąd wyjdziesz?

– Ależ z ciebie optymista! Nie mam pojęcia, co mnie czeka w przyszłości, ani co czeka ciebie.

– Czyli nie masz szklanej kuli.

– W rzeczy samej, nie mam.

Wśród odgłosów budowy, szczekania psów i wrzasków wartowników Pepan nachyla się i pyta:

– Charakter masz równie silny jak ciało?

Lale patrzy Pepanowi w oczy.

– Zrobię wszystko, żeby przeżyć.

– Może się jeszcze okazać, że twoja siła to zarazem twoja największa słabość, zważywszy, gdzie się znajdujemy. Urok osobisty i uśmiech na twarzy mogą ci ściągnąć kłopoty na głowę.

– Zrobię wszystko, żeby przeżyć.

– W takim razie może zdołam pomóc.

– Masz wysoko postawionych znajomych?

Pepan wybucha śmiechem i przyjaźnie klepie Lalego w plecy.

– Nie, nie mam żadnych wysoko postawionych znajomych. Powiedziałem ci już, jestem Tätowierer. I słyszałem, że wkrótce zaczną tu przywozić znacznie więcej ludzi.

Obaj w milczeniu rozważają słowa Pepana. Lale nie może się opędzić od myśli, że ktoś gdzieś podejmuje decyzje, wybiera numery – skąd? *Jak się decyduje, kto ma tu przyjechać? Na jakich danych opierają się takie decyzje? Na rasie, religii czy polityce?*

– Intrygujesz mnie, Lale. Masz w sobie coś, co mnie zafascynowało. Było w tobie tyle siły, że nawet osłabione ciało nie zdołało jej ukryć. Dzięki temu siedzisz tu teraz przede mną.

Lale słyszy Pepana, ale sens jego słów mu umyka. W miejscu, gdzie teraz siedzą, ludzie umierają co dzień, co godzinę, co minutę.

– Chciałbyś ze mną pracować? – pytanie Pepana wyrywa Lalego z ponurej zadumy. – Czy wolisz dalej robić to co teraz?

– Robię, co mogę, żeby przeżyć.

– Więc przyjmij moją propozycję.

– Chcesz, żebym tatuował innych?

– Ktoś to musi robić.

– Nie wiem, czy dałbym radę. Skaleczyć kogoś, zrobić mu krzywdę... To przecież naprawdę boli.

Pepan odwija rękaw, spod którego wyłania się jego własny numer.

– Boli jak cholera. Jeśli ty nie weźmiesz tej pracy, na twoje miejsce przyjdzie kto inny, ktoś bezduszny, i sprawi tym ludziom jeszcze więcej bólu.

– Praca dla kapo to nie to samo co profanacja ciał setek niewinnych ludzi.

Zapada długie milczenie. Lale na powrót pogrąża się w ciemności. *Czy ci, co podejmują decyzje, mają rodziny, żony, dzieci, rodziców? Niepodobna.*

– Możesz to sobie wmawiać, ale i tak jesteś marionetką hitlerowców. Czy to ze mną, czy z kapo, czy przy budowie bloków, i tak wykonujesz dla nich brudną robotę.

– Ty to umiesz ująć to w słowa.

– A więc?

– W takim razie zgoda. Jeśli zdołasz to załatwić, to będę dla ciebie pracował.

– Nie dla mnie. Ze mną. Ale musisz pracować sprawnie i dokładnie, no i żadnych kłopotów z esesmanami.

– Dobrze.

Pepan wstaje i odwraca się, by odejść. Lale chwyta go za rękaw.

– Pepan, dlaczego właśnie mnie wybrałeś?

– Zobaczyłem, jak na wpół zagłodzony młody człowiek ryzykuje własne życie, żeby cię uratować. Pomyślałem sobie, że musisz być kimś, kto jest wart takiego ratunku. Jutro przyjdę po ciebie. Teraz odpoczywaj.

•

Tej nocy, kiedy więźniowie wracają do bloku, Lale zauważa, że nie ma wśród nich Arona. Pyta obu pozostałych kolegów z pryczy, czy nie wiedzą, co się z nim stało i od jak dawna go nie ma.

– Od jakiegoś tygodnia – słyszy w odpowiedzi.

Żołądek zaciska mu się boleśnie.

– Kapo cię szukał – mówi mężczyzna. – Aron mógł mu powiedzieć, że jesteś chory, ale bał się, że wtedy znowu każe cię wrzucić na wózek z trupami, więc powiedział, że już cię zabrali.

– I kapo dowiedział się, że to nieprawda?

– Nie. – Więzień ziewa wyczerpany po całym dniu pracy. – Ale tak go to wkurzyło, że i tak zabrał Arona.

Lale z najwyższym trudem powstrzymuje łzy.

Drugi z towarzyszy z pryczy przewraca się na bok.

– Napchałeś mu głowę wielkimi pomysłami. Chciał uratować „jedno życie".

– „Ktokolwiek ratuje jedno życie, jakby ratował cały świat" – kończy cytat Lale.

Zapada milczenie. Lale wpatruje się w sufit, próbuje nie płakać. Aron nie był ani pierwszą ofiarą tego miejsca, ani ostatnią.

– Dziękuję – mówi.

– Próbowaliśmy kontynuować to, co Aron zaczął, żeby zobaczyć, czy uda nam się uratować to jedno życie.

– Zmienialiśmy się – głos młodziutkiego chłopaka dobiega z niższego poziomu. – Przemycaliśmy wodę i oddawaliśmy ci swój chleb, wpychaliśmy ci go do gardła.

Do opowieści przyłącza się kolejny więzień. Podnosi się z pryczy piętro niżej, wymizerowany, o mętnym spojrzeniu błękitnych oczu i głucho brzmiącym głosie, w którym słychać jednak, jak bardzo chce opowiedzieć swój fragment historii.

– Przebieraliśmy cię. Zamienialiśmy twoje brudne szmaty na ubranie kogoś, kto umarł w nocy.

Lale nie umie powstrzymać łez, ciekną mu po wychudzonych policzkach.

– Nie mogę...

Nie może nic zrobić poza wdzięcznością. Lale wie, że ma dług, którego nie zdoła spłacić, nie tutaj, nie teraz, właściwie nigdy.

Usypia przy wtórze melancholijnych modlitw, wypowiadanych po hebrajsku przez tych, którzy nadal kurczowo trzymają się wiary.

•

Następnego ranka Lale stoi w kolejce po śniadanie, kiedy u jego boku pojawia się Pepan. Ujmuje go pod ramię w milczeniu i prowadzi w stronę głównej części obozu. To tam odbywa się wyładunek ludzkiego transportu. Lale ma wrażenie, jakby zaplątał się do sceny z tragedii klasycznej. Niektórzy aktorzy pozostali ci sami, większość jest nowa, dialogi jeszcze nienapisane, role nieobsadzone. Nic, czego dotąd w życiu doświadczył, nie przygotowało go na podobne przeżycia. Pamięta, że już tu kiedyś był. *Tak, ale nie jako obserwator, tylko uczestnik. Jaką rolę przyjdzie mi teraz odegrać?* Zamyka oczy i wyobraża sobie, że oto stoi przed nim inna wersja jego samego, która spogląda na swoje lewe przedramię. Nie ma na nim numeru. Otwiera oczy i patrzy na tatuaż na lewej ręce, a potem na rozgrywającą się przed nim scenę.

Widzi setki nowych więźniów. Chłopców i mężczyzn z przerażeniem wypisanym na twarzach. Trzymających się jeden drugiego. Skulonych. Esesmani i psy poganiają ich jak jagnięta prowadzone na rzeź. Są posłuszni. To, czy tego dnia przeżyją czy zginą, ma się właśnie zdecydować. Idący za Pepanem Lale zatrzymuje się nagle i staje jak wryty. Pepan wraca po niego i wskazuje mu stoliki, na których leżą przyrządy do tatuażu. Ci, którzy przeszli selekcję, zostają ustawieni w rzędzie przed ich stolikiem. Zostaną oznaczeni.

Pozostali przybysze – starzy, chorzy, niewykwalifikowani – to żywe trupy.

Rozlega się strzał. Mężczyźni kulą się. Ktoś upada. Lale próbuje spojrzeć w stronę, z której dobiegł wystrzał, ale Pepan chwyta go za twarz i zmusza do odwrócenia głowy.

Do Lalego i Pepana zbliża się grupa wartowników, w większości młodych, którzy ochraniają starszego funkcjonariusza SS. Jest grubo po czterdziestce albo przed pięćdziesiątką, kroczy przed siebie dumnie w mundurze jak spod igły, czapka na jego głowie nie przesunęła się nawet o milimetr – doskonały manekin, myśli Lale.

Esesmani zatrzymują się przed ich stolikiem. Pepan występuje naprzód, a Lale patrzy, jak niskim ukłonem głowy pozdrawia oficera.

– Oberscharführer Houstek, przyjąłem tego więźnia do pomocy. – Pepan wskazuje na Lalego, który stoi za nim.

Houstek spogląda na Lalego.

– Jestem pewien, że się szybko nauczy – kontynuuje Pepan.

Stalowooki Houstek patrzy groźnie na Lalego i przyzywa go palcem do siebie. Lale posłusznie podchodzi.

– Jakie znasz języki?

– Słowacki, niemiecki, rosyjski, francuski, węgierski i trochę polskiego – odpowiada Lale, patrząc mu prosto w oczy.

– Hm. – Houstek mija ich i idzie dalej.

Lale pochyla się do Pepana i pyta go szeptem:

– Milczek z niego. Zakładam, że dostałem tę robotę?

Pepan patrzy na Lalego z ogniem w oczach i głosie, choć mówi bardzo cicho.

– Nie lekceważ go. Musisz się pozbyć tej zuchwałości albo pozbawisz się życia. Kiedy następnym razem będziesz z nim rozmawiał, nie podnoś wzroku ponad jego buty.

– Przepraszam – odpowiada Lale. – Będę pamiętał.

Kiedy ja się wreszcie nauczę?

3

CZERWIEC 1942

Lale budzi się powoli, desperacko chwytając umykające ślady snu, który przywołał uśmiech na jego twarz. *Jeszcze chwilę, pozwól mi zostać jeszcze chociaż jedną chwilę, proszę...*

Lale lubi poznawać ludzi, ale jest najszczęśliwszy, kiedy poznaje kobiety. Uważa, że wszystkie są piękne, niezależnie od wieku, wyglądu czy tego, co na sobie mają. Ulubiony moment w jego codziennym grafiku to chwila, kiedy przechodzi przez dział damski, gdzie pracuje. To wtedy flirtuje z młodymi i nieco starszymi kobietami za ladą.

Lale słyszy, że drzwi do sklepu się otwierają. Podnosi wzrok i widzi, jak do środka wbiega kobieta. Idący za nią dwaj słowaccy żołnierze zatrzymują się na progu. Lale pospiesznie podchodzi i uśmiecha się do niej.

– Proszę się nie obawiać – mówi. – Ze mną będzie pani bezpieczna.

Kobieta podaje mu rękę, a on prowadzi ją w stronę lady zastawionej butelkami wyszukanych perfum. Lale przygląda się kilku, po czym wybiera jedną i podaje ją nieznajomej. Ta odsłania szyję w żartobliwym geście. Lale spryskuje ją perfumami najpierw z jednej, potem drugiej strony. Kiedy kobieta odwraca głowę, ich oczy się spotykają. Wyciąga oba nadgarstki, na których wkrótce ląduje kolejna porcja perfum. Kobieta podnosi jedną rękę do nosa, przymyka oczy i wciąga zapach. Potem podsuwa ten sam nadgarstek Lalemu, który ujmuje go delikatnie, zbliża do twarzy, pochyla się i wdycha obezwładniającą mieszankę perfum i młodości.

– O tak, to właśnie zapach dla pani – mówi.

– Wezmę go.

Lale podaje buteleczkę sprzedawczyni, a ta owija ją w papier.

– Czy mógłbym pani służyć czymś jeszcze? – pyta Lale.

Przesuwają mu się przed oczami twarze uśmiechniętych, roztańczonych kobiet, żyjących pełnią życia. Oto trzyma pod rękę kobietę, którą poznał w dziale damskim. We śnie czas pędzi do przodu. Lale i jego dama wchodzą do ekskluzywnej restauracji, skąpanej w dyskretnym świetle filigranowych kinkietów. Na przykrytych ciężkimi obrusami z żakardu stołach zapalono świece. Na ścianach tańczą wielobarwne światełka odbijające się od bogatej biżuterii klientek. Odgłos srebrnych sztućców stukających o porcelanową zastawę tłumi dyskretny akompaniament kwartetu smyczkowego, który gra w rogu sali. Konsjerż wita Lalego uprzejmie i odbiera płaszcz jego towarzyszki, a następnie wskazuje obojgu ich stolik. Kiedy siadają, maître d'hôtel prezentuje Lalemu butelkę wina. Nie odrywając wzroku od towarzyszki, Lale skinieniem głowy daje znak, że akceptuje propozycję, butelka zostaje otwarta, a wino nalane. Lale i jego dama po omacku sięgają po kieliszki. Patrząc sobie cały czas głęboko w oczy, podnoszą wino do ust. We śnie czas znowu przeskakuje do przodu. Lale czuje, że lada moment się obudzi. *Nie*. Teraz przerzuca ubrania, wybiera garnitur, koszulę, przymierza krawaty, aż w końcu znajduje taki, który pasuje, i zawiązuje go w idealny węzeł. Zakłada wypastowane do połysku buty. Na stoliku obok łóżka leżą klucze i portfel, podnosi je i wrzuca do kieszeni, a następnie pochyla się nad śpiącą towarzyszką, odgarnia jej z twarzy niesforny kosmyk włosów i całuje delikatnie w czoło. Kobieta budzi się i uśmiecha. Niskim, ciepłym głosem mówi „wieczorem...".

•

Dźwięk wystrzałów na zewnątrz wyrywa Lalego ze snu. Towarzysze z jego pryczy także się przebudzili i próbują ustalić źródło zagrożenia. Lale, który ma jeszcze w pamięci ciepły dotyk kobiecego ciała, wstaje powoli, więc jest ostatni w kolejce na apel. Dostaje kuksańca od więźnia obok, kiedy nie reaguje na swój numer.

– Coś nie tak?

– Nie, nic... Wszystko. To miejsce.

– Jest dokładnie takie samo jak wczoraj. I jutro też będzie dokładnie takie samo. Sam mnie tego nauczyłeś. Coś się zmieniło?

– Masz rację, wszystko jest takie samo. Tylko że... Śniła mi się dziewczyna, którą kiedyś znałem, w innym życiu.

– Jak miała na imię?

– Nie pamiętam. To bez znaczenia.

– Czyli nie byłeś w niej zakochany?

– Kochałem je wszystkie, ale żadna nie zdobyła mojego serca. Rozumiesz, co próbuję powiedzieć?

– Nie bardzo. Ja, jakbym pokochał jedną dziewczynę, tobym spędził z nią resztę życia.

•

Od wielu dni pada, ale dzisiejszego ranka lekkie promienie słońca rozjaśniają ponury obóz Birkenau. Lale i Pepan przygotowują warsztat pracy. Mają dwa stoliki, butelki z tuszem i spory zapas igieł.

– Przygotuj się, Lale, zaraz tu będą.

Lale podnosi wzrok i zamiera, widząc dziesiątki młodych kobiet pędzonych w ich stronę. Wiedział, że w Auschwitz są dziewczęta, ale nie tu, nie w Birkenau, w tym najgorszym z piekielnych kręgów.

– Dzisiaj dla odmiany coś innego, Lale. Przenieśli tu część dziewcząt z Auschwitz i niektórym trzeba poprawić numery.

– Co takiego?

– Ich numery były robione pieczątką, która się nie sprawdziła. Trzeba je zrobić porządnie. Nie ma czasu na podziwianie, Lale, po prostu rób, co do ciebie należy.

– Nie mogę.

– Rób, co do ciebie należy, Lale. Nie odzywaj się do nich ani słowem. Nie rób żadnych głupot.

Oczy Lalego zachodzą mgłą.

– Nie mogę. Proszę cię, Pepan, nie możemy tego zrobić.

– Właśnie, że możesz. Musisz, Lale. Jeśli nie ty, to ktoś inny cię zastąpi, i całe moje ratowanie cię pójdzie na marne. Po prostu rób, co do ciebie należy.

Pepan twardo patrzy mu w oczy. Lalego ogarnia groza. Pepan ma rację. Jeśli nie będzie przestrzegał zasad, czeka go śmierć.

Lale zabiera się do tego, „co do niego należy". Lale stara się nie podnosić wzroku. Sięga po skrawek papieru, który ktoś mu podaje. Musi nanieść te cyfry na skórę trzymającej kartkę dziewczyny. Widać na niej poprzedni numer, ale wyblakły. Wbija igłę w jej lewe przedramię i kreśli czwórkę najdelikatniej, jak potrafi. Pojawia się krew. Niestety igła weszła zbyt płytko i Lale musi powtórzyć czynność. Dziewczyna nawet nie drgnie, chociaż Lale wie, że sprawia jej ból. *Ktoś musiał je ostrzec – nic nie mówić, nie ruszać się*. Lale wyciera krew i barwi rankę zielonym tuszem.

– Pospiesz się! – mówi cicho Pepan.

Za długo to trwa. Tatuowanie mężczyzn to jedno, ale profanacja ciał młodych kobiet to dla Lalego makabra. Zerka w górę i widzi mężczyznę w białym kitlu, który kroczy niespiesznie wzdłuż ustawionych w rzędzie dziewcząt. Co jakiś czas zatrzymuje się i przygląda twarzy i sylwetce przerażonej kobiety. W końcu podchodzi do dziewczyny, której ramię Lale trzyma w delikatnym uścisku, chwyta ją za twarz i obraca to w jedną, to w drugą stronę. Lale zagląda w jej przerażone oczy. Jej usta drgają, jeszcze chwila i się odezwie. Lale mocno ściska jej ramię, żeby ją powstrzymać. Ucisza ją niemym gestem. Mężczyzna w białym kitlu puszcza jej twarz i oddala się.

– Bardzo dobrze – szepcze Lale i bierze się do tatuowania pozostałych trzech cyfr – 5 6 2. Kiedy kończy, przez moment trzyma ramię dziewczyny w dłoni i spogląda na nią. Zmusza się do nieśmiałego uśmiechu. Ona odpowiada jeszcze bardziej nieśmiało, ale oczy jej błyszczą. Kiedy Lale w nie zagląda, czuje, jak serce zatrzymuje mu się na chwilę, po czym zaczyna bić mocno, jakby po raz pierwszy w życiu, niemal wyrywając mu się z piersi. Z trudem odrywa wzrok od jej oczu i wbija go w ziemię. Ktoś podsuwa mu kolejny kawałek papieru.

– Pospiesz się, Lale – napomina go znowu Pepan.

Kiedy podnosi wzrok, jej już nie ma.

•

Kilka tygodni później Lale przychodzi do pracy jak co dzień. Stolik i narzędzia są już przygotowane, rozgląda się więc niespokojnie, szukając Pepana. W jego stronę zmierza spora grupa mężczyzn. Ze ściśniętym sercem zauważa, że jest wśród nich Oberscharführer Houstek w asyście młodego esesmana. Lale skłania głowę i przypomina sobie, co powiedział Pepan: „Nie lekceważ go".

– Dzisiaj będziesz pracował w pojedynkę – mamrocze Houstek.

Niemiec odwraca się i już ma odejść, kiedy Lale pyta cicho:

– Gdzie jest Pepan?

Houstek zatrzymuje się w pół kroku, zwraca ku niemu twarz i mierzy go twardym spojrzeniem. Serce Lalego ściska się jeszcze bardziej.

– Teraz ty jesteś Tätowierer. – Houstek odwraca się do towarzyszącego mu esesmana. – A ty za niego ręczysz.

Houstek oddala się, a młody wartownik podnosi karabin na ramię i wymierza go w Lalego, który odpowiada mu spojrzeniem. Zagląda głęboko w czarne oczy cherlawego dzieciaka o twarzy wykrzywionej okrutnym grymasem.

W końcu opuszcza wzrok. *Pepan, mówiłeś, że dzięki tej pracy uratuję własne życie. Ale co się stało z tobą?*

– Wygląda na to, że mój los jest w twoich rękach – warczy esesman. – Co ty na to?

– Postaram się pana nie zawieść.

– Postarasz się? To nie wystarczy, że się postarasz. Nie zawiedziesz mnie.

– Tak jest.

– Z którego jesteś bloku?

– Numer siedem.

– Jak tu skończysz, pokażę ci twój nowy pokój na nowym bloku. Od dzisiaj tam będziesz mieszkać.

– Na moim starym bloku jest mi dobrze, proszę pana.

– Głupi jesteś. Jesteś teraz Tätowierer, będziesz potrzebować ochrony. Teraz pracujesz dla Wydziału Politycznego SS, cholera, może to ja powinienem się ciebie bać. – Bezczelny uśmieszek powraca na twarz esesmana.

Lale przetrwał do tej pory, postanawia więc sprawdzić, na ile starczy mu szczęścia.

– Cały proces szedłby znacznie szybciej, gdybym miał asystenta.

Esesman robi krok w stronę Lalego, mierzy go pełnym pogardy wzrokiem.

– Co takiego?

– Gdyby znalazł mi pan kogoś do pomocy, szłoby to szybciej i pana szef byłby zadowolony.

Esesman odwraca się na pięcie, jak gdyby to Houstek wydał mu polecenie, i kroczy wzdłuż szeregu młodych mężczyzn w kolejce po numer; wszyscy poza jednym mają opuszczone głowy. Lale obawia się o los tego, który patrzy funkcjonariuszowi w oczy, ale ku jego zdumieniu to właśnie tego człowieka Niemiec wywleka z szeregu za ramię i prowadzi w stronę Lalego.

– To twój asystent. Zaczniesz od niego.

Lale bierze z rąk młodego mężczyzny papier i szybko nanosi tatuaż na jego przedramię.

– Jak się nazywasz? – pyta.

– Leon.

– Ja jestem Lale, Tätowierer – mówi, a jego głos brzmi tak samo pewnie jak głos Pepana. – Stań koło mnie i patrz, co robię. Od jutra zaczniesz pracować ze mną jako mój asystent. To ci może uratować życie.

•

Kiedy słońce chowa się za horyzontem, ostatni więzień otrzymuje tatuaż i odchodzi na wyznaczony mu blok. Strażnik Lalego, który, jak się okazało, nazywa się Baretzki, przez cały czas nie oddalił się bardziej niż na kilka metrów. Teraz idzie w stronę Lalego i jego nowego asystenta.

– Zabierz go na swój blok, a potem tu wracaj.

Lale pospiesznie prowadzi Leona na Blok 7.

– Jutro rano czekaj przed blokiem, aż po ciebie przyjdę. Jeśli kapo będzie chciał wiedzieć, dlaczego nie idziesz z innymi na budowę, powiesz mu, że teraz pracujesz dla Tätowierera.

•

Kiedy Lale wraca na stanowisko pracy, widzi, że jego narzędzia są spakowane do torby, a stolik złożony. Baretzki czeka na niego.

– Zabierzesz to ze sobą do pokoju. Codziennie rano zgłosisz się w budynku administracji po materiały i instrukcje, gdzie masz tego dnia pracować.

– Czy mogę prosić o dodatkowe materiały i stolik dla Leona?

– Dla kogo?

– Mojego asystenta.

– Poprosisz w administracji, wszystko ci tam dadzą.

Część obozu, do której Baretzki prowadzi Lalego, jest ciągle jeszcze w budowie. Wiele budynków czeka na wykończenie, a dziwna cisza sprawia, że po plecach Lalego przebiega dreszcz. Jeden z nowych bloków jest gotowy. Esesman pokazuje mu pojedynczy pokój zaraz za drzwiami wejściowymi.

– Tu będziesz spać – mówi Baretzki.

Lale kładzie torbę z narzędziami na twardej podłodze i rozgląda się po niewielkim, odizolowanym pomieszczeniu. Już tęskni za znajomymi z Bloku 7.

Następnie idzie za Baretzkim i dowiaduje się, że od teraz będzie jadł posiłki w pobliżu budynku administracji. Jako Tätowierer jest uprawniony do dodatkowych przydziałów. Idą tam, gdzie wydawany jest obiad, a Baretzki wyjaśnia:

– Chcemy, żeby nasi pracownicy mieli siłę. – Gestem zachęca Lalego do zajęcia miejsca w kolejce. – Dalej, korzystaj, ile wlezie.

Baretzki oddala się w swoją stronę, a Lale dostaje łyżkę cienkiej zupy i kawałek chleba. Połyka szybko jedno i drugie i już ma odejść, kiedy dobiega go czyjś drżący głos.

– Możesz dostać dokładkę, jeśli chcesz.

Lale bierze drugą porcję chleba i przygląda się więźniom wokół; jedzą w ciszy, bez żadnych, nawet zdawkowych rozmów, wymieniają tylko podejrzliwe spojrzenia. Strach i nieufność wiszą w powietrzu. Lale chowa kawałek chleba w rękawie i idzie na swój dawny rewir, Blok 7. Przy wejściu wita skinieniem głowy kapo, do którego najwyraźniej dotarło, że Lale już mu nie podlega. Wchodząc do środka, Lale odpowiada na pozdrowienia mężczyzn, z którymi dzielił blok, strach i marzenia o innym życiu. Kiedy dociera do swojej dawnej pryczy, znajduje tam Leona, siedzącego z nogami przewieszonymi przez krawędź. Lale zagląda w twarz młodego człowieka. Błękitne oczy patrzą z ujmującą łagodnością i szczerością.

– Wyjdź ze mną na chwilę na zewnątrz.

Leon zeskakuje z pryczy i idzie za nim. Wszystkie oczy są w nich wpatrzone. Za rogiem Lale wyciąga kawałek stęchłego chleba z rękawa i podaje Leonowi, który natychmiast go pochłania. Dopiero kiedy zniknie ostatni kęs, Leon przypomina sobie, żeby podziękować.

– Pewnie nie było cię na kolacji. Dostaję teraz dodatkowy przydział. Postaram się podzielić z tobą i resztą, jak tylko będę mógł. Teraz wracaj do środka. Powiedz im, że cię tu wyciągnąłem, żeby cię za coś objechać. I nie zwracaj na siebie uwagi. Zobaczymy się rano.

– Nie chcesz, żeby wiedzieli, że dostajesz dodatkowy przydział?

– Nie. Zobaczymy, co będzie. Wszystkim naraz nie dam rady pomóc, a zresztą niepotrzebny im dodatkowy powód do przepychanek.

Lale z mieszaniną uczuć, których nie potrafi nazwać, patrzy, jak Leon wraca na jego stary blok. Czy skoro teraz mam te przywileje, powinienem się czegoś obawiać? *Dlaczego jest mi tak smutno stąd odchodzić, skoro nie dawało mi to żadnej ochrony?* Wchodzi między cienie na wpół ukończonych budynków. Jest zupełnie sam.

Tej nocy po raz pierwszy od miesięcy Lale nie śpi skulony. Nikt go nie kopie, nikt nie popycha. Pławiąc się w luksusie własnego łóżka, czuje się jak król. I jak król musi teraz ostrożnie ważyć powody, dla których inni będą chcieli się z nim zaprzyjaźnić albo zwierzać z sekretów. *Czy są zazdrośni? Czy chcą odebrać mi pracę? Czy mogę być o coś niewinnie oskarżony?* Widział, jakie w obozie są konsekwencje chciwości i braku zaufania. Większość więźniów wierzy, że im mniej będzie ludzi, tym więcej jedzenia zostanie dla innych. Jedzenie to waluta. Jeśli je masz, przeżyjesz. Masz siłę, żeby zrobić, co ci każą. Możesz przeżyć jeszcze jeden dzień. Nie masz, to osłabniesz tak, że wkrótce będzie ci wszystko jedno. Nowa praca dodatkowo komplikuje i tak już złożony problem: jak przeżyć. Lale jest pewien, że wychodząc z bloku, gdzie na pryczach leżeli zgnębieni mężczyźni, słyszał, jak ktoś pod nosem mówi „kolaborant".

•

Następnego dnia rano Lale czeka na Leona pod budynkiem administracji. Zjawia się Baretzki i chwali go, że tak wcześnie się stawił. Lale trzyma torbę w ręce, a jego stolik stoi obok na ziemi. Baretzki każe Leonowi zostać, a Lale ma wejść za nim do środka. Lale rozgląda się po przestronnym biurze. Widzi wiodące w różne strony korytarze i coś, co wygląda jak pomieszczenia kancelaryjne. Za sporych rozmiarów biurkiem recepcji ustawiono kilka mniejszych, za którymi siedzą pogrążone w pracy młode kobiety – przepisują na maszynie dokumenty i zajmują się kartoteką. Baretzki przedstawia Lalego esesmanowi – „To jest Tätowierer" – i powtarza, że tutaj ma się codziennie zgłaszać po materiały do pracy i instrukcje. Lale prosi o dodatkowy stolik i narzędzia dla asystenta, który czeka na zewnątrz. Prośba zostaje spełniona bez komentarza. Lale oddycha z ulgą. Przynajmniej udało mu się uratować jednego człowieka przed ciężką robotą. Przypomina sobie Pepana i w duchu mu dziękuje. Zabiera stolik i upycha dodatkowe materiały w torbie. Ma już wychodzić, kiedy woła go jeden z urzędników.

– Zawsze noś przy sobie tę teczkę, jak ktoś zapyta, powiedz, że jesteś z Politische Abteilung, a nikt nie będzie cię niepokoił. Co wieczór odnieś papier z numerami, ale teczkę zatrzymaj.

Stojący obok Baretzki parska śmiechem.

– To prawda, ta torba i hasło powinny cię uchronić przed wszystkimi. Poza mną, rzecz jasna. Jak coś spieprzysz i ściągniesz na mnie kłopoty, to żadna torba ani żadne hasła ci nie pomogą.

Dłoń esesmana wędruje w stronę pistoletu, spoczywa na kaburze i otwiera zapięcie. Zamyka. Otwiera. Zamyka. Baretzki oddycha głośno, a Lale robi to, co w tej chwili wydaje mu się najmądrzejszym posunięciem – opuszcza wzrok i wychodzi.

•

Transporty przybywają do Auschwitz-Birkenau na okrągło, dzień i noc. Lale i Leon przyzwyczaili się do pracy przez całą dobę. W takie dni Baretzki pokazuje najpaskudniejsze strony swojego charakteru. Zasypuje Leona gradem obelg lub ciosów, obwinia go o to, że przez jego ślamazarność nie może iść spać. Lale szybko się uczy, że wszelkie próby powstrzymania Baretzkiego skutkują tylko jeszcze większą jego złością.

Kiedy pewnego dnia kończą pracę w Auschwitz nad ranem, Baretzki szykuje się, żeby odejść, zanim jeszcze Lale i Leon spakowali warsztat. Zawraca, a na jego twarzy maluje się wahanie.

– Dobra, pieprzyć to, możecie sami wrócić do Birkenau. Ja tu przenocuję. Tylko macie tu być z powrotem o ósmej rano.

– Skąd mamy wiedzieć, która jest godzina? – pyta Lale.

– Gówno mnie to obchodzi, macie tu być, i już. I niech wam do łba nie przyjdzie uciekać. Sam was dopadnę i zarżnę z radością. – Esesman oddala się chwiejnym krokiem.

– Co robimy?

– To, co nam ten dupek kazał. Chodź, potem przyjdę cię obudzić, jak będzie czas wstawać.

– Jestem strasznie zmęczony. Nie możemy zostać tutaj?

– Nie. Jeśli cię nie znajdą rano na bloku, to zaczną cię szukać. No dalej, idziemy.

•

Lale wstaje o wschodzie słońca i razem z Leonem idą cztery kilometry z powrotem do Auschwitz. Czekają na Baretzkiego mniej więcej godzinę. Od razu widać, że pił, zanim poszedł do łóżka. Oddech ma paskudny, nastrój jeszcze gorszy.

– Dalej, do roboty! – wrzeszczy.

Nie widać żadnych nowych więźniów, więc Lale pyta niepewnie:

– Gdzie?

– Z powrotem do Birkenau. Tam wyładowali ostatni transport.

•

Kiedy razem przemierzają czterokilometrową trasę z powrotem do Birkenau, Leon potyka się i upada; wycieńczenie i niedożywienie robią swoje. Wstaje z ziemi. Baretzki zwalnia kroku, wygląda na to, że czeka na Leona, a potem podstawia mu nogę. Leon ponownie się przewraca. Baretzki powtarza to jeszcze kilka razy. Najwyraźniej spacer i radość z podstawiania nogi Leonowi pomogły mu wytrzeźwieć. Za każdym razem bacznie obserwuje reakcję Lalego, ale ten z niczym się nie zdradza.

W Birkenau Lale jest zaskoczony, widząc, że Houstek nadzoruje selekcję więźniów, którzy trafią do niego i Leona i przeżyją kolejny dzień. Zaczynają pracę, a Baretzki chodzi marszowym krokiem od jednego końca kolejki do drugiego, stara się wypaść jak najlepiej przed zwierzchnikiem. Jeden z młodych mężczyzn nie może powstrzymać jęku, gdy Leon tatuuje mu numer, a wyczerpany chłopak podskakuje, słysząc nagły dźwięk, i upuszcza obsadkę z igłą do tatuażu. Schyla się po nią, a wtedy Baretzki uderza go kolbą karabinu w plecy. Leon upada na ziemię twarzą w dół. Baretzki stawia but na jego plecach i przyciska go do podłoża.

– Szybciej skończymy, jeśli pozwoli pan mu wstać i wrócić do pracy – mówi Lale, widząc, że pod ciężarem buta esesmana Leon z coraz większym trudem łapie oddech.

Houstek podchodzi do nich i mówi coś Baretzkiemu do ucha. Kiedy znika, Baretzki, uśmiechając się kwaśno, raz jeszcze przyciska z całej siły ciało Leona do ziemi, zdejmuje stopę z jego pleców i zwraca się do Lalego:

– Ja jestem tylko skromnym sługą SS. Ale ty, Tätowierer, trafiłeś pod skrzydła Wydziału Politycznego, a on podlega bezpośrednio Berlinowi. To był twój szczęśliwy dzień, kiedy ten Francuz przedstawił cię Houstkowi i naopowiadał mu, jaki jesteś mądry, że znasz tyle języków.

Na to nie ma właściwej odpowiedzi, więc Lale skupia się na pracy. Ubłocony, kaszlący Leon podnosi się z ziemi.

– Wiesz co, Tätowierer... – Na twarz Baretzkiego znowu wypełza paskudny uśmiech. – A może byśmy się tak zaprzyjaźnili?

•

Jedną z zalet pracy jako Tätowierer jest to, że Lale wie, jaki jest dzień. Data jest zapisana w dokumentach, które dostaje każdego ranka i odnosi każdego wieczora. Nie tylko stąd to wie. Niedziela to jedyny dzień tygodnia, kiedy więźniowie nie muszą pracować, więc spędzają czas, chodząc po obozie albo siedząc na blokach, zbierając się w niewielkie grupy – przyjaciele sprzed obozu, przyjaciele z obozu.

To właśnie w niedzielę ją zauważa. Od razu ją rozpoznaje. Idzie akurat w jej stronę. Lale jest sam, a ona w otoczeniu grupy dziewcząt, wszystkie mają ostrzyżone na łyso głowy, wszystkie noszą takie same ubrania. Nic jej nie wyróżnia poza oczami. Są czarne, chociaż nie, brązowe. Najciemniejszy odcień brązu, jaki kiedykolwiek widział. Po raz drugi zaglądają sobie nawzajem w głąb duszy. Serce Lalego rwie się do niej. Nie odrywają od siebie wzroku.

– Tätowierer. – Na ramię Lalego spada ręka Baretzkiego i atmosfera pryska.

Więźniowie odsuwają się jak najdalej od esesmana i więźnia, do którego się zwraca. Grupka dziewcząt rozbiega się na boki, a ona zostaje i patrzy na Lalego, który patrzy na nią. Baretzki wodzi wzrokiem od jednego do drugiego, stojąc tak, że we troje tworzą idealny trójkąt, a każde z nich czeka, aż kto inny poruszy się pierwszy. Baretzki uśmiecha się wymownie. Jedna z jej koleżanek odważa się podejść i odciągnąć ją z powrotem do grupy.

– Bardzo ładnie – mówi Baretzki, idąc obok Lalego.

Ten go ignoruje i z całej siły walczy z falą wzbierającej w nim nienawiści.

– Chciałbyś się z nią spotkać? – Lale nie odpowiada. – Napisz do niej, powiedz, że ci się podoba.

Czy on naprawdę myśli, że jestem taki głupi?

– Dam ci ołówek i papier, a potem zaniosę jej twój list. Co ty na to? Wiesz, jak ma na imię?

4562.

Lale nie odpowiada. Wie, że więźniowi przyłapanemu z piórem albo kawałkiem papieru grozi kara śmierci.

– Gdzie idziemy? – Lale zmienia temat.

– Do Auschwitz. Herr Doktor potrzebuje więcej pacjentów.

Lalego przeszywa lodowaty dreszcz. Pamięta mężczyznę w białym kitlu, jego owłosione dłonie na pięknej twarzy dziewczyny. Lale nigdy nie czuł takiej odrazy do doktora jak tego dnia.

– Przecież jest niedziela.

Baretzki wybucha śmiechem.

– Myślisz, że jak inni nie pracują w niedzielę, to ty też masz wolne? Może chciałbyś o tym porozmawiać z Herr Doktorem? – Baretzki śmieje się coraz głośniej, a Lalem wstrząsają kolejne dreszcze. – Zrób to dla mnie, Tätowierer, proszę. Powiedz Herr Doktorowi, że masz dzisiaj wolne. Strasznie chciałbym to zobaczyć.

Lale wie, kiedy trzymać gębę na kłódkę. Odsuwa się na bok, jak najdalej od Baretzkiego.

4

Kiedy wkraczają do Auschwitz, Baretzki zdaje się w wyśmienitym nastroju i zasypuje Lalego pytaniami.

– Ile masz lat? Co robiłeś wcześniej, no wiesz, zanim cię tu przywieźli?

Najczęściej Lale odpowiada pytaniem na pytanie i tym samym odkrywa, że Baretzki uwielbia o sobie opowiadać. Dowiaduje się, że esesman jest tylko o rok od niego młodszy, ale na tym kończą się podobieństwa między nimi. Kiedy mówi o kobietach, mówi jak nastolatek. Lale uznaje, że może to wykorzystać, i zaczyna opowiadać o swoich sposobach na dziewczyny, o tym, że nade wszystko liczy się szacunek i troska o to, co jest dla nich ważne.

– Czy przyniósł pan kiedyś dziewczynie kwiaty? – pyta Lale.

– Nie, a po co?

– Bo one lubią, jak mężczyzna przynosi im kwiaty. Najlepiej, jak sam je zerwie.

– Nie ma mowy. Wyśmialiby mnie.

– Kto?

– Koledzy.

– Czyli inni mężczyźni?

– No tak, pomyśleliby, że jestem mięczak.

– A co, pana zdaniem, pomyślałaby dziewczyna, gdyby dostała kwiaty?

– A co mnie to obchodzi, co by pomyślała? – Baretzki uśmiecha się szeroko i łapie za krocze. – Tylko do tego są mi potrzebne i tylko do tego one potrzebują mnie. Takie rzeczy się wie.

Lale idzie dalej. Baretzki podbiega do niego.

– Co? Coś źle powiedziałem?

– Naprawdę chce pan, żebym panu odpowiedział?

– Jasne.

Lale zatrzymuje się i staje z nim twarzą w twarz.

– Ma pan siostrę?

– Mam – odpowiada Baretzki. – Dwie.

– Czy chciałby pan, żeby inni mężczyźni traktowali pana siostry tak, jak pan traktuje kobiety?

– Jakby ktoś zrobił coś takiego mojej siostrzyczce, tobym go ubił. – Baretzki wyciąga pistolet z kabury i strzela kilkakrotnie w powietrze. – Ubiłbym jak psa.

Lale uskakuje. Echo wystrzałów rozchodzi się po okolicy. Baretzki dyszy ciężko, twarz ma czerwoną, oczy pociemniałe.

Lale podnosi ręce.

– Jasne. Po prostu coś do przemyślenia.

– Nie chce mi się już o tym dłużej gadać.

•

Lale dowiaduje się, że Baretzki nie jest Niemcem, ale urodził się w Rumunii, w niewielkim miasteczku w pobliżu granicy ze Słowacją, nie więcej niż kilkaset kilometrów od Krompachów. Uciekł z domu i pojechał do Berlina, zapisał się do Hitlerjugend, a potem wstąpił do SS. Nienawidzi ojca, który bił jego, jego siostry i braci. Nadal martwi się o siostry, starszą i młodszą, które zostały w domu.

Wieczorem, kiedy wracają razem do Birkenau, Lale mówi cicho:

– Jeśli nie ma pan nic przeciwko, to poproszę o papier i coś do pisania. Jej numer to 4562.

Po obiedzie Lale idzie na Blok 7. Kapo łypie na niego, ale nic nie mówi.

Lale dzieli się dodatkową porcją kolacji, czyli kilkoma kawałkami skórki od chleba, z kolegami z bloku. Rozmawiają i wymieniają się wiadomościami. Jak zwykle religijni więźniowie zapraszają Lalego do wspólnej modlitwy wieczornej. Odmawia grzecznie, a oni równie grzecznie przyjmują jego odmowę. Za każdym razem przebieg zdarzeń jest taki sam.

•

Lale zasypia sam w pustym pokoju. Budzi się i widzi nad sobą Baretzkiego. Esesman nie pukał przed wejściem, zresztą nigdy tego nie robi, ale ta wizyta jest trochę inna.

– Ona jest na Bloku 29. – Wręcza Lalemu kawałek papieru i ołówek. – Napisz do niej, a ja dopilnuję, żeby dostała twój list.

– Wie pan, jak ma na imię?

Wzrok Baretzkiego mówi Lalemu wszystko. „A jak ci się wydaje?"

– Wrócę za godzinę i jej to zaniosę.

– Lepiej za dwie.

Pierwsze słowa, jakie ma napisać do więźniarki numer 4562, przychodzą Lalemu z ogromnym trudem. *Jak mam zacząć? Jak się do niej zwrócić?* Ostatecznie decyduje się na najprostszą opcję. „Witaj, mam na imię Lale". Kiedy Baretzki wraca, Lale wręcza mu kartkę, na której widnieje zaledwie kilka zdań. Napisał jej, że pochodzi z Krompachów na Słowacji, ile ma lat i kim są jego najbliżsi, którzy, jak ma nadzieję, są bezpieczni. Prosi, żeby przyszła pod budynek administracji w sobotę rano. Wyjaśnia, że postara się też tam być, a jeśli mu się nie uda, to dlatego, że ma taką pracę, w której nie ma stałych godzin.

Baretzki bierze list i czyta go na oczach Lalego.

– Tylko tyle masz jej do przekazania?

– Resztę powiem osobiście.

Baretzki siada na pryczy obok Lalego i nachylając się w jego stronę, zaczyna się przechwalać, co on by napisał, opowiadać, co by zrobił na miejscu Lalego, czyli gdyby nie wiedział, czy dożyje końca tygodnia. Lale dziękuje mu za porady, ale mówi, że spróbuje zaryzykować.

– Jak chcesz. Zaniosę jej ten twój niby-list i dam papier i pióro, żeby mogła odpowiedzieć. Powiem jej, że przyjdę po odpowiedź jutro rano. Będzie miała całą noc na to, żeby się zastanowić, czy jej się podobasz.

Wychodząc, uśmiecha się porozumiewawczo do Lalego.

Co ja najlepszego narobiłem? Naraził więźniarkę numer 4562 na niebezpieczeństwo. Sam ma ochronę. Ona nie. A mimo to Lale chce, musi podjąć ryzyko.

•

Następnego dnia Lale i Leon pracują do późnego wieczora. Baretzki pilnuje terenu w niewielkiej odległości, co rusz pokazuje stojącym w rzędach mężczyznom, kto tu rządzi, używając kolby karabinu jak policyjnej pałki, gdy tylko ktoś mu się nie spodoba. Lisi uśmieszek nie schodzi z jego twarzy. Jest wyraźnie zachwycony, gdy paraduje wzdłuż rzędów więźniów. Dopiero kiedy Lale i Leon zaczynają się pakować, wyjmuje z kieszeni marynarki kawałek papieru i podaje go Lalemu.

– Wiesz co, Tätowierer – mówi – ona nie ma za dużo do powiedzenia. Moim zdaniem powinieneś sobie znaleźć inną dziewczynę.

Lale wyciąga rękę po kartkę, a Baretzki drażni się z nim i ją odsuwa. *Dobra, skoro tak to chcesz rozegrać.* Odwraca się i odchodzi. Baretzki dogania go i podaje mu list. Jedyne podziękowanie, na jakie stać Lalego, to krótkie skinienie głowy. Chowa kartkę do torby i idzie po kolację. Patrzy, jak Leon wraca na swój blok, i wie, że chłopaka najprawdopodobniej ominął posiłek.

Kiedy przychodzi kolej Lalego, zostało już niewiele jedzenia. Kończy jeść i chowa kilka kawałków chleba do rękawa, przeklinając w duchu, że radzieckie mundury zostały zastąpione przez wyglądające jak piżama uniformy bez kieszeni. Wchodzi na Blok 7, gdzie wita go jak zawsze chór cichych głosów. Wyjaśnia, że jedzenia, które przyniósł, wystarczy tylko dla Leona i może jeszcze dwóch więźniów, lecz obiecuje, że jutro postara się zdobyć więcej. Nie zostaje długo i biegnie do swojego pokoju. Musi koniecznie przeczytać słowa ukryte pomiędzy narzędziami.

Opada na pryczę i przyciska kartkę do piersi, wyobrażając sobie jednocześnie, jak więźniarka 4562 pisze słowa, które on tak bardzo pragnie przeczytać. W końcu otwiera list.

„Drogi Lale", zaczyna się wiadomość. Podobnie jak on, kobieta napisała zaledwie kilka ostrożnych zdań. Ona też pochodzi ze Słowacji. Jest w Auschwitz dłużej niż Lale, bo od marca. Pracuje w „Kanadzie", gdzie więźniowie sortują rzeczy odebrane pozostałym ofiarom. Przyjdzie na dziedziniec w sobotę. Będzie go szukała. Lale czyta list od początku i kilka razy odwraca kartkę. Wyjmuje ołówek z torby i bazgrze na odwrocie jej wiadomości: „Imię, jak masz na imię?".

•

Następnego dnia rano Baretzki zabiera do Auschwitz tylko Lalego. Nowy transport jest mały, Leon może więc odpocząć.

Baretzki zaczyna żartować z Lalego i jego listu, mówi, że pewnie zapomniał, jak postępować z kobietami. Lale ignoruje żarty i pyta go, czy czytał ostatnio jakąś dobrą książkę.

– Książkę? Ja nie czytam książek – mamrocze Baretzki.

– Powinien pan.

– A po co? Na co niby mi książki?

– Można się z nich dużo nauczyć, a dziewczyny lubią, jak się im cytuje fragment albo recytuje wiersz.

– Ja nie muszę cytować książek. Chodzę w mundurze, na dziewczyny nic innego nie potrzeba. One uwielbiają mundury. Wiem, bo mam dziewczynę – przechwala się esesman.

Lale pierwsze słyszy.

– Jak miło. I podoba jej się pana mundur?

– No pewnie! Czasem nawet go zakłada, maszeruje w kółko i salutuje. Wydaje jej się, że jest Hitlerem. – Baretzki pęka ze śmiechu, naśladując swoją dziewczynę, drepcząc z uniesionym ramieniem i pokrzykując „Heil Hitler! Heil Hitler!".

– To, że podoba jej się mundur, nie znaczy wcale, że to pan jej się podoba – wypala Lale.

Baretzki staje jak wryty.

Lale przeklina się za bezmyślność. Zwalnia kroku, zastanawiając się, czy powinien zawrócić i przeprosić. Nie, będzie szedł dalej i zobaczy, co się stanie. Zamyka oczy, stawia jedną stopę przed drugą, krok za krokiem, w każdej chwili spodziewając się wystrzału. Zamiast tego słyszy odgłos uderzających o ziemię w biegu butów. Esesman chwyta go za rękaw.

– Tak uważasz, Tätowierer? Myślisz, że podobam jej się tylko z powodu munduru?

Lale z ulgą zwraca ku niemu twarz.

– Skąd mam wiedzieć, co się jej podoba? Może opowie mi pan o niej coś jeszcze?

Zupełnie nie ma ochoty na tę rozmowę, ale skoro udało mu się uniknąć poważniejszych kłopotów, nie ma innego wyjścia. Okazuje się, że Baretzki niewiele wie na temat swojej „dziewczyny", bo nigdy nie przyszło mu do głowy poprosić, żeby o sobie opowiedziała. Lale nie potrafi puścić tego mimochodem i zanim dociera do niego, co robi, zaczyna udzielać Baretzkiemu kolejnych porad, jak postępować z kobietami. W duchu powtarza sobie, że powinien się zamknąć. Dlaczego miałby go obchodzić ten potwór obok i to, czy kiedykolwiek nauczy się traktować dziewczynę z szacunkiem? Prawdę mówiąc, Lale ma nadzieję, że Baretzki nie wyjdzie stąd żywy, a więc już nigdy nie zwiąże się z żadną kobietą.

5

Nadchodzi niedzielny poranek. Lale wyskakuje z łóżka i wybiega na zewnątrz. Słońce już wstało. Gdzie się wszyscy podziali? Gdzie są ptaki? Dlaczego nie śpiewają?

– Dzisiaj niedziela! – woła, choć nikogo przy nim nie ma. Obracając się wokół własnej osi, widzi wycelowane w niego z najbliższej wieży wartowniczej lufy karabinów.

– Cholera! – Biegiem wraca na swój blok, a za nim odgłos wystrzałów przerywa ciszę świtu. Zdaje się, że strażnicy postanowili go nastraszyć. Lale wie, że to jedyny dzień, kiedy więźniom wolno pospać dłużej, a przynajmniej zostać na blokach, dopóki skurcze głodowe nie wygonią ich stamtąd i nie zmuszą do ustawienia się w kolejce po kubek czarnej kawy i kawałek stęchłego chleba. Strażnicy posyłają jeszcze jedną serię w ścianę budynku, ot tak, dla zabawy.

Z powrotem w pokoju Lale chodzi od ściany do ściany, przygotowując w myśli pierwsze słowa, jakie do niej powie.

Na pierwszy ogień idzie „Jesteś najpiękniejszą dziewczyną, jaką kiedykolwiek widziałem", ale po namyśle Lale odrzuca tę opcję. Podejrzewa, że z ogoloną na łyso głową i w za dużym ubraniu po kimś obcym kobieta nie czuje się teraz piękna. Mimo to Lale nie od razu rezygnuje z tego pomysłu. Po zastanowieniu dochodzi jednak do wniosku, że najlepiej będzie zacząć zwyczajnie „Jak masz na imię?", a potem się zobaczy.

Lale musi z sobą walczyć, żeby nie wyjść na zewnątrz, dopóki nie usłyszy stamtąd tak dobrze mu już znanych odgłosów budzącego się obozu. Najpierw dźwięk syreny wyrywa więźniów ze snu. Potem skacowani esesmani, niewyspani i poirytowani, warczą rozkazy. Odzywają się metalicznie noszone od bloku do bloku kotły ze śniadaniem; dźwigający je więźniowie postękują, z dnia na dzień coraz słabsi, gdy tymczasem kotły z minuty na minutę ciążą coraz bardziej.

Lale podchodzi do stanowiska, gdzie wydawane jest śniadanie, i dołącza do pozostałych, którym też przysługuje dodatkowa porcja. Jak zawsze pozdrawiają się skinieniem głowy, podniesieniem wzroku, a czasem nawet uśmiechem. Nikt nic nie mówi. Lale je połówkę swojej porcji chleba, a drugą chowa do rękawa i starannie zawija rękaw, żeby nie wypadła. Chleb będzie dla niej, jeśli mu się uda. Jeśli nie, zaniesie go Leonowi.

Obserwuje więźniów, którzy nie idą do pracy, patrzy, jak spotykają się ze znajomymi z innych bloków, jak zbierają się w małe grupki i grzeją na placu w ostatnich promieniach letniego słońca. Lada moment przyjdzie jesień. Lale już ma wybrać się w stronę placu i zacząć poszukiwania, gdy nagle zdaje sobie sprawę, że nie zabrał torby. *Moje koło ratunkowe*. Nigdy nie wychodzi bez niej z pokoju, ale tego ranka zapomniał. *Gdzie ja mam głowę?* Biegiem wraca na blok, a gdy wychodzi ponownie na zewnątrz, torbę trzyma w ręce, a na twarzy maluje mu się wyraz determinacji – oto człowiek z misją.

•

Po drodze, która zdaje mu się ciągnąć w nieskończoność, Lale mija współwięźniów i zagaduje do tych, których zna z Bloku 7. Cały czas rozgląda się w poszukiwaniu grupek dziewcząt. Rozmawia właśnie z Leonem, kiedy włosy na karku stają mu dęba, a coś mówi mu, że jest obserwowany. Odwraca się. I wtedy ją widzi.

Dziewczyna jest pochłonięta rozmową z trzema koleżankami. Kiedy dostrzega, że ją zauważył, przerywa w pół słowa. Lale idzie w jej stronę, a pozostałe dziewczęta odsuwają się na kilka kroków od nieznajomego; słyszały o Lalem. Dziewczyna stoi sama.

Lale podchodzi do niej blisko, znowu nie mogąc oderwać wzroku od jej oczu. Stojące za nimi koleżanki cicho chichoczą. Dziewczyna uśmiecha się lekko, nieśmiało. Lalemu niemal zupełnie odebrało mowę. Zbiera się jednak na odwagę i wręcza jej chleb i list. Nie mógł się powstrzymać i napisał jej, że nie może przestać o niej myśleć.

– Jak masz na imię? – pyta. – Muszę wiedzieć, jak masz na imię.

– Gita – mówi ktoś za nim.

Zanim zdąży otworzyć usta, żeby cokolwiek powiedzieć, koleżanki Gity odciągają ją od niego, zasypując szeptanymi pytaniami.

Tej nocy Lale leży w łóżku i powtarza jej imię raz po raz.

– Gita. Gita. Co za cudowne imię.

•

Na Bloku 29 w obozie kobiecym Gita wtula się w koleżanki, Danę i Ivanę. Światło reflektora na wieży wartowniczej pada na drewnianą ścianę budynku i przesącza do środka przez niewielką szczelinę. Gita wytęża wzrok i wpatruje się w list od Lalego.

– Jak długo jeszcze zamierzasz to czytać? – pyta Dana.

– Nie mam pojęcia. Dopóki nie nauczę się każdego słowa na pamięć – odpowiada Gita.

– Czyli kiedy?

– Jakieś dwie godziny temu – chichocze Gita.

Dana przytula mocno przyjaciółkę.

•

Następnego dnia rano Gita i Dana opuszczają blok jako ostatnie. Idą pod rękę, zatopione w rozmowie, niepomne na świat dookoła. Bez żadnego ostrzeżenia stojący pod ich blokiem esesman uderza Gitę karabinem w plecy. Obie dziewczyny padają na ziemię. Gita krzyczy z bólu. Esesman gestem rozkazuje im się podnieść. Wstają posłusznie ze spuszczonymi oczami.

Esesman patrzy na nie z obrzydzeniem i warczy:

– Zetrę ci ten uśmiech z twarzy.

Błyskawicznie zarzuca karabin na plecy, wyjmuje pistolet z kabury i z całej siły przyciska go do skroni Gity.

– Dopilnuj, żeby cały dzień nie dostały nic do jedzenia – instruuje drugiego wartownika.

Kiedy odchodzi, do dziewcząt zbliża się kapo i wymierza im obu po siarczystym policzku.

– Nie zapominajcie, gdzie jesteście – mówi i zostawia je same.

Gita opiera głowę na ramieniu Dany.

– Mówiłam ci, że Lale przyjdzie ze mną porozmawiać w niedzielę?

•

Niedziela. Więźniowie spacerują po terenie obozu, pojedynczo albo niewielkimi grupkami. Niektórzy siadają pod ścianami budynków, zbyt zmęczeni i osłabieni na to, żeby się ruszać. Kilku esesmanów przechadza się wokół, rozmawiając i paląc papierosy, nie poświęcając więźniom zbytniej uwagi. Gita spaceruje z koleżankami; dziewczęta pilnują, żeby ich twarze nie zdradzały żadnych uczuć. Wszystkie poza Gitą rozmawiają ściszonymi głosami. Ona rozgląda się wokół.

Lale obserwuje Gitę i jej towarzyszki; uśmiecha się, widząc jej zaniepokojone spojrzenie. Umyka przed jej wzrokiem i chowa się za innymi więźniami. Powoli podchodzi coraz bliżej. Dana dostrzega go pierwsza i już ma się odezwać, kiedy Lale przykłada palec do ust. Nie zwalniając kroku, łapie Gitę za rękę i idzie dalej. Koleżanki chichoczą i chwytają się za dłonie. Lale tymczasem prowadzi Gitę za budynek administracji, upewniwszy się najpierw, że wartownik na pobliskiej wieży nie patrzy w ich kierunku.

Siada, opierając się plecami o ścianę. Gita siada obok niego. Z tego miejsca mają widok na las rosnący za ogrodzeniem. Gita ma wzrok wbity w ziemię, Lale zaś wpatruje się w nią intensywnie.

– Dzień dobry – mówi niepewnie.

– Dzień dobry – odpowiada dziewczyna.

– Mam nadzieję, że cię nie wystraszyłem?

– Czy to bezpieczne? – Gita spogląda na wieżę wartowniczą.

– Pewnie nie, ale nie wystarcza mi już patrzenie na ciebie. Chce z tobą być, chcę, żebyśmy mogli porozmawiać, jak należy.

– Ale jeśli nie jesteśmy tu bezpieczni...

– Nigdy nie będziemy bezpieczni. Porozmawiaj ze mną, chcę usłyszeć twój głos. Chcę wszystko o tobie wiedzieć. Znam tylko twoje imię. Gita. Jest piękne.

– O czym mam ci powiedzieć?

Lale zastanawia się chwilę. Postanawia nie pytać o nic nadzwyczajnego.

– A może... jak ci mija dzień?

Dziewczyna podnosi głowę i patrzy mu prosto w oczy.

– Sam wiesz, jak jest. Wstałam, zjadłam wielkie śniadanie, ucałowałam mamę i tatę na pożegnanie, wsiadłam w autobus do pracy. W pracy było...

– Dobrze, już dobrze, przepraszam, to było głupie pytanie.

Siedzą obok siebie, ale patrzą w różne strony. Lale wsłuchuje się w oddech Gity. Dziewczyna postukuje kciukiem o udo. W końcu pyta:

– A jak tam twój dzień?

– No wiesz, wstałem, zjadłem wielkie śniadanie...

Spoglądają na siebie i wybuchają stłumionym śmiechem. Gita daje mu delikatnego kuksańca, a ich dłonie przypadkiem spotykają się na chwilę.

– No dobrze, skoro nie możemy porozmawiać o tym, jak nam minął dzień, powiedz mi coś o sobie – prosi Lale.

– Nie ma o czym mówić.

Lale nie może w to uwierzyć.

– Ależ oczywiście, że jest. Jak masz na nazwisko?

Gita patrzy na niego i potrząsa głową.

– Ja jestem tylko numerem. Powinieneś to wiedzieć. W końcu dostałam go od ciebie.

– Tak, ale to tylko tutaj. Kim jesteś na zewnątrz?

– Nie ma już żadnego na zewnątrz. Jest tylko tutaj.

Lale wstaje i patrzy na nią szeroko otwartymi oczami.

– Nazywam się Ludwig Eisenberg, ale wszyscy mówią do mnie Lale. Pochodzę z Krompachów na Słowacji. Mam matkę, ojca, brata i siostrę – przerywa na chwilę. – Teraz twoja kolej.

Gita nie opuszcza wzroku.

– Jestem więźniarką numer 4562 w Birkenau.

Zapada pełne skrępowania milczenie. Lale patrzy na nią, na jej opuszczone powieki. Dziewczyna walczy ze sobą w myślach, co powiedzieć, czego nie mówić.

Lale siada, tym razem twarzą do niej. Chce wziąć ją za rękę, ale rozmyśla się w pół gestu.

– Nie chcę cię zdenerwować, ale czy możesz mi coś obiecać?

– Co takiego?

– Kiedy stąd wyjdziemy, powiesz mi, kim jesteś i skąd pochodzisz?

Gita patrzy mu prosto w oczy.

– Dobrze, obiecuję.

– Na razie mi to wystarczy. A więc pracujesz w „Kanadzie"?

Gita potakuje.

– Jak tam jest? W porządku?

– W porządku. Ale Niemcy po prostu wrzucają razem wszystko, co zabiorą więźniom. Popsute jedzenie wymieszane z ubraniami. I pleśń. Nienawidzę jej dotykać, nie mogę znieść jej smrodu.

– Dobrze, że nie pracujesz na zewnątrz. Mówili mi kiedyś znajomi, że dziewczyny z ich wioski też pracują w „Kanadzie". Podobno często znajdują klejnoty i pieniądze.

– Też to słyszałam. Ja znajduję tylko spleśniały chleb.

– Uważaj na siebie, dobrze? Nie rób żadnych głupot. I pamiętaj, że zawsze trzeba patrzeć, co robią esesmani.

– O tym akurat przekonałam się na własnej skórze.

Rozbrzmiewa wycie syren.

– Powinnaś wracać na blok – mówi Lale. – Następnym razem postaram się przynieść ci coś do jedzenia.

– Masz jedzenie?

– Mogę poprosić o dodatkową porcję. Dopilnuję, żebyś ją dostała. Zobaczymy się za tydzień w niedzielę.

Lale wstaje i wyciąga rękę do Gity. Pomaga dziewczynie wstać, a potem trzyma jej dłoń w swojej chwilę dłużej, niż powinien. Nie może oderwać od niej wzroku.

– Powinniśmy już iść. – Gita pierwsza odwraca oczy, ale w tej samej chwili się uśmiecha, a Lalemu z wrażenia robi się duszno.

6

Mijają tygodnie. Z otaczających obóz drzew znikają liście, a skracające się dni zapowiadają nadejście zimy.

„Co to za ludzie?" Lale zadaje sobie to pytanie, odkąd przybył do obozu. Pracujący przy budowie robotnicy przychodzą co rano w cywilnych ubraniach i wychodzą po złożeniu narzędzi. Spotkanie z Gitą dodało mu odwagi, więc Lale dochodzi do wniosku, że spróbuje zagadnąć któregoś z nich; przy odrobinie szczęścia uda mu się nie sprowokować esesmanów i uniknąć ich kuli. Poza tym dzierży przecież swoją torbę niczym tarczę.

Lale niby od niechcenia kieruje się w stronę jednego z nowo budowanych budynków z cegły. Konstrukcja nie wygląda, jakby miał to być blok mieszkalny dla więźniów, ale dzisiaj akurat jego przeznaczenie nieszczególnie go obchodzi. Dwaj mężczyźni, starszy i młodszy, są pochłonięci murarką. Lale podchodzi do nich i przykuca przy stosie przygotowanych do wmurowania cegieł. Mężczyźni przerywają pracę i patrzą na niego z zainteresowaniem. Lale podnosi ze stosu cegłę i udaje, że uważnie jej się przygląda.

– Nie rozumiem – mówi cicho.

– Czego nie rozumiesz? – pyta starszy mężczyzna.

– Jestem Żydem. Oznaczyli mnie żółtą gwiazdą. Wokół widzę więźniów politycznych, morderców i nierobów, którym się nie chce pracować. No i was. A wy przecież nie nosicie żadnej odznaki.

– Nie twój interes, Żydku – mówi zaczepnie młodszy, choć widać, że ma jeszcze mleko pod nosem.

– Po prostu chciałem być miły. Sami wiecie, jak to jest. Tak się tu rozglądałem i zaciekawiło mnie, co z was za jedni. Nazywam się Lale.

– Spadaj – odpowiada młodszy.

– Spokojnie, chłopcze. Nie zwracaj na niego uwagi. – Starszy mężczyzna odzywa się do Lalego chropowatym głosem nałogowego palacza. – Jestem Wiktor, a ten pyskaty to mój syn Jurek.

Wiktor podaje rękę Lalemu, który wita się z nim i wyciąga dłoń do Jurka, ale ten go ignoruje.

– Mieszkamy niedaleko – wyjaśnia Wiktor – więc przychodzimy tu codziennie do pracy.

– Powiedzcie mi jedno. Przychodzicie tu co rano z własnej woli? Płacą wam za to?

– A żebyś wiedział, Żydku – wtrąca się Jurek. – Pewnie, że nam płacą, a potem wracamy na noc do domu. A wy...

– Jurek, kazałem ci się zamknąć. Nie widzisz, że ten człowiek po prostu chce być miły?

– Dzięki, Wiktor. Nie chcę żadnych problemów. Tak jak mówiłem, po prostu sprawdzam, co i jak.

– Po co ci ta torba? – wtrąca Jurek, urażony, że dostał reprymendę w obecności Lalego.

– Mam tu swoje narzędzia. Tatuuję nimi więźniom numery. Jestem Tätowierer.

– Musisz mieć sporo pracy – rzuca Wiktor.

– Czasem tak. Nigdy nie wiem, kiedy przyjdzie transport, ani jak duży.

– Słyszałem, że ma być jeszcze gorzej.

– Możesz mi coś o tym powiedzieć?

– Ten budynek. Widziałem plany. Nie spodoba ci się, jak się dowiesz, co to będzie.

– Na pewno nic gorszego niż to, co już jest. – Lale wstaje, opierając się o stos cegieł.

– Nazywa się to krematorium numer jeden – mówi cicho Wiktor i odwraca wzrok.

– Krematorium. Numer jeden. Czyli możliwe, że będzie też numer dwa?

– Przykro mi, mówiłem, że ci się to nie spodoba.

Lale uderza pięścią w świeżo postawiony odcinek ściany tak mocno, że wybija z niego cegłę, po czym potrząsa dłonią z bólu.

Wiktor sięga do leżącej obok torby i wyciąga z niej kawałek suszonej kiełbasy zapakowanej w woskowany papier.

– Weź to. Wiem, że was tu głodzą, a w domu mamy tego pełno.

– To nasze drugie śniadanie! – krzyczy Jurek i podbiega, żeby wyrwać kiełbasę z wyciągniętej dłoni ojca.

Wiktor go odpycha.

– Nic ci się nie stanie, jak raz nie zjesz. Jemu jedzenie bardziej potrzebne.

– Powiem mamie, jak wrócimy do domu.

– Ty się lepiej pilnuj, żebym ja jej nie powiedział, co ty tu wyprawiasz. Musisz się jeszcze dużo nauczyć, jak się zachowywać, młody człowieku. To będzie twoja pierwsza lekcja.

Lale waha się, czy wziąć od niego kiełbasę.

– Przepraszam, nie chciałem sprawić kłopotu.

– Za późno – skarży się obrażony Jurek.

– Nie sprawiłeś – mówi Wiktor. – Lale, bierz tę kiełbasę i przyjdź do nas jutro, to przyniosę ci więcej. Cholera, jeśli chociaż jednemu z was możemy jakoś pomóc, to właśnie tak zrobimy. Prawda, Jurek?

Jurek wyciąga rękę do Lalego, a on ją przyjmuje.

– Ktokolwiek ratuje jedno życie, jakby cały świat ratował – mówi cicho Lale, bardziej do siebie niż do nich.

– Wszystkim wam nie pomogę.

Lale bierze jedzenie.

– Nie mam wam jak zapłacić.

– To nie problem.

– Dziękuję. Ale może coś wymyślę. Jeśliby mi się udało znaleźć jakiś sposób, żeby wam zapłacić, to dalibyście radę przynieść coś jeszcze? Na przykład czekoladę?

Tak pragnął zdobyć czekoladę. Przecież to właśnie czekoladę daje się dziewczynie.

– Na pewno coś wymyślimy. A teraz lepiej już idź; tamten esesman coś za bardzo nam się przygląda.

– Do zobaczenia – mówi Lale i chowa kiełbasę do torby.

Kiedy wraca na blok, w powietrzu pojawiają się pojedyncze płatki śniegu. Unoszą się łagodnie, a odbijające się od nich światło przywodzi mu na myśl kalejdoskop, którym bawił się jako dziecko. *Co jest nie tak w tym obrazie?* Nagle ogarnia go fala emocji, których nie potrafi opanować. Na twarzy roztopiony śnieg miesza się ze łzami. Zaczyna się zima 1942 roku.

•

Wróciwszy do pokoju, Lale wyjmuje kiełbasę i dzieli ją starannie na równe części. Odrywa skrawki woskowanego papieru i zawija każdy kawałeczek, po czym odkłada je do torby. Trzymając w ręce ostatnie zawiniątko, waha się i wpatruje w odrobinę jedzenia w swoich szorstkich, brudnych palcach. Kiedyś te palce były gładkie, czyste i kształtne, trzymał w nich kąski wyszukanych potraw, unosił, gdy chciał powiedzieć goszczącym go znajomym, że nic już więcej nie zdoła w siebie wcisnąć. Potrząsa głową i odkłada ostatni pakunek do torby.

Kieruje się w stronę budynków „Kanady". Kiedyś zapytał więźnia z Bloku 7, dlaczego tak się mówi na sortownię.

– Dziewczyny, które tam pracują, marzą o miejscu daleko stąd, gdzie wszystkiego jest w bród, a życie jest usłane różami. Uznały, że takie miejsce to Kanada.

Lale rozmawiał z kilkoma dziewczętami pracującymi w „Kanadzie". Wiele razy przyglądał się wychodzącym i wie, że Gita akurat tu nie pracuje. Są jeszcze inne budynki, ale do nich nie może się dostać. Pewnie to tam pracuje dziewczyna.

Nagle Lale dostrzega dwie młode kobiety, z którymi rozmawiał już wcześniej. Sięga do torby, wyciąga dwie paczuszki i podchodzi do nich z uśmiechem na ustach. Przez chwilę idą obok siebie.

– Wyciągnijcie ręce, ale powoli. Dam wam po paczce z kiełbasą. Nie otwierajcie, dopóki nie zostaniecie same.

Dziewczęta robią, co im kazał, nie zwalniając kroku i upewniając się, że nie patrzy na nie żaden wartownik. Kiedy kiełbasa trafia do ich dłoni, przyciskają ręce do piersi, jak gdyby chciały za wszelką cenę ochronić drogocenny dar.

– Dziewczyny, słyszałem, że czasami znajdujecie klejnoty i pieniądze.

Kobiety wymieniają spojrzenia.

– Słuchajcie, nie chcę was narażać, ale czy sądzicie, że dałybyście radę coś dla mnie przeszmuglować?

– To raczej nic trudnego – mówi jedna drżącym głosem. – Ci, co nas pilnują, prawie już nie zwracają na nas uwagi. Myślą, że nic im nie możemy zrobić.

– Świetnie. Spróbujcie coś zdobyć, cokolwiek, tylko bez wzbudzania podejrzeń. Za to kupię jedzenie dla was i innych, jak tę kiełbasę.

– A dałbyś radę załatwić trochę czekolady? – mówi jedna, a oczy jej się świecą.

– Nic nie obiecuję, ale kto wie, zobaczymy. Pamiętajcie, żeby wynosić tylko małe ilości, nic dużego. Spróbuję przyjść tu jutro po południu. Jeśli nie dam rady, to może znacie jakieś bezpieczne miejsce, żeby przechować szmugiel, aż będę mógł go odebrać?

– Nie na bloku. Cały czas nas przeszukują – mówi jedna.

– Wiem – wtrąca druga. – Za blokiem jest zaspa śniegu. Możemy coś zawinąć w szmatę i schować tam po drodze do latryny.

– Znakomity pomysł – odpowiada jej pierwsza.

– Nikomu nie możecie powiedzieć, co robicie ani skąd macie jedzenie. To bardzo ważne. Od tego zależy wasze życie. Rozumiecie?

Jedna z dziewcząt kładzie palec na zaciśniętych ustach.

Kiedy są już prawie w kobiecym obozie, Lale zostawia je i kręci się chwilę pod Blokiem 29. Ani śladu Gity. Trudno. Ale za trzy dni znowu będzie niedziela.

•

Następnego dnia Lale kończy pracę w Birkenau po kilku godzinach. Leon pyta, czy nie spędziłby z nim popołudnia. Widać, że chce porozmawiać bez całego bloku podsłuchującego każde słowo. Lale wykręca się, mówiąc, że nie czuje się najlepiej i że musi się położyć, po czym każdy idzie w swoją stronę. Lale czuje się rozdarty. Desperacko chce iść po jedzenie do Wiktora, ale nie ma czym mu zapłacić. Dziewczyny kończą pracę mniej więcej o tej samej porze, kiedy Wiktor i pozostali robotnicy wychodzą z obozu. Czy starczy mu czasu, żeby sprawdzić, czy udało im się coś wynieść? Ostatecznie postanawia iść do Wiktora i obiecać mu, że poszuka źródła zapłaty.

Z torbą w ręce Lale idzie na teren budowy. Rozgląda się za Wiktorem i Jurkiem. Wiktor zauważa go pierwszy i daje znać synowi, żeby za nim poszedł. Oddalają się od pozostałych robotników i podchodzą do Lalego, który zatrzymał się właśnie i udaje, że szuka czegoś w torbie. Jurek podaje mu rękę na powitanie.

– Matka powiedziała mu wczoraj co nieco do słuchu – wyjaśnia Wiktor.

– Przepraszam, nie mam nic, czym mógłbym wam zapłacić, ale mam nadzieję, że wkrótce coś załatwię. Proszę, nie przynoście nic, dopóki nie zapłacę wam za to, co już od was dostałem.

– Nie ma sprawy. Nam niczego nie brakuje i możemy się podzielić – odpowiada Wiktor.

– Nie, nadstawiacie za mnie karku, powinniście coś przynajmniej z tego mieć. Potrzebuję dnia, najwyżej dwóch.

Wiktor wyjmuje z torby dwa zawiniątka, które wrzuca do otwartej torby Lalego.

– Będziemy tu jutro o tej samej porze – mówi.

– Do zobaczenia – mówi Jurek, a słysząc to, Lale uśmiecha się szeroko.

– Do zobaczenia, Jurek.

•

W pokoju Lale otwiera pakunki – kiełbasa i czekolada. Przyciska czekoladę do nosa i wdycha głęboko jej zapach. Znowu dzieli jedzenie na małe kawałki, żeby dziewczynom łatwiej było je schować i rozdać innym. Ma nadzieję, że będą dyskretne. Nawet nie chce myśleć o konsekwencjach, jeśli się wygadają. Odkłada trochę kiełbasy dla Bloku 7.

Dźwięk syreny sygnalizujący koniec pracy przerywa mu obsesyjne próby podzielenia wszystkiego na idealnie równe porcje. Wrzuca wszystko do torby i biegnie do „Kanady". W pobliżu kobiecego obozu znajduje obie znajome więźniarki. Dostrzegają go z daleka i zwalniają kroku, mieszają się z tłumem kobiet wracających na blok. Trzymając zawiniątka z jedzeniem w jednej ręce i otwartą torbę w drugiej, Lale przebija się przez tłum. Nie patrząc na niego, obie dziewczyny wrzucają mu coś do torby, a on wciska im w dłonie jedzenie, które szybko chowają w rękawach. Przy wejściu do obozu kobiecego rozdzielają się. Lale nie wie, co znajdzie w czterech owiniętych w szmaty pakunkach, które kładzie na łóżku. Rozwija je ostrożnie. Ze środka wypadają polskie złotówki w bilonie i banknotach, pojedyncze diamenty, rubiny i szafiry, złote i srebrne pierścionki z kamieniami szlachetnymi. Owładnięty zgrozą Lale cofa się i wpada na drzwi. Ma pełną świadomość smutnego pochodzenia przedmiotów, które leżą teraz przed nim, a które kiedyś wyznaczały najważniejsze momenty w życiu poprzednich właścicieli. Boi się też o własne bezpieczeństwo. Gdyby ktoś zobaczył go z tym łupem, Lale byłby natychmiast skazany na śmierć. Słysząc hałas za drzwiami, wrzuca pieniądze i klejnoty do torby, a sam wskakuje na łóżko. Nikt jednak nie wchodzi. Zabiera torbę ze sobą na kolację. Nie odkłada jej tam na podłogę, nie wypuszcza jej z rąk ani na moment, usiłując nie zwracać na siebie zbytniej uwagi. Podejrzewa, że nie do końca mu się to udaje.

Później wieczorem oddziela pieniądze od klejnotów, a pojedyncze kamienie od biżuterii i zawija je w oddzielne szmaty. Większość łupu umieszcza pod materacem. Do torby wkłada pojedynczy rubin i pierścionek z diamentem.

•

Następnego dnia o siódmej rano Lale kręci się w pobliżu głównego wejścia do obozu, przez które wchodzą właśnie robotnicy. Podchodzi do Wiktora i wyciąga w jego stronę otwartą dłoń, na której leżą rubin i pierścionek. Wiktor podaje mu rękę, jednocześnie odbierając od niego drogocenne przedmioty. Po chwili zręcznie podrzuca przygotowane pakunki do otwartej torby Lalego. Tym samym ich sojusz zostaje przypieczętowany.

– Szczęśliwego Nowego Roku – szepcze Wiktor.

Lale oddala się truchtem, a gęsty śnieg pokrywa cały obóz białą warstwą. Zaczyna się 1943 rok.

7

Jest przeraźliwie zimno, a cały obóz tonie w brei ze zmieszanego śniegu i błota, ale Lalego nie opuszcza dobry nastrój. Jest niedziela. Lale i Gita dołączą do innych śmiałków, którzy wybiorą się na spacer po obozie z nadzieją, że uda im się spotkać choć w przelocie, zamienić słowo czy dotyk dłoni.

Lale niecierpliwie chodzi tam i z powrotem i wypatruje Gity, próbując się trochę rozgrzać. Przechodzi przed wejściem do obozu kobiecego tak często, jak może, nie ściągając na siebie podejrzeń wartowników. Z Bloku 29 wychodzi kilka dziewcząt, ale Gity wśród nich nie ma. Już ma się poddać, gdy nagle zjawia się Dana i rozgląda wokół. Zauważywszy Lalego, podbiega.

– Gita jest chora! – woła, gdy tylko znajdzie się w zasięgu jego słuchu. – Naprawdę bardzo chora, Lale, nie wiem, co mam zrobić.

Serce zamiera mu w piersi. W panice przypomina sobie wózek z trupami i to, jak niewiele wtedy brakowało, jak inni pielęgnowali go w chorobie.

– Muszę ją zobaczyć.

– Nie możesz wejść. Nasza kapo jest w paskudnym humorze. Chce wezwać esesmanów, żeby zabrali Gitę.

– Nie możesz do tego dopuścić. Nie mogą jej zabrać. Proszę cię, Dana – błaga Lale. – Co jej jest? Wiesz?

– Naszym zdaniem to tyfus. Kilka dziewczyn z naszego bloku umarło w tym tygodniu.

– W takim razie ona potrzebuje lekarstwa.

– A skąd my weźmiemy leki, Lale? Jeśli pójdę do szpitala i poproszę o coś na tyfus, po prostu ją zabiorą. Nie mogę jej stracić. Straciłam już całą rodzinę. Proszę, pomóż nam, Lale. – Głos Dany drży błagalnie.

– Nie zabierajcie jej do szpitala. Pod żadnym pozorem tam nie idźcie. – Lale gorączkowo zastanawia się, co zrobić. – Posłuchaj mnie, Dana. Będę potrzebował kilku dni, ale spróbuję załatwić dla niej jakieś leki.

Ogarnia go odrętwienie. Patrzy przed siebie niewidzącymi oczami. Serce tłucze mu się w piersi.

– Już wiem. Jutro rano zabierzcie ją do pracy, jeśli trzeba, to ją zaciągnijcie albo zanieście, nieważne jak, ale dopilnujcie, żeby dotarła do „Kanady". Ukryjcie ją w ubraniach na cały dzień, spróbujcie podawać jej jak najwięcej wody, a potem zabierzcie ją na blok na apel. Możliwe, że trzeba będzie to robić codziennie przez kilka dni, zanim załatwię lekarstwo, ale musicie. Inaczej zabiorą ją do szpitala. Teraz już idź i zaopiekuj się nią.

– Dobrze, dam radę, Ivana pomoże. Ale Gita musi dostać leki.

Lale z całej siły ściska Danę za rękę.

– Powiedz jej...

Dana czeka.

– Powiedz jej, że się nią zajmę.

Lale patrzy, jak Dana biegnie z powrotem na blok. Nie może się ruszyć. W głowie kłębią mu się myśli. Widzi codziennie wózek do wywózki trupów – nazywają go „Czarna Mańka" – ona nie może na nim skończyć. Jej los nie może się tam dopełnić.

Lale widzi wokół innych śmiałków, którzy odważyli się wyjść na zewnątrz. Wyobraża sobie, że padają nagle na śnieg i uśmiechają się, patrząc na niego, wdzięczni za śmierć, która wybawiła ich od tego miejsca.

– Nie zabierzesz jej. Nie pozwolę ci jej zabrać! – woła.

Więźniowie odsuwają się od niego. W ten ponury, ciemny dzień esesmani woleli zostać w czterech ścianach, więc Lale jest sam, sparaliżowany przez zimno i strach. W końcu rusza przed siebie. Umysł na powrót łączy się z ciałem. Z trudem dociera do pokoju i wali się na łóżko.

•

Następnego dnia rano do pokoju Lalego wpadają promienie słońca. Pomieszczenie wydaje się zupełnie puste, jakby nawet jego tam nie było. Patrząc na wszystko z góry, nie widzi samego siebie. Ma wrażenie, jakby opuścił własne ciało. *Gdzie ja jestem? Muszę wracać. Mam coś ważnego do zrobienia.* Wspomnienie wczorajszego spotkania z Daną sprawia, że Lale gwałtownie powraca do rzeczywistości.

Chwyta teczkę i buty, na ramiona zarzuca koc i biegnie w stronę bramy wejściowej do obozu. Nie obchodzi go, kto jeszcze tam jest. Musi natychmiast znaleźć Wiktora i Jurka.

Obaj mężczyźni przybywają razem z pozostałymi robotnikami z placówki, z trudem brnąc w głębokim śniegu. Na widok Lalego odłączają się od grupy. Ten pokazuje Wiktorowi warte fortunę klejnoty i pieniądze, które trzyma w dłoni. Wrzuca wszystko do torby Wiktora.

– Potrzebuję czegoś na tyfus – mówi. – Możesz mi pomóc?

Wiktor wkłada pakunek z jedzeniem do otwartej teczki Tatowierera i kiwa głową.

– Tak.

Lale biegnie na Blok 29 i patrzy z daleka.

Gdzie one są? Dlaczego nie wychodzą?

Chodzi tam i z powrotem, obojętny, niepomny na oczy patrzące na niego z otaczających obóz wież wartowniczych. Musi zobaczyć Gitę. Musiała przeżyć noc. W końcu widzi, jak Dana i Ivana prowadzą, a właściwie niosą ją na ramionach. Inne dwie dziewczyny ustawiają się tak, żeby zasłonić całą trójkę. Przytłoczony myślą, że to być może ostatni raz, kiedy ją widzi, Lale pada na kolana.

– Co ty wyprawiasz? – Baretzki wyrasta przed nim jak spod ziemi.

Lale z trudem się podnosi.

– Źle się poczułem, ale już mi przeszło.

– Może powinieneś iść do lekarza? Wiesz, że mamy tu w Auschwitz kilku.

– Nie, dziękuję. Już prędzej bym pana poprosił, żeby mnie pan zastrzelił.

Baretzki wyciąga pistolet z kabury.

– Twoja wola, Tätowierer, jeśli to tu właśnie chcesz umrzeć, to cała przyjemność po mojej stronie.

– W to nie wątpię, ale może kiedy indziej – mówi Lale. – Zakładam, że czeka nas robota do zrobienia?

Baretzki chowa pistolet.

– Auschwitz – mówi i rusza z miejsca. – I odnieś ten koc tam, skąd go wziąłeś. Wyglądasz jak idiota.

•

Lale i Leon spędzają poranek w Auschwitz, tatuując numery wystraszonym przybyszom. Starają się to robić najdelikatniej, jak się da, ale Lale myślami jest przy Gicie, więc kilka razy przyciska igłę za mocno.

Po południu, po skończonej pracy, Lale na wpół idzie, na wpół biegnie do Birkenau. W pobliżu wejścia na Blok 29 natyka się na Danę i wręcza jej całe swoje śniadanie.

– Zrobiłyśmy dla niej posłanie z ubrań – mówi kobieta, zawijając jedzenie w zaimprowizowany mankiet rękawa koszuli. – I poiłyśmy wodą z roztopionego śniegu. Po południu zabrałyśmy ją z powrotem na blok, ale nadal jest w bardzo kiepskim stanie.

Lale ściska dłoń Dany.

– Dziękuję. Spróbujcie ją czymś nakarmić. Jutro będę miał lekarstwo.

Po drodze w głowie kłębią mu się myśli. Ledwo zna Gitę, ale jak miałby dalej żyć, jeśli ona umrze?

Całą noc nie potrafi zmrużyć oka.

Następnego ranka Wiktor wkłada lekarstwo razem z jedzeniem do torby Lalego.

Po południu udaje mu się zanieść wszystko Danie.

•

Wieczorem Dana i Ivana siedzą u boku nieprzytomnej Gity. Tyfus jest silny, dziewczyna pogrąża się w czarnej, nieruchomej otchłani. Mówią do niej, ale nic nie wskazuje na to, żeby je słyszała. Ivana trzyma usta Gity otwarte, a Dana wlewa w nie kilka kropli płynu z niewielkiej fiolki.

– Nie wiem, czy dam radę dłużej nosić ją do „Kanady" – mówi wyczerpana do granic możliwości Ivana.

– Polepszy jej się – w głosie Dany słychać absolutną pewność. – To jeszcze tylko kilka dni.

– Skąd Lale wziął to lekarstwo?

– Nie nasza sprawa. Po prostu cieszmy się, że mu się udało.

– Myślisz, że jest już za późno?

– Nie wiem, Ivana. Po prostu przytulmy ją i pomóżmy jej przeżyć noc.

•

Następnego dnia rano Lale widzi z daleka, jak koleżanki znowu niosą Gitę do „Kanady". Kilka razy widzi, że dziewczyna usiłuje podnieść głowę, i na ten widok ogarnia go radość. Teraz musi znaleźć Baretzkiego.

Główna kwatera SS mieści się w Auschwitz, ale w Birkenau zajmują niewielki budynek, i to właśnie tam kieruje kroki Lale z nadzieją, że prędzej czy później natknie się na Baretzkiego. Ten rzeczywiście pojawia się po kilku godzinach, zdziwiony na widok czekającego na niego Lalego.

– Stęskniłeś się za robotą czy co?

– Muszę pana poprosić o przysługę – wyrzuca z siebie Lale.

Oczy Baretzkiego zwężają się.

– Starczy już tych przysług.

– Może kiedyś będę się panu mógł zrewanżować?

Propozycja rozśmiesza esesmana.

– A niby co takiego ty mógłbyś dla mnie zrobić?

– Nigdy nie wiadomo. Ale może na wszelki wypadek chciałby pan zarezerwować sobie taką przysługę na przyszłość?

Baretzki wzdycha.

– Czego chcesz?

– Chodzi o Gitę.

– Twoją dziewczynę?

– Czy mógłby pan załatwić, żeby przenieśli ją z „Kanady" do budynku administracji?

– Po co? Pewnie chcesz, żeby była tam, gdzie jest ciepło?

– Tak.

Baretzki dłubie obcasem w ziemi.

– To może potrwać dzień albo dwa, ale zobaczę, co się da zrobić. Niczego nie obiecuję.

– Dziękuję panu.

– Tylko nie zapomnij, Tätowierer. – Esesman uśmiecha się znowu bezczelnie, bawiąc się trzymaną w dłoni krótką pałką. – Jesteś mi winien przysługę.

Udając odważniejszego, niż się czuje, Lale wypala:

– Jeszcze nie, proszę pana, ale mam nadzieję, że już wkrótce będę.

Drogę powrotną przebywa lżejszym krokiem. Kto wie, może udało mu się sprawić, że życie Gity będzie trochę łatwiejsze.

•

W następną niedzielę Lale idzie powoli u boku zdrowiejącej Gity. Chciałby otoczyć ją ramieniem, jak Dana i Ivana mają w zwyczaju, ale nie śmie. Wystarczy mu, że może być przy niej. Gita bardzo szybko się męczy, ale jest za zimno, żeby usiąść. Ma na sobie długi wełniany płaszcz, bez wątpienia wyniesiony z „Kanady" przy braku sprzeciwu esesmanów. W płaszczu są głębokie kieszenie, więc Lale napełnia je jedzeniem, a potem odsyła dziewczynę z powrotem na blok, żeby odpoczęła.

•

Kolejnego ranka esesmanka prowadzi drżącą Gitę do budynku administracji. Nikt jej nic nie powiedział, więc automatycznie zakłada najgorsze i boi się. Była chora, a teraz jest osłabiona. Najwyraźniej władze zadecydowały, że na nic się już nie przyda. Esesmanka rozmawia z wyższą rangą funkcjonariuszką, a Gita rozgląda się po sporych rozmiarów pomieszczeniu. Wypełniają je zwykłe zielone biurka i szafki kartoteczne. Wszystko jest na swoim miejscu. To, co odczuwa jako pierwsze, to ciepło. Esesmani także tutaj pracują, więc oczywiście, że mają ogrzewanie. Pracownice, więźniarki i cywilne kobiety pracują szybko i w ciszy, z opuszczonymi głowami.

Wartowniczka, która przyprowadziła tu Gitę, kieruje ją w stronę swojej koleżanki, ale dziewczyna się potyka, ciągle jeszcze osłabiona po chorobie. Starsza rangą funkcjonariuszka podtrzymuje ją i nie pozwala upaść, a potem odpycha ją brutalnie. Następnie chwyta Gitę za ramię i przygląda się uważnie jej tatuażowi, po czym ciągnie do pustego biurka i siłą sadza na twardym drewnianym krześle obok więźniarki ubranej tak jak ona. Ta druga dziewczyna nie podnosi głowy, kurczy się tylko, jakby chciała się wydać niewidzialna.

– Pokaż jej, co ma robić – warczy niezadowolona wartowniczka.

Kiedy zostają same, dziewczyna pokazuje Gicie długą listę nazwisk i danych, wręcza jej pęk arkuszy i sygnalizuje, że ma je wpisywać najpierw na arkusz, a potem do ogromnej, oprawnej w skórę księgi leżącej między nimi. Nie pada ani jedno słowo, a rozejrzawszy się szybko po pomieszczeniu, Gita wie już, że nie wolno jej otworzyć ust.

Jakiś czas później Gita słyszy znajomy głos. Lale wchodzi do pokoju i wręcza dokumenty jednej z cywilnych kobiet pracujących za biurkiem w recepcji. Po skończonej rozmowie Lale rozgląda się po obecnych, a kiedy jego wzrok napotyka Gitę, puszcza do niej oko. Dziewczyna nie może powstrzymać głośnego westchnięcia, a kilka kobiet odwraca głowy w jej stronę. Towarzyszka siedząca obok daje jej kuksańca w żebra, a Lale pospiesznie wychodzi z pokoju.

•

Po pracy Gita widzi, że Lale obserwuje z oddalenia kobiety wychodzące z budynku administracji. Wokół kręci się mnóstwo strażników, więc nie może podejść bliżej. Po drodze dziewczęta mają wreszcie okazję porozmawiać.

– Mam na imię Cilka – przedstawia się nowa koleżanka Gity. – Jestem na Bloku 25.

– Gita, Blok 29.

Wchodząc do obozu kobiecego, natykają się na Danę i Ivanę. Zaniepokojone przyjaciółki podbiegają do Gity.

– Nic ci nie jest? Gdzie oni cię zabrali? I dlaczego? – dopytuje Dana, a na jej twarzy strach miesza się z wyrazem ulgi.

– Wszystko w porządku. Przenieśli mnie do biura administracji.

– Jak to? – Ivana nie może uwierzyć.

– Lale. Podejrzewam, że on to jakoś załatwił.

– Ale na pewno nic ci się nie stało? Nie zrobili ci krzywdy?

– Nic mi nie jest. To jest Cilka, pracujemy razem.

Dana i Ivana ściskają Cilkę na powitanie. Gita uśmiecha się, szczęśliwa, że jej przyjaciółki tak ochoczo przyjęły nową koleżankę do swojego grona. Przez całe popołudnie zamartwiała się, jak zareagują na to, że będzie teraz pracować we względnej wygodzie, bez konieczności stania na zimnie i wykonywania pracy fizycznej. Nie winiłaby ich, gdyby jej zazdrościły i nie chciały się z nią dłużej przyjaźnić.

– Lepiej wrócę już na mój blok – mówi Cilka. – Do zobaczenia jutro, Gita.

Ivana patrzy za oddalającą się dziewczyną.

– Ależ ona jest ładna. Nawet w tych szmatach widać jej urodę.

– Rzeczywiście. Cały dzień się do mnie uśmiechała, żeby dodać mi otuchy. Wnętrze ma równie piękne jak powierzchowność.

Cilka odwraca się i uśmiecha do stojącej za nią trójki. Nagle ściąga z głowy chustę i macha nią w stronę dziewcząt, a jej długie ciemne włosy opadają ciężką masą na plecy. Młoda kobieta porusza się z gracją łabędzia, jakby nie była świadoma własnej urody, a otaczająca ją groza nie odcisnęła na niej najmniejszego piętna.

– Musisz ją zapytać, jakim cudem udało jej się uratować włosy – mówi Ivana, drapiąc się w zamyśleniu w schowaną pod chustką głowę.

Gita zdejmuje własną chustę i przesuwa dłonią po króciutkiej, ostrej szczecinie; dobrze wie, że wkrótce znowu ogolą jej głowę na łyso. Uśmiech na chwilę znika z jej ust. Ale zaraz na powrót zakłada chustkę, bierze Danę i Ivanę pod ramię i razem z nimi idzie w stronę wózka z jedzeniem.

8

Lale i Leon pracują na okrągło, a Niemcy wkraczają do każdego miasta, miasteczka i wioski i opróżniają je z Żydów. Ci z Francji, Belgii, Jugosławii, Włoch, Moraw, Grecji i Norwegii dołączają do więźniów przywiezionych już wcześniej z Niemiec, Austrii, Polski i Słowacji. W Auschwitz tatuują tych, którzy mieli nieszczęście wpaść w oko członkom obozowej „służby medycznej". Skierowani do pracy więźniowie są przywożeni pociągiem do Birkenau, co oszczędza Leonowi i Lalemu ośmiokilometrowego spaceru tam i z powrotem. Jednak przez to, że przyjeżdża tyle transportów, Lale nie ma kiedy odebrać szmuglu od dziewcząt z „Kanady", a przecież codziennie dostaje od Wiktora różne dobra. Od czasu do czasu, kiedy pracy jest nieco mniej, a pora dnia wydaje się odpowiednia, Lale prosi strażników, żeby wypuścili go do latryny; wtedy biegnie do „Kanady". Kolekcja klejnotów, biżuterii i pieniędzy pod materacem stale rośnie.

Dzień ustąpił miejsca nocy, a końca kolejki nie widać. Następni mężczyźni jeden po drugim podchodzą po numer na całe życie, niezależnie, czy pisane jest im krótkie czy długie. Lale pracuje mechanicznie: odbiera papier, przytrzymuje rękę, nanosi numer. „Dalej". „Następny". Wie, że jest zmęczony, ale kolejne ramię jest tak ciężkie, że wypuszcza je z rąk. Stoi przed nim olbrzym: na szerokim jak beczka korpusie osadzona jest gruba szyja i potężne kończyny.

– Jestem strasznie głodny – szepcze gigant.

Lale robi coś, na co nigdy wcześniej się nie zdecydował.

– Jak masz na imię? – pyta.

– Jakub.

Lale zabiera się do tatuowania numeru Jakuba. Kiedy kończy, rozgląda się i widzi, że pilnujący ich strażnicy są zmęczeni i nie zwracają już uwagi na to, co się dzieje. Gestem pokazuje Jakubowi, by wyszedł poza światła reflektorów i stanął w ciemności.

– Poczekaj tu, aż skończę.

Kiedy ostatni więzień otrzymuje numer, Lale i Leon zbierają narzędzia i składają stolik. Lale macha Leonowi na pożegnanie i przeprasza, że znowu ominęła go kolacja, obiecując przynieść mu coś jutro rano. *Raczej dzisiaj rano.* Jakub ciągle się chowa, a Lale ociąga się z odejściem, upewniając się, że wszyscy strażnicy już poszli. W końcu stwierdza, że wokół nie ma nikogo. Rzuca okiem na wieże wartownicze, ale nikt nie patrzy w ich stronę. Razem z Jakubem pospiesznie kierują się do kwatery Lalego. Na miejscu Lale zamyka drzwi, a Jakub siada na łóżku. Lale podnosi róg zapadniętego materaca i wyjmuje stamtąd chleb i kiełbasę. Podaje je Jakubowi, który pochłania jedzenie w mgnieniu oka.

Kiedy znika ostatni okruszek, Lale pyta:

– Skąd jesteś?

– Z Ameryki.

– Jakim cudem tutaj wylądowałeś?

– Byłem w odwiedzinach u rodziny w Polsce i tam utknąłem. Nie mogłem wyjechać. A potem była łapanka i tu mnie przywieźli. Nie wiem, co się stało z moją rodziną. Rozdzielili nas.

– Ale naprawdę mieszkasz w Ameryce?

– Tak.

– Cholera, ciężka sprawa.

– A ty jak się nazywasz? – chce wiedzieć Jakub.

– Lale. Tu wszyscy mówią do mnie Tätowierer. Coś mi podpowiada, że dasz sobie tu nieźle radę, tak samo jak ja.

– Nie rozumiem. Co masz na myśli?

– Kawał chłopa z ciebie. Niemcy to najgorsze bydlaki, jakie ziemia nosiła, ale nie są głupi. Mają dryg do tego, żeby znaleźć właściwego człowieka do właściwej pracy i na pewno znajdą ci zajęcie.

– Jakie zajęcie?

– Nie wiem. Wszystko w swoim czasie. Wiesz, na który blok masz się zgłosić?

– Blok 7.

– Starzy znajomi. Chodź, pomogę ci się tam dostać. Musisz tam być, kiedy za kilka godzin wywołają twój numer.

•

Dwa dni później jest niedziela. Pięć poprzednich tygodni Lale przepracował, więc strasznie tęskni za Gitą. Kiedy dzisiaj idzie przez obóz i rozgląda się za nią, na niebie świeci słońce. Skręcając za róg bloku, słyszy wiwatujących ludzi i oklaski. Takie dźwięki nie zdarzają się w obozie. Lale przeciska się przez tłum. W środku, otoczony przez publiczność złożoną z więźniów i strażników, Jakub daje przedstawienie.

Trzej mężczyźni przynoszą mu wielki drewniany pal, a on chwyta go bez trudu i podrzuca. Więźniowie usuwają się w porę. Inny więzień wyciąga wielki metalowy pręt, a Jakub zgina go na pół. Przedstawienie trwa jakiś czas, Jakub zaś popisuje się siłą, żonglując coraz to cięższymi przedmiotami. Nagle zapada cisza. Zbliża się Houstek w obstawie esesmanów. Nieświadomy, że właśnie powiększyła się jego publiczność, Jakub kontynuuje popisy. Podnosi nad głowę kawałek stali i skręca jak kartkę, a Houstek przygląda mu się uważnie, po czym skinieniem głowy daje znak stojącym w pobliżu strażnikom. Otaczają Jakuba. Nie próbują go dotykać, po prostu lufami karabinów pokazują mu, gdzie ma iść.

Tłum się przerzedza, a Lale wreszcie widzi Gitę i jej koleżanki. Podbiega do nich. Któraś z dziewczyn chichocze na jego widok. Tu, w obozie śmierci, jej śmiech brzmi jak dźwięk nie z tego świata, a Lalego ogarnia radość. Gita promienieje. Lale bierze ją pod ramię i prowadzi tam gdzie zwykle, na tyły budynku administracji. Ziemia jest ciągle zamarznięta, więc ma gdzie usiąść. Gita opiera się plecami o ścianę i unosi twarz ku słońcu.

– Zamknij oczy – mówi Lale.

– Po co?

– Po prostu zamknij. Zaufaj mi.

Gita przymyka powieki.

– Otwórz usta.

Oczy dziewczyny otwierają się.

– Zamknij oczy i otwórz usta.

Gita spełnia polecenie. Lale wyciąga z torby kostkę czekolady. Przykłada ją do warg dziewczyny, pozwala, by poczuła jej kształt, a potem powoli wsuwa jej do ust. Gita dotyka czekolady językiem. Lale wysuwa czekoladową kostkę na powrót spomiędzy jej warg, pocierając o nie zwilżoną powierzchnią przysmaku, a Gita z rozkoszą zlizuje słodycz. Kiedy czekolada wraca do jej ust, odgryza kawałek i otwiera szeroko oczy. Delektując się smakiem, mówi:

– Dlaczego czekolada smakuje lepiej, kiedy ktoś cię nią karmi?

– Nie mam pojęcia. Nikt nigdy nie karmił mnie czekoladą.

Gita wyjmuje z dłoni Lalego resztę czekolady.

– Zamknij oczy i otwórz usta.

Powtarzają rytuał, zamieniając się rolami. Gita rozsmarowuje ostatni kawałek na wargach Lalego, po czym całuje go delikatnie, zlizując słodycz z jego warg.

Lale otwiera oczy i widzi jej zamknięte powieki. Bierze ją w ramiona i całuje namiętnie. W końcu Gita otwiera oczy i ściera spływające mu z policzków łzy.

– Co tam jeszcze masz w tej torbie? – pyta, drocząc się z nim.

Lale pociąga nosem i wybucha krótkim śmiechem.

– Pierścionek z diamentem. A może wolałabyś szmaragd?

Dziewczyna podejmuje grę.

– Wezmę diament, dziękuję uprzejmie.

Lale szpera przez chwilę w torbie, po czym wyciąga przepiękny srebrny pierścionek z pojedynczym diamentem. Wręcza go jej.

– Jest twój.

Gita nie odrywa oczu od błyszczącego w promieniach słońca kamienia.

– Skąd go masz?

– Od dziewczyn z „Kanady". Wynoszą dla mnie klejnoty i pieniądze. To za nie kupuję jedzenie i lekarstwa, które wam przynosiłem. Śmiało, weź go.

Gita wyciąga rękę po pierścionek, ale cofa ją w pół gestu.

– Nie, zatrzymaj go lepiej. Zrób z niego dobry użytek.

– Dobrze. – Lale chowa pierścionek do torby.

– Poczekaj. Daj mi jeszcze raz na niego spojrzeć.

Lale trzyma pierścionek w palcach, obracając go to w jedną, to w drugą stronę.

– To najpiękniejsza rzecz, jaką kiedykolwiek widziałam. Możesz go już schować.

– To druga w kolejności najpiękniejsza rzecz, jaką kiedykolwiek widziałem – mówi Lale, patrząc na Gitę. Dziewczyna rumieni się i odwraca twarz.

– Poproszę jeszcze kawałek tej czekolady, jeśli coś zostało.

Lale podaje jej pół tabliczki. Gita odłamuje część i wkłada do ust, przymykając na moment powieki. Resztę chowa do rękawa.

– Chodź – mówi Lale. – Odprowadzę cię do dziewczyn, żebyś mogła się z nimi podzielić.

Gita dotyka dłonią jego twarzy, głaszcze go po policzku.

Lale idzie niepewnie, jej bliskość zapiera mu dech w piersi.

Gita bierze go za rękę i prowadzi za sobą. Kiedy docierają do głównej części obozu, Lale dostrzega Baretzkiego. Puszcza rękę dziewczyny, a jego spojrzenie wyraża wszystko, czego nie może powiedzieć. Boli go, że musi się z nią rozstać bez słowa, nie mając pewności, kiedy się znowu zobaczą. Baretzki łypie na niego groźnie.

– Szukałem się – mówi. – Chodź, jest robota do zrobienia w Auschwitz.

•

Po drodze Lale i Baretzki mijają kilkuosobowe grupy robotników, najpewniej odesłanych do pracy w niedzielę za karę. Pilnujący ich esesmani pozdrawiają Baretzkiego, ale on nie zwraca na nich uwagi. Jest dzisiaj w wyjątkowo złym nastroju. Zazwyczaj usta mu się nie zamykają, ale teraz jest spięty i milczący. Lale widzi przed sobą trzech więźniów siedzących na ziemi plecami do siebie, podpierających się nawzajem, wyraźnie wyczerpanych. Podnoszą oczy na Lalego i Baretzkiego, ale nawet nie próbują się ruszyć. Nie zwalniając kroku, Baretzki wyciąga broń i oddaje w ich kierunku kilka strzałów.

Lale zamiera. Nie może oderwać wzroku od martwych ciał. W końcu przenosi spojrzenie na oddalającą się sylwetkę esesmana i przypomina sobie, kiedy pierwszy raz widział taki sam niesprowokowany niczym atak na bezbronnych ludzi, siedzących w ciemności na desce. Staje mu przed oczami pierwsza noc po przyjeździe do Auschwitz. Baretzki odchodzi, a Lale boi się, że jeszcze chwila i to na nim wyładuje gniew. Musi go dogonić, ale trzyma się kilka kroków z tyłu. Wie, że Baretzki zdaje sobie sprawę z jego obecności. Raz jeszcze mijają bramę prowadzącą do Auschwitz, a Lale podnosi głowę i patrzy na widniejące na jej szczycie słowa: ARBEIT MACHT FREI. W duchu przeklina Boga, chociaż nie wie, czy jakiś go w ogóle słucha.

9
MARZEC 1943

Lale zgłasza się do administracji po instrukcje. Pogoda powoli się poprawia. Od tygodnia nie padał śnieg. Wchodząc, rozgląda się po biurze, żeby się upewnić, że Gita jest na swoim miejscu. Widzi, że siedzi obok Cilki. Dziewczęta bardzo się zaprzyjaźniły, a wygląda na to, że Dana i Ivana przyjęły Cilkę do swojego grona. Obie odpowiadają na jego zwyczajowe mrugnięcie stłumionym uśmiechem. Lale podchodzi do Polki za biurkiem.

– Dzień dobry, Bella. Piękny dzień dzisiaj mamy.

– Dzień dobry, Lale. Mam tu twoje papiery. Mam ci powiedzieć, że dzisiaj wszystkie numery mają mieć z przodu literę „Z".

Lale przegląda listę i rzeczywiście, przed każdym numerem widnieje wyraźne „Z".

– Wiesz, co to może znaczyć?

– Nie, Lale. Mnie nic nie mówią. Ty wiesz więcej niż ja. Ja po prostu robię, co mi każą.

– Ja też, Bella. Dzięki i do zobaczenia później.

Z instrukcjami w dłoni Lale kieruje się do wyjścia, kiedy dobiega go głos Belli.

– Lale! – woła, wskazując gestem głowy na Gitę. – Nie zapomniałeś o czymś?

Lale z uśmiechem odwraca się w stronę Gity i unosi brwi. Kilka kobiet zakrywa usta i rozgląda się za pilnującymi ich esesmanami.

•

Na zewnątrz czeka Leon. Po drodze Lale przekazuje mu zalecenia. Gdy docierają na miejsce, najnowszy transport opuszcza właśnie ciężarówki. Obaj stają jak wryci na ten widok: wśród wysiadających są dzieci, także starsi mężczyźni i kobiety. W Birkenau nigdy dotąd nie było dzieci.

– Chyba nie każą nam tatuować dzieciaków. Ja tego nie zamierzam robić – oświadcza Leon.

– Baretzki idzie. On nam powie, co mamy robić.

Esesman podchodzi do nich niespiesznie.

– Widzę, że zauważyłeś dzisiaj coś nowego, Tätowierer. To są twoi nowi towarzysze. Od dzisiaj będziecie razem mieszkać, więc lepiej bądź dla nich miły. Ich jest więcej. Znacznie więcej. – Lale milczy. – Cyganie. Plaga Europy, gorsza nawet niż wy. Nie wiem dlaczego, ale Führer zadecydował, że mają z tobą mieszkać. Co ty na to, Tätowierer?

– Czy mamy też tatuować dzieci?

– Macie tatuować każdego, kto przyjdzie z kartką z numerem. Idę na selekcję, będę bardzo zajęty, więc lepiej, żebym nie musiał tu wracać.

Baretzki odchodzi, a Leon mówi ze ściśniętym gardłem:

– Ja tego nie zrobię.

– Poczekaj, zobaczymy, jak się rozwinie sytuacja.

Po chwili mężczyźni i kobiety w różnym wieku, od niemowląt w ramionach matek po zgarbionych staruszków, podchodzą do Leona i Lalego, którzy z ulgą stwierdzają, że dzieci nie będą jednak tatuowane. Mimo wszystko niektórzy z przybyszów, którzy podchodzą po numer, wydają mu się bardzo młodzi. Niemniej Lale robi, co do niego należy, uśmiecha się do dzieci, kiedy tatuuje skórę ich rodziców, a od czasu do czasu komplementuje urodę niemowlęcia na rękach matki. Baretzki jest za daleko, żeby usłyszeć. Największy problem Lale ma z tatuowaniem rąk starszych kobiet, które sprawiają wrażenie żywych trupów: puste oczy, być może świadome czekającego je nieuchronnie przeznaczenia. Takim kobietom Lale mówi „przykro mi". Wie, że najprawdopodobniej go nie rozumieją.

•

W budynku administracji Gita i Cilka pracują przy biurku. Dwóch esesmanów podchodzi do nich bez ostrzeżenia. Cilka nie może powstrzymać stłumionego okrzyku, kiedy jeden szarpie ją za ramię i zmusza, by wstała. Gita patrzy, jak mężczyźni wyprowadzają dziewczynę z pomieszczenia, widzi jej zalękniony, pełen błagania wzrok. W oszołomieniu nie zauważa, jak podchodzi do niej strażniczka, czuje dopiero ból uderzenia w głowę na znak, że ma wracać do pracy.

Ciągnięta korytarzem prowadzącym do nieznanej jej części budynku Cilka próbuje się opierać, ale w starciu z dwoma strażnikami nie ma szans. Zatrzymują się przed zamkniętymi drzwiami, otwierają je, po czym dosłownie wrzucają ją do środka. Cilka podnosi się i rozgląda. W pomieszczeniu zwraca uwagę zwłaszcza ogromne łóżko z baldachimem. Jest też komódka, stolik nocny z lampą i krzesło. Na krześle ktoś siedzi. Cilka go rozpoznaje. Lagerführer Schwarzhuber. Kierownik obozu w Birkenau. Wysoki, potężnie zbudowany mężczyzna, rzadko widywany w obozie. Postukując pejczem o wysoki but ze skóry, wpatruje się w powietrze ponad głową Cilki, a jego twarz nie wyraża absolutnie żadnych emocji. Cilka przywiera plecami do drzwi, dłonią po omacku szuka klamki. Nagle ciśnięty z ogromną siłą pejcz przelatuje przez pomieszczenie i uderza w jej rękę. Cilka krzyczy z bólu i osuwa się na podłogę.

Schwarzhuber podchodzi do niej i podnosi pejcz. Staje nad jej skulonym ciałem. Jego nozdrza rozdymają się, oczy patrzą groźnie. Lagerführer zdejmuje z głowy czapkę i rzuca za siebie. Drugą ręką uderza rytmicznie zwiniętym pejczem o nogę. Przy każdym uderzeniu Cilka wzdryga się, oczekując, aż spadnie na nią cios. Schwarzhuber końcówką pejcza podciąga jej do góry koszulę. Zdając sobie sprawę, co ją czeka, Cilka drżącymi rękami odpina dwa górne guziki. Nacisk pejcza pod podbródkiem zmusza ją do wstania. Schwarzhuber góruje nad nią. Jego oczy zdają się nic nie widzieć. Oto człowiek, którego dusza umarła, a ciało czeka, żeby do niej dołączyć.

Niemiec rozkłada ramiona, co Cilka rozumie jako rozkaz „rozbierz mnie". Podchodzi do niego na odległość wyciągniętej ręki i zaczyna rozpinać niezliczone guziki marynarki. Kiedy na jej plecy spada nagle uderzenie, wie, że ma się pospieszyć. Schwarzhuber musi odłożyć pejcz, żeby mogła zdjąć z niego marynarkę. Odbierając od niej ubranie, rzuca je w ślad za czapką. Sam zdejmuje podkoszulek. Cilka zaczyna odpinać mu pas i rozporek. Klęka i ściąga z niego spodnie, ale na przeszkodzie stają jej cholewy wysokich esesmańskich butów.

Cilka upada ciężko, kiedy Niemiec ją popycha, po czym klęka nad nią z kolanami po obu jej bokach. Rozdziera jej koszulę, a przerażona dziewczyna usiłuje zakryć własną nagość dłońmi. Kiedy na jej twarz spada uderzenie wierzchem dłoni, zamyka oczy i przygotowuje się na to, co nieuniknione.

•

Tego wieczora Gita biegnie na blok ze łzami płynącymi szeroką strugą. Chwilę później Dana i Ivana wracają i znajdują ją łkającą na pryczy. Jedyne, co udaje im się zrozumieć, to że Cilka została zabrana.

•

To była kwestia czasu. Jako Tätowierer Lale miał dla siebie cały blok. Wracając codziennie z pracy, widział, jak wokół wyrastają nowe budynki. Obóz nabiera kształtu. Lale sypia w osobnym pokoju, a zazwyczaj tylko kapo mają takie przywileje, choć przecież on sam wcale nie jest kapo. Zawsze zakładał, że ktoś kiedyś przyjdzie i zajmie puste prycze.

Dziś Lale wraca na blok i patrzy, jak przed budynkiem dzieci bawią się w berka. Życie nie będzie już takie samo. Kilkoro starszych dzieci podbiega i zasypuje go pytaniami, których nie rozumie. Odkrywają, że mogą się porozumiewać łamanym węgierskim, chociaż nie zawsze daje to spodziewane efekty. Lale pokazuje swój pokój dzieciakom, mówiąc przy tym najsurowiej, jak tylko potrafi, że nigdy, przenigdy nie wolno im tam wchodzić. Wie, że go rozumieją, ale czy posłuchają? Dopiero czas pokaże. Z tego, co wie o cygańskich obyczajach (a wie niewiele), pewnie powinien pomyśleć o jakimś alternatywnym schowku na to, co trzyma pod materacem.

Lale idzie na blok, podaje rękę mężczyznom i pozdrawia kobiety, zwłaszcza starsze. Wiedzą, czym się zajmuje, ale Lale stara się wyjaśnić im to dokładniej. Chcą wiedzieć, co ich czeka. To zrozumiałe pytanie, na które on jednak nie zna odpowiedzi. Obiecuje, że jeśli coś usłyszy na ich temat, natychmiast im powie. Wydają się wdzięczni. Wielu mówi mu, że nigdy wcześniej nie rozmawiali z Żydem. Po zastanowieniu Lale dochodzi do wniosku, że on też nigdy wcześniej nie rozmawiał z Cyganem.

Tej nocy nie może zasnąć. Będzie się musiał oswoić z płaczem i głosami dzieci błagających rodziców o jedzenie.

10

Po kilku dniach Lale zostaje honorowym Romem. Zawsze kiedy wraca do obozu cygańskiego, jak teraz oficjalnie nazwano ten teren, witają go małe dzieci. Otaczają go, usiłują wciągnąć do zabawy albo próbują szperać w torbie w poszukiwaniu jedzenia. Wiedzą, że je tam ma, dzielił się już z nimi wcześniej, ale Lale wyjaśnia, że da, ile może, dorosłym, a oni zadbają, by trafiło do najbardziej potrzebujących. Codziennie podchodzą do niego mężczyźni i pytają, czy ma jakieś wieści o tym, co ich czeka. Lale zawsze odpowiada, że da im znać, jak tylko coś usłyszy. Radzi im, żeby pogodzili się z sytuacją, przynajmniej na ile to możliwe. Sugeruje, żeby zorganizowali jakieś zajęcia dla dzieci, nawet jeśli miałyby to być tylko historie o domu, rodzinie i tradycjach. Cieszy się, gdy widzi, że go posłuchali, szczególnie kiedy zauważa, że rolę nauczycielek powierzono starszym kobietom. Wydaje mu się, że dostrzega teraz w ich oczach iskierkę, której wcześniej tam nie było. Rzecz jasna jego powrót po pracy zawsze przerywa trwającą właśnie lekcję. Czasem siada i słucha razem z dziećmi. Poznaje kulturę tak różną od jego własnej. Często pyta o różne rzeczy, a kobiety chętnie odpowiadają. Dzieci także na tym korzystają, zwłaszcza że słuchają uważniej, kiedy to Lale zadaje pytania. Spędziwszy całe życie w jednym i tym samym domu, z jedną i tą samą rodziną, jest zaintrygowany wędrownym trybem życia Romów. Jego wygodna egzystencja, pewność własnego miejsca na ziemi czy doświadczenia życiowe wydają mu się nudne i przewidywalne w porównaniu z życiem w nieustannym ruchu i trudami, jakie były udziałem ludzi, z którymi przyszło mu mieszkać.

Lale zauważa, że jedna z kobiet trzyma się na uboczu. Wygląda na to, że nie ma dzieci ani rodziny, nikogo, z kim mogłaby spędzać czas albo kto okazałby jej trochę serdeczności. Często pomaga matkom, które nie dają sobie rady z liczną gromadką potomstwa. Kobieta wygląda, jakby miała dobrze po pięćdziesiątce, ale Lale wie już, że wśród Romów bywa tak, że człowiek sprawia wrażenie starszego niż w rzeczywistości. Kiedy pewnego wieczoru oboje kończą usypiać dzieci, Lale wychodzi za kobietą na zewnątrz.

– Dziękuję za pomoc – zaczyna.

Romka uśmiecha się do niego i siada obok na stosie cegieł.

– Usypiałam maluchy, zanim sama jeszcze dobrze od ziemi odrosłam. Mogę to robić z zamkniętymi oczami.

– Nie mam co do tego wątpliwości. Ale czy ja dobrze widzę, że nie masz tu żadnej rodziny?

Kobieta potrząsa głową ze smutkiem.

– Mąż i syn umarli na tyfus. Zostałam tylko ja. Nadia.

– Przykro mi, Nadio. Może opowiesz mi o nich? Ja mam na imię Lale.

Tego wieczora Lale rozmawia długo z Nadią. Najczęściej mówi on, Nadia woli słuchać. Opowiada jej o swojej rodzinie na Słowacji i zwierza się z miłości do Gity. Odkrywa, że kobieta ma zaledwie czterdzieści jeden lat. Jej sześcioletni syn umarł trzy lata temu, a dwa dni później zmarł jego ojciec. Kiedy Lale pyta ją o opinię w różnych sprawach, Nadia odpowiada tak, jak odpowiedziałaby jego matka. Czy to właśnie tak go w niej fascynuje? Czy to właśnie stąd bierze się potrzeba, by za wszelką cenę ją chronić, tak jak chce chronić Gitę? Ogarnia go przejmująca tęsknota za domem. Nie może już dłużej ignorować lęku o przyszłość. Ciemne myśli, które do tej pory od siebie odsuwał, o rodzinie i jej bezpieczeństwie, dopadają go teraz. Jeśli nie może pomóc im w żaden sposób, to zrobi wszystko co w jego mocy dla kobiety, która siedzi teraz przed nim.

•

Kilka dni później, kiedy Lale wraca po pracy, podbiega do niego chwiejnym, niepewnym jeszcze krokiem mały chłopczyk. Lale podnosi go i bierze na ręce. Ciężar i zapach dziecka przypominają mu bratanka, którego pożegnał ponad rok temu. Stawia dziecko na ziemi i biegnie do swojej kwatery. Tym razem żadne z dzieci za nim nie idzie. Coś podpowiada im, żeby zostawić go w spokoju.

Lale leży na łóżku, a jego myśli krążą wokół ostatnich chwil, jakie spędził z rodziną. Pożegnał ich na stacji kolejowej, skąd odjechał potem pociągiem do Pragi. Matka pomogła mu spakować walizkę. Ocierając płynące po policzkach łzy, wyjmowała ubrania, które on spakował, a na ich miejsce wkładała książki, „Na pocieszenie i żeby przypominały ci o domu, gdziekolwiek trafisz".

Na peronie, tuż zanim wsiadł do pociągu, Lale po raz pierwszy w życiu zobaczył łzy w oczach ojca. Spodziewał się, że inni mogą płakać, ale przecież nie jego silny, spolegliwy ojciec. Przez okno przedziału widział, jak brat i siostra pocieszają ojca. Matka biegła wzdłuż peronu, desperacko wyciągając do syna ręce. Dwaj bratankowie, nieświadomi, że świat wokół nich właśnie zmienia się na zawsze, biegli za pociągiem.

Przyciskając do piersi walizkę, skrywającą trochę ubrań i tych kilka książek, które pozwolił matce zapakować, Lale oparł głowę o szybę i załkał. Był tak zaprzątnięty tym, co czują jego najbliżsi, że nawet nie zauważył własnego bólu.

Ganiąc sam siebie, że dał się ponieść emocjom, Lale wraca na zewnątrz i dołącza do bawiących się tam dzieci. Pozwala im wspinać się mu na plecy i ramiona. *Komu potrzebne drzewa, skoro można się wdrapać na Tätowierera?* Wieczorem dołącza do grupy mężczyzn siedzących przed budynkiem. Wymieniają opowieści o rodzinnym życiu, dziwiąc się, jak wiele ich różni, lecz także jak wiele jest między nimi podobieństw. Echa dzisiejszych emocji nadal go przepełniają, więc Lale mówi:

– Wiecie co? Kiedyś, w innym życiu, nie chciałbym mieć z wami nic wspólnego. Jakbym któregoś z was zobaczył na ulicy, tobym pewnie przeszedł na drugą stronę.

Odpowiada mu milczenie. Po chwili jeden z Romów mówi:

– Hej, Tätowierer, w innym życiu też byśmy nie chcieli mieć z tobą nic wspólnego. To my pierwsi byśmy przeszli na drugą stronę!

Śmiech zwabia na zewnątrz jedną z romskich kobiet, która każe im się uciszyć – jeszcze pobudzą dzieci i będzie problem. Skarceni mężczyźni wracają posłusznie na blok. Lale zostaje na zewnątrz. Nie jest jeszcze na tyle zmęczony, żeby położyć się spać. Wyczuwa za sobą czyjąś obecność. Odwraca się i widzi Nadię.

– Posiedź ze mną – mówi do niej.

Nadia podchodzi i siada obok niego, wpatrując się w ciemność nocy. Lale przygląda się jej twarzy z profilu.

Jest bardzo piękna. Jej brązowe, nieogolone włosy spadają jej na plecy kaskadą. Rozwiewa je wieczorna bryza, więc kobieta co rusz zakłada to jedno, to drugie pasmo za ucho. Gest wydaje mu się boleśnie znajomy, codziennie widział, jak matka zakładała za uszy niesforne kosmyki wymykające się z ciasno spiętego koka czy spod chustki. Nadia mówi niezwykle cicho. Nie szepcze, po prostu tak właśnie brzmi jej głos. W pewnej chwili Lale rozumie nagle, dlaczego słuchając jej, odczuwa bezbrzeżny smutek – w jej głosie nie ma żadnych emocji. Nieważne, czy opowiada o szczęśliwych dniach spędzonych wśród najbliższych, czy też o otaczającej ich teraz grozie, jej ton pozostaje taki sam.

– Co oznacza twoje imię? – pyta Lale.

– Nadzieja. Nadia znaczy nadzieja – odpowiada kobieta i wstaje. – Dobranoc – mówi i znika, zanim Lale zdoła jej odpowiedzieć.

11

MAJ 1943

Rytm dnia Lalego i Leona wyznaczają transporty przybywające z całej Europy. Wiosna przechodzi w lato, a pociągi nie przestają przywozić nowych ludzi.

Dzisiaj przed ich stolikiem ustawił się długi rząd więźniarek. Nieopodal odbywa się selekcja. Lale i Leon są zbyt zajęci, by zwracać na to jakąkolwiek uwagę. Jakaś kobieta podsuwa im ramię do tatuażu, podaje skrawek papieru. Następna. I następna. Dzisiaj wśród więźniarek panuje niezwykła cisza, być może wyczuwają wiszące w powietrzu zło. Nagle słychać gwizdanie. Melodia brzmi znajomo, jak aria z jakiejś opery. Gwizdanie jest coraz głośniejsze, więc Lale spogląda w kierunku, skąd dobiega. Mężczyzna w białym kitlu wolnym krokiem idzie w ich stronę. Lale czym prędzej opuszcza oczy i usiłuje skupić się na pracy. *Nie patrz na twarze.* Odbiera od więźniarki papier i tatuuje jej numer, jak tysiące razy wcześniej.

Gwizdanie ustaje. Doktor stoi teraz przed Lalem, roztaczając wokół siebie nieznośny smród środka do dezynfekcji. Pochyla się nad tatuażystą i przygląda jego pracy z bliska. Najwyraźniej jest usatysfakcjonowany, ponieważ chwilę później oddala się równie szybko, jak się pojawił, pogwizdując fałszywie kolejną melodyjkę. Lale spogląda na Leona, który jest blady jak ściana. Tuż obok wyrasta jak spod ziemi Baretzki.

– Jak wam się podoba nasz nowy doktor?

– Właściwie nie mieliśmy okazji się poznać – odpowiada pod nosem Lale.

Baretzki parska śmiechem.

– Akurat z tym doktorem lepiej się nie zapoznawać. Nawet ja się go boję. Jak go widzę, ciarki mnie przechodzą.

– Wie pan, jak się nazywa?

– Mengele. Herr Doktor Josef Mengele. Powinieneś zapamiętać to nazwisko, Tätowierer.

– Co robił na selekcji?

– Herr Doktor powiedział, że teraz często będzie przychodził na selekcje. Mówi, że szuka specjalnych pacjentów.

– Podejrzewam, że nie chodzi mu o chorych.

Baretzki zrywa boki ze śmiechu.

– Wiesz co, Tätowierer? Czasami potrafisz być naprawdę zabawny.

•

Lale wraca do pracy. Kiedy znowu słyszy gwizdanie, jego ciałem wstrząsa dreszcz przerażenia na tyle silny, że niechcący zbyt głęboko wbija igłę w ciało kobiety, której numer właśnie tatuuje. Więźniarka krzyczy z bólu. Lale wyciera krew spływającą jej strużką po skórze. Mengele podchodzi bliżej.

– Coś nie tak, Tätowierer? To ty jesteś Tätowierer, prawda? – pyta.

Brzmienie jego głosu sprawia, że po kręgosłupie Lalego przebiegają ciarki.

– Tak, to znaczy tak jest, Herr Doktor. To ja jestem Tätowierer – duka.

Mengele stoi teraz tuż przed nim, wpatrując się w niego oczami czarnymi jak smoła, bez najmniejszego śladu współczucia. Twarz rozciąga mu się w dziwnym uśmiechu. Po chwili odchodzi.

Baretzki daje Lalemu mocnego kuksańca w ramię.

– Ciężki dzień, Tätowierer? Może chcesz sobie zrobić przerwę i iść czyścić latryny?

•

Tej nocy Lale usiłuje sprać zaschniętą na koszuli krew wodą z kałuży. Częściowo mu się to udaje, ale potem postanawia, że plama będzie najlepszą pamiątką dnia, w którym spotkał Mengelego. Podejrzewa, że doktor przyniesie więcej bólu niż ukojenia. Jego obecność przejmuje Lalego grozą, nad którą boi się głębiej zastanawiać. Plama musi zostać, żeby mu przypominać, że w jego życiu pojawiło się nowe niebezpieczeństwo. Nie wolno mu ani na chwilę zapomnieć o człowieku o duszy zimniejszej niż ostrze skalpela.

•

Następnego dnia Lale i Leon znowu są w Auschwitz i znowu tatuują młode kobiety. Dziś także towarzyszy im pogwizdywanie Herr Doktora. Mengele stoi przed rzędem dziewcząt i skinieniem dłoni pieczętuje ich los: prawo, lewo, prawo, prawo, lewo, lewo. Lale nie widzi jakiejkolwiek logiki w jego decyzjach. Wszystkie kobiety są młode, sprawne i zdrowe. Zauważa na sobie wzrok Mengelego, który wie, że jest obserwowany. Lale nie może oderwać od niego oczu, patrzy, jak Mengele chwyta twarz następnej dziewczyny w swoje wielkie dłonie, obraca nią to w tę, to w tamtą stronę, w górę i w dół, po czym otwiera jej usta. Potem wymierza jej policzek i odpycha w lewą stronę. Odrzucona. Lale nie odwraca oczu. Mengele wzywa wartownika i mówi coś do niego. Ten patrzy na Lalego i idzie w jego stronę. Cholera.

– O co chodzi? – pyta z udawaną pewnością siebie.

– Zamknij się, Tätowierer. – Esesman odwraca się do Leona. – A ty zostaw swoje rzeczy i chodź za mną.

– Chwileczkę, nie możecie go zabrać. Nie widzi pan, ile osób trzeba jeszcze wytatuować? – Lalego ogarnia przerażenie, boi się o swojego młodziutkiego asystenta.

– To lepiej bierz się do roboty albo zostaniesz tu na noc. A doktorowi się to nie spodoba.

– Pozwólcie mu zostać, proszę. Pozwólcie nam skończyć pracę. Nie chciałem zdenerwować Herr Doktora, przepraszam.

Wartownik podnosi karabin i celuje w Lalego.

– Ty też chcesz z nim iść, Tätowierer?

– Pójdę sam – odzywa się Leon. – Nie martw się, Lale. Wrócę, jak tylko będę mógł.

– Tak mi przykro, Leon. – Lale nie może spojrzeć przyjacielowi w oczy.

– Nic się nie stało. Wszystko będzie dobrze. Wracaj do pracy.

Wartownik wyprowadza Leona.

•

Wieczorem wstrząśnięty Lale ze spuszczoną głową wraca sam do Birkenau. Po drodze coś przykuwa jego uwagę, jakaś plama koloru tuż przy ścieżce. Pojedynczy kwiat kołysze się na wietrze. Krwistoczerwone płatki otaczają czarny środek. Lale rozgląda się dookoła, ale nie widzi innych roślin. Przygląda się znalezisku. Zastanawia się, czy i kiedy będzie miał następną okazję, by podarować kwiaty komuś bliskiemu. Przed oczami przesuwają mu się obrazy Gity i matki – dwóch kobiet, które kocha ponad wszystko, ale rozwiewają się, gdy próbuje ich dotknąć. Ogarnia go nagła fala rozpaczy tak głębokiej, że nie może złapać tchu. *Czy kiedykolwiek będą miały szansę się spotkać? Czy starsza z nich będzie mogła przekazać wiedzę młodszej? Czy mama zaakceptuje Gitę i pokocha ją tak jak ja?*

To od matki uczył się sztuki flirtu. Jest pewien, że nie była tego świadoma, ale on dobrze wiedział, co robi. Uczył się, jakie sztuczki na nią działają, a jakie nie, i na tej podstawie wyciągał wnioski, co uchodzi w relacjach między mężczyzną a kobietą, a czego robić nie wypada. Podejrzewał, że przechodzili przez to wszyscy młodzi mężczyźni, chociaż często zastanawiał się, czy zdają sobie z tego sprawę. Kiedy próbował rozmawiać na ten temat z przyjaciółmi, patrzyli na niego zszokowani i kategorycznie się tego wypierali. Ale kiedy pytał, czy różne sprawki uchodzą im prędzej na sucho z matką niż z ojcem, wszyscy przyznali się do zachowań, które można było uznać za rodzaj flirtu, choć wyrażali przekonanie, że po prostu mamę łatwiej było urobić niż tatę. Lale jednak dobrze wiedział, co robi.

Uczuciowa więź z matką ukształtowała jego stosunek do kobiet i dziewcząt. Pociągały go wszystkie kobiety, nie tylko fizycznie, lecz również emocjonalnie. Uwielbiał z nimi rozmawiać, uwielbiał sprawiać im przyjemność.

W jego oczach wszystkie kobiety były piękne i wierzył, że powinien im o tym mówić. Od matki i siostry nauczył się też mimochodem, czego kobieta oczekuje od mężczyzny, i zawsze starał się, by nauka nie poszła w las. „Bądź uważny, Lale, pamiętaj o drobiazgach, a wielkie sprawy same się rozwiążą", mówiła mu słodkim głosem matka.

Lale schyla się nad kwiatkiem i delikatnie zrywa krótką łodygę. Spróbuje jutro zanieść go Gicie. Z powrotem w pokoju Lale ostrożnie odkłada cenne znalezisko obok łóżka, a potem zapada w twardy sen. Jednak kiedy budzi się rano, widzi, że płatki odpadły i leżą skurczone wokół czarnego środka. *Tutaj wszystko umiera.*

12

Lale nie może już dłużej patrzeć na kwiat, więc wychodzi przed blok, żeby go wyrzucić. Przed budynkiem stoi Baretzki, ale Lale go ignoruje i wraca do pokoju. Baretzki idzie za nim i oparty o framugę przygląda się roztrzęsionemu tatuażyście. Lale wie, że siedzi na fortunie z klejnotów, pieniędzy, kiełbasy i czekolady. Chwyta więc torbę i wychodzi, a esesman, chcąc nie chcąc, musi iść za nim.

– Poczekaj, Tätowierer. Muszę z tobą porozmawiać.

Lale się zatrzymuje.

– Chcę, żebyś coś dla mnie zrobił.

Lale nie odpowiada, wpatruje się w punkt ponad ramieniem Baretzkiego.

– Rozmawialiśmy z chłopakami... To znaczy z resztą wartowników, krótko mówiąc, przydałaby nam się jakaś rozrywka. A że pogoda się poprawia, to wymyśliliśmy, żeby zagrać w piłkę. Co sądzisz?

– Na pewno będziecie się dobrze bawić.

– Na pewno. – Baretzki swoim zwyczajem się z nim drażni.

Lale poddaje się w końcu.

– Co mogę dla pana zrobić?

– Skoro sam pytasz, Tätowierer... Potrzebujemy jedenastu więźniów do drużyny, która zagra przeciwko SS towarzyski mecz.

Lale przez chwilę ma ochotę się roześmiać, ale opanowuje się i nadal wbija wzrok w punkt ponad ramieniem esesmana. Długo myśli nad odpowiedzią na dziwaczną prośbę.

– Towarzyski, czyli bez zmian zawodników?

– Właśnie tak.

– Dobrze, czemu nie.

Co mu najlepszego przyszło do głowy? Tyle innych rzeczy mógłbym mu odpowiedzieć. Na przykład „spieprzaj".

– Świetnie. Zorganizuj drużynę i spotkamy się w obozie za dwa dni, w niedzielę. A, i to my przyniesiemy piłkę. – Baretzki rechocze głośno i odwraca się, by odejść. Przez ramię rzuca: – Przy okazji, Tätowierer, masz dzień wolny. Nie będzie dzisiaj żadnych transportów.

•

Lale spędza większość dnia, sortując swój skarb i przygotowując małe zawiniątka. Jedzenie dla Romów i chłopców z Bloku 7, i oczywiście dla Gity i jej przyjaciółek. Klejnoty i pieniądze dzieli według typu. Cała procedura wydaje mu się jak ze snu. Diamenty do diamentów, rubiny do rubinów, dolary do dolarów, a nawet stos waluty, jakiej nigdy wcześniej nie widział, z napisem Południowoafrykański Bank Rezerw i Suid-Afrikaans. Nie ma pojęcia, ile to jest warte, ani jak znalazło się w Birkenau. Wybiera kilka klejnotów i idzie poszukać Wiktora i Jurka. Potem przez chwilę bawi się z dziećmi i zastanawia, co powiedzieć mężczyznom z Bloku 7, kiedy wrócą z pracy.

Wieczorem staje wśród mężczyzn wpatrujących się w niego z wyrazem niedowierzania na twarzach.

– Odbiło ci? – pyta wreszcie jeden.

– Nie – mówi Lale.

– Chcesz, żebyśmy zagrali w piłkę z esesmanami?

– Tak. W tę niedzielę.

– Mów, co chcesz, ja się na to nie piszę. Nie zmusicie mnie.

Ktoś z tyłu jednak woła:

– A ja zagram. Trochę już kiedyś grałem.

Przez więźniów przeciska się niewysoki mężczyzna i staje przed Lalem.

– Jestem Joel.

– Dzięki. Witamy w drużynie. Potrzebuję jeszcze dziewięciu. Co macie w końcu do stracenia? To może być jedyna szansa, żeby dokopać tym draniom tak, żeby nam to uszło na sucho.

– Znam jednego takiego z Bloku 15. Grał kiedyś w drużynie narodowej Węgier. Mogę go zapytać, jak chcesz – zgłasza się inny więzień.

– A ty? – pyta go Lale.

– No pewnie. Ja też jestem Joel. Popytam tu i tam, zobaczymy, kto jeszcze się znajdzie. Jak myślisz, jest szansa na trening przed niedzielą?

– Popatrzcie tylko, gra w piłkę i ma poczucie humoru. Podoba mi się ten facet. Wrócę jutro, żeby zobaczyć, co załatwiliście. Dzięki, Duży Joel – mówiąc to, Lale zerka na drugiego Joela. – Bez urazy.

– Nie ma sprawy – odpowiada Mały Joel.

Lale wyciąga chleb i kiełbasę z torby i kładzie je na pryczy. Wychodząc, obserwuje, jak dwóch mężczyzn rozdziela jedzenie wśród pozostałych. Każdy odłamuje dla siebie kawałek, po czym podaje resztę innym. Bez bójek, bez przepychania, po prostu spokojnie rozdzielają między sobą ratujące życie pożywienie. Lale uśmiecha się, kiedy słyszy, jak jeden z mężczyzn mówi: „Masz, Joel, weź moją porcję. Musisz mieć energię". Dzień, który zaczął się tak fatalnie, kończy się niesłychanie hojnym gestem głodującego człowieka.

•

Nadchodzi dzień meczu. Lale idzie na plac i widzi, jak esesmani białą farbą malują na ziemi linie. Ktoś woła go po imieniu – „drużyna" już czeka. Dołącza do więźniów.

– Cześć, Lale. Licząc nas obu, mam czternastu zawodników, czyli mamy rezerwę, gdyby któryś z naszych doznał kontuzji – oznajmia mu z dumą Duży Joel.

– Przykro mi, ma nie być zmian. Tylko jedna drużyna. Wybierz najsprawniejszych.

Mężczyźni spoglądają po sobie. Trzech zgłasza się na ochotnika i usuwa na bok. Pozostali rozciągają się i podskakują w miejscu, jakby rozgrzewali się jak zawodowcy.

– Paru z nich wygląda, jakby wiedzieli, co robią – mówi Lale cicho do Małego Joela.

– Ja myślę. Sześciu grało półzawodowo.

– Żartujesz?

– Nie. Dokopiemy im jak się patrzy!

– Joel, nie ma mowy. Nie możemy wygrać. Myślałem, że to rozumiesz.

– Powiedziałeś, żeby zebrać drużynę.

– Tak, ale nie możemy ich upokorzyć. Jak ich sprowokujemy, to wszystkich wystrzelają. Rozejrzyj się.

Wokół nich zebrały się setki więźniów. W obozie panuje podekscytowanie, ludzie tłoczą się, żeby widzieć mecz jak najlepiej.

– Dobra, powiem chłopakom. – Joel wzdycha zrezygnowany.

Lale rozgląda się po tłumie, ale wypatruje tylko jednej twarzy. Stojąca wśród koleżanek Gita pozdrawia go uniesieniem dłoni. Lale macha do niej, chociaż tak naprawdę desperacko chciałby do niej podbiec, wziąć ją w ramiona i zabrać za budynek administracji. Z myśli wyrywa go głośne stukanie. Esesmani wbijają słupy w ziemię, stawiając prowizoryczne bramki na obu końcach boiska.

Baretzki podchodzi do Lalego i każe mu iść za sobą. Na drugim końcu boiska tłum rozdziela się, żeby przepuścić drużynę esesmanów. Są bez mundurów, ubrani w wygodne koszulki i krótkie spodenki. Komendant Schwartzhuber w otoczeniu strażników oraz Houstek podchodzą do Baretzkiego i Lalego.

– To jest kapitan drużyny więźniów, Tätowierer. – Baretzki przedstawia Lalego Schwarzhuberowi.

– Tätowierer. – Komendant odwraca się do pilnujących go strażników. – O co właściwie gramy?

Starszy stopniem esesman wyciąga puchar i pokazuje komendantowi.

– O to – mówi, demonstrując trofeum, na którym widnieje jakiś napis. Schwarzhuber przejmuje puchar i unosi go wysoko, żeby wszyscy mogli zobaczyć. Esesmani wiwatują.

– Zaczynajcie mecz. Niech lepsza drużyna zwycięży.

Lale dołącza do reszty zawodników, mrucząc pod nosem: „Niech lepsza drużyna dożyje jutra".

Drużyny zbierają się na środku boiska. Publiczność wiwatuje. Sędzia kopie piłkę w stronę esesmanów i zaczyna się mecz.

W dziesiątej minucie więźniowie wygrywają dwa do zera. Lale cieszy się z obu goli, ale kiedy widzi wściekłe twarze Niemców, rozsądek zwycięża. Daje znak zawodnikom, żeby przystopowali na resztę pierwszej połowy. Mieli swoją chwilę chwały, ale teraz najwyższa pora dać esesmanom wygrać. Połowa kończy się remisem dwa do dwóch. Niemcy wykorzystują krótką przerwę na napoje, a Lale omawia z drużyną taktykę na drugą połowę. Przekonuje zawodników, że nie mogą wygrać. Ustalają, że strzelą jeszcze dwie bramki, żeby podnieść na duchu obserwujących mecz więźniów, ale potem poddadzą rozgrywkę i pozwolą esesmanom wygrać jednym golem.

Kiedy zaczyna się druga połowa, na publiczność i zawodników pada deszcz popiołu. Krematoria działają pełną parą, bo niezależnie od rozgrywek sportowych Birkenau ma zasadnicze zadanie do wykonania. Pada bramka dla więźniów, a potem druga, tym razem dla wartowników. Skutki niedożywienia zaczynają dawać się więźniom we znaki i są już wyraźnie zmęczeni. Esesmani strzelają jeszcze dwa gole. Więźniowie nie muszą specjalnie poddawać rozgrywki, po prostu nie zdołają dotrzymać Niemcom kroku. Przy dwupunktowej przewadze sędzia odgwizduje koniec meczu. Schwarzhuber wchodzi na boisko i wręcza puchar kapitanowi drużyny SS, który podnosi go nad głowę wśród wiwatów załogi obozu. Kiedy esesmani wracają do koszar, żeby świętować zwycięstwo, Houstek zaczepia Lalego.

– Dobry mecz, Tätowierer.

Lale zbiera drużynę i dziękuje kolegom za grę. Widzowie rozchodzą się powoli, a on rozgląda się za Gitą. Znajduje ją tam, gdzie stała wcześniej, podbiega do niej i bierze ją za rękę. Po drodze za budynek administracji mijają innych więźniów. Tam Gita siada na ziemi, a Lale upewnia się, że nikt na nich nie patrzy, po czym siada koło niej. Patrzy na dziewczynę, która przeczesuje palcami trawę.

– Co robisz?

– Szukam czterolistnej koniczynki. Zdziwiłbyś się, ile ich tu rośnie.

– Żartujesz? – Lale patrzy na nią jak urzeczony.

– Ależ skąd. Już kilka mam. Ivana ciągle je znajduje. Wyglądasz na zszokowanego.

– Bo jestem. Ty? Dziewczyna, która nie chce wierzyć, że się stąd wydostanie, ty zbierasz talizmany na szczęście?

– To nie dla mnie. Masz rację, ja nie wierzę w takie rzeczy.

– To dla kogo?

– Czy ty masz pojęcie, jak przesądni są esesmani? Jak tylko uda nam się znaleźć czterolistną koniczynkę, starannie ją chowamy. To prawie jak waluta.

– Nie rozumiem.

– Jeśli dam wartownikowi koniczynkę, czasem zdarza się, że mnie nie bije. Jeśli zabieram jedną na posiłek, bywa, że dostaję dodatkową porcję.

Lale delikatnie gładzi ją po twarzy. Nie może znieść tego, że nie potrafi ochronić dziewczyny, którą kocha. Gita kontynuuje poszukiwania. Zrywa garść trawy i z uśmiechem rzuca nią w Lalego. Mężczyzna odpowiada tym samym, po czym trąca ją delikatnie, a ona kładzie się na plecach. Teraz to Lale zrywa trawę i powoli obsypuje nią twarz dziewczyny, która odrzuca ją dmuchnięciem. Kolejna porcja spada na jej szyję i dekolt. Tym razem źdźbła zostają tam, gdzie spadły. Lale odpina górny guzik jej koszuli, po czym patrzy, jak wrzucona i tam trawa zsuwa się w dół jej ciała.

– Mogę cię pocałować? – pyta.

– Nie wiem. Nie pamiętam, kiedy ostatni raz mogłam umyć zęby.

– Ja też nie, więc to bez znaczenia.

W odpowiedzi Gita unosi głowę. Przelotny pocałunek rok temu rozpalił w nich głębokie pragnienie, które teraz wreszcie odzywa się pełnym głosem. Tłumiona dotąd namiętność wzbiera w nich, gdy powoli uczą się siebie nawzajem. Ale to im nie wystarcza, desperacko potrzebują więcej.

Nastrój pryska w jednej chwili, gdy w pobliżu rozlega się szczekanie psa. Oboje wiedzą, że gdzie jest pies, tam musi też być wartownik. Lale podnosi się i pomaga wstać Gicie. Jeszcze jeden, ostatni pocałunek i już biegną z powrotem, znikając w tłumie innych więźniów.

W kobiecym obozie widzą Danę, Ivanę i Cilkę. Ta ostatnia wydaje się Lalemu śmiertelnie blada.

– Co z nią? – pyta. – Nie wygląda zbyt dobrze.

– Trzyma się, jak może. Na ile to możliwe w jej sytuacji.

– Jest chora? Może potrzebne jej jakieś leki?

– Nie, nie jest chora. Lepiej, żebyś nie wiedział.

Zbliżając się do dziewcząt, Lale nachyla się nad Gitą i szepcze:

– Powiedz mi. Może będę mógł coś zrobić.

– Nie tym razem, ukochany.

Gita oddala się w towarzystwie koleżanek. Cilka ciągnie się za nimi powoli, ze wzrokiem wbitym w ziemię.

Ukochany!

13

Tej nocy Lale leży w łóżku szczęśliwszy niż kiedykolwiek.

Gita, skulona na swojej pryczy obok pogrążonej we śnie Dany, leży, wpatrując się w ciemność szeroko otwartymi oczami, wciąż na nowo przeżywając chwile, które spędziła z Lalem, jego pocałunki, to, jak bardzo chciała, żeby nie przestawał, żeby poczynał sobie jeszcze śmielej. Jej twarz płonie rumieńcem na myśl o kolejnych spotkaniach.

W wielkim łożu z baldachimem leżą Schwarzhuber i Cilka. Mężczyzna wodzi dłońmi po jej ciele, a ona, otępiała, patrzy przed siebie niewidzącymi oczyma. Nie czuje zupełnie nic.

W salonie prywatnej rezydencji w Auschwitz komendant Hoess siedzi przed stołem nakrytym dla jednej osoby. Wyszukane potrawy spoczywają na drogocennej porcelanowej zastawie. Nalewa sobie château latour rocznik 1932 do kryształowego kielicha. Obraca go w dłoniach, wciąga nosem aromat, smakuje wino. Nie pozwoli na to, by związane z pracą napięcia przeszkodziły mu cieszyć się drobnymi przyjemnościami w życiu.

Pijany jak bela Baretzki wpada do swojego pokoju w koszarach w Auschwitz. Kopnięciem zamyka drzwi i pada na łóżko. Z trudem odpina pas z pistoletem i wiesza go przy wezgłowiu. Rozciąga się na materacu, lecz w oczy świeci mu niewyłączona lampa. Próbuje wstać, ale po chwili się poddaje. Maca dłonią w poszukiwaniu broni i niezgrabnie wyciąga pistolet z kabury. Drugi strzał trafia w krnąbrną żarówkę. Broń spada na podłogę. Baretzki usypia.

•

Następnego ranka, odbierając od Belli materiały i instrukcje, Lale puszcza do Gity oko. Uśmiech znika mu z twarzy na widok Cilki. Dziewczyna siedzi ze spuszczoną głową i nie odpowiada na jego pozdrowienie. *Za długo to trwa*. Gita musi mu powiedzieć, co się dzieje. Na zewnątrz czeka wściekły i skacowany Baretzki.

– Pospiesz się. Ciężarówka czeka, jedziemy do Auschwitz.

Lale posłusznie idzie za nim. Baretzki wsiada do kabiny i zatrzaskuje drzwi. Lale odczytuje sygnał i wdrapuje się na tył pojazdu. Przez całą drogę do Auschwitz rzuca nim z jednego końca na drugi.

Na miejscu Baretzki rzuca, że idzie się położyć, a Lale ma pójść do Bloku 10. Tam wartownik pilnujący wejścia wysyła go na tyły. Budynek wygląda inaczej niż te, które Lale zna z Birkenau. Pierwsze, co zauważa, to ogrodzenie z drutu, którym otoczona jest część placu. Za płotem dostrzega kątem oka jakiś ruch. Nagle potyka się i staje jak wryty: dziesiątki nagich dziewcząt, niektóre leżą na ziemi, inne siedzą, jeszcze inne stoją, ale żadna się nie rusza. Sparaliżowany Lale patrzy, jak wchodzi między nie wartownik i zaczyna sprawdzać im numery na lewej ręce – być może te same, które Lale wytatuował. W końcu znajduje dziewczynę, której szukał, i wyciąga ją spomiędzy pozostałych. Twarze dziewcząt są puste, bez wyrazu. Kilka młodych kobiet opiera się o ogrodzenie. Inaczej niż w Birkenau, tutaj druty nie są pod napięciem. Więźniarkom odebrano nawet możliwość samobójstwa.

– Coś ty za jeden? – Lale gwałtownie się odwraca, nagle słysząc za sobą głos. Przez tylne drzwi wyszedł esesman. Lale podnosi torbę wolnym ruchem.

– Tätowierer.

– To co tu robisz? Właź do środka.

Przechodząc przez dużą salę, Lale pozdrawia lekarza i pielęgniarki w białych kitlach, a oni odpowiadają mu zdawkowo. Tutejsi więźniowie nie wyglądają jak ludzie, a raczej jak marionetki porzucone przez właściciela. Lale pokazuje siedzącej za biurkiem pielęgniarce torbę.

– Tätowierer.

Twarz kobiety wykrzywia się w grymasie obrzydzenia. Wstaje, a Lale idzie za nią długim korytarzem. W sporej sali na jego końcu stoi w rzędzie około pięćdziesięciu dziewcząt. Panuje cisza. W powietrzu wisi kwaśny odór. Mengele bada pierwszą dziewczynę. Brutalnie otwiera jej usta, obmacuje biodra, potem piersi. Po twarzy więźniarki spływają bezgłośne łzy. Po badaniu Mengele gestem ręki każe jej przejść na lewo. Odrzucona. Na jej miejsce zostaje wepchnięta kolejna dziewczyna.

Pielęgniarka prowadzi tatuażystę do Mengelego, który odrywa się od badania.

– Spóźniłeś się – mówi Herr Doktor, uśmiechając się złośliwie. Widać, że dyskomfort Lalego sprawia mu przyjemność. Pokazuje grupkę dziewcząt stojących po lewej stronie.

– Te sobie zatrzymam. Wytatuuj je.

Lale odwraca się.

– Któregoś dnia, Tätowierer, ciebie też zabiorę.

Spoglądając za siebie, Lale widzi grymas wąskich warg, układający się w upiorną parodię uśmiechu. Widok przejmuje go chłodnym dreszczem. Drżą mu ręce. Przyspiesza, podchodzi do stolika, gdzie siedzi kolejna pielęgniarka z kartami identyfikacyjnymi w gotowości. Kobieta robi dla niego miejsce. Lale, ze wszystkich sił starając się opanować drżenie rąk, układa na blacie narzędzia i butelki z tuszem.

Spogląda na Mengelego, który bada właśnie następną wystraszoną dziewczyną, przesuwając dłońmi po jej włosach i piersiach.

– Nie bój się – mówi. – Nie zrobię ci krzywdy.

Dziewczyna trzęsie się ze strachu.

– Spokojnie, to jest szpital. Tutaj opiekujemy się ludźmi. – Odwraca się do stojącej obok pielęgniarki i mówi: – Proszę znaleźć jakiś koc dla tej ślicznotki. – Zwracając się znowu do więźniarki, dodaje: – Zajmę się tobą jak trzeba.

Dziewczyna staje przed Lalem, który opuszcza nisko głowę i zabiera się do tatuowania numerów pod dyktando asystującej mu pielęgniarki.

Wychodząc z budynku po skończonej pracy, spogląda w stronę ogrodzonego terenu. Tym razem nie widzi tam nikogo. Pada na kolana, a jego ciałem wstrząsają suche torsje. Nie ma czym wymiotować, jedyny płyn w jego ciele to łzy.

•

Kiedy Gita wraca wieczorem na blok, zastaje tam nieznajome kobiety. Więźniarki patrzą na nowo przybyłe nieprzyjaźnie. Nie mają ochoty opowiadać im o czekającej je grozie ani dzielić się z nimi jedzeniem.

– Gita? Czy to ty, Gita? – woła ktoś nagle drżącym głosem.

Wołanie dobiega od strony grupy nowych więźniarek, wśród których Gita dostrzega starsze kobiety. Nie widuje się ich zwykle w Birkenau, gdzie przeważnie trafiają te młode, zdolne do pracy. Jedna z nich wyciąga do Gity ręce.

– To ja, twoja sąsiadka. Hilda Goldsteinowa.

Osłupiała Gita rozpoznaje sąsiadkę z rodzinnego miasteczka Vranov nad Topľou, tyle że znacznie chudszą i bledszą, niż kiedy widziała ją po raz ostatni.

Wspomnienia powracają jak fala, zalewają ją zapachy, faktury i obrazy z przeszłości: znajome drzwi, zapach rosołu, popękana kostka mydła na kuchennym zlewie, radosne głosy w ciepłe letnie noce, dotyk ramion matki.

– Pani Goldsteinowa... – Gita chwyta kobietę za rękę. – Panią też tu wywieźli.

Kobieta potakuje.

– Wszystkich nas zabrali jakiś tydzień temu. Oddzielili mnie od pozostałych i wsadzili do pociągu.

W sercu Gity pojawia się nadzieja.

– Moi rodzice i siostry... przyjechali z panią?

– Nie, ich zabrali parę miesięcy temu. Twoich braci już dawno wtedy nie było, twoja mama mówiła, że dołączyli do ruchu oporu.

– Wie pani, gdzie ich zabrali?

Pani Goldsteinowa opuszcza głowę.

– Tak mi przykro. Powiedzieli nam, że... że oni...

Gita zaczyna cała drżeć. Dana i Ivana podbiegają do niej, siadają obok na podłodze i otaczają ramionami. Pani Goldsteinowa powtarza nad ich głowami:

– Tak mi przykro, tak bardzo mi przykro.

Dana i Ivana płaczą, ale Gita nie uroniła ani jednej łzy. Próbują ją pocieszać. *Zabrani*. Wspomnienia pryskają. Gita czuje, jak narasta w niej potworna pustka.

– Czy ja mogę płakać? – pyta przyjaciółki łamiącym się głosem. – Czy wolno mi uronić chociaż kilka łez?

– Możemy się z tobą pomodlić – proponuje Dana.

– Nie, kilka łez wystarczy. Ci mordercy więcej ode mnie nie dostaną.

Ivana i Dana ocierają twarze rękawem, a gdy po policzkach Gity zaczynają płynąć ciche łzy, wycierają je również. Znajdując w sobie pokłady sił, o których istnieniu nie miała pojęcia, Gita podnosi się i obejmuje panią Goldsteinową. Czuje, że otaczające ją więźniarki rozpoznają w jej rozpaczy własny żal. Kobiety patrzą w milczeniu, owładnięte nagle własnymi czarnymi myślami i lękiem o los swoich bliskich. Stopniowo obie grupy więźniarek, stara i nowa, mieszają się i łączą.

•

Po kolacji pani Goldsteinowa siada z Gitą i dzieli się z dziewczyną wieściami. Opowiada, jak powoli, rodzina po rodzinie, ich miasteczko zostało bezpowrotnie rozdarte. Słyszeli plotki o obozach koncentracyjnych. Co prawda nikt jeszcze wtedy nie wiedział, że to fabryki śmierci, ale wiadomo było, że ludzie stamtąd nie wracają. A mimo to tylko nieliczni zdecydowali się na ucieczkę za granicę. Dla Gity jest oczywiste, że jeśli pani Goldsteinowa pójdzie tu do pracy, to długo nie wytrzyma. Jest starsza, niż wskazuje jej metryka, złamana fizycznie i emocjonalnie.

Następnego ranka Gita wybiera się porozmawiać z blokową. Lale na pewno załatwi, co tylko kapo sobie zażyczy w zamian za to, żeby pani Goldsteinowa mogła zostać na bloku, zamiast iść do ciężkiej pracy. Gita podpowiada, że starsza kobieta mogłaby co noc opróżniać wiadra, które służą więźniarkom jako ustępy – blokowa zazwyczaj wyznacza do tego zajęcia osobę, która jej się czymś naraziła. Kapo godzi się, a w zamian żąda pierścionka z diamentem. Słyszała plotki o skarbczyku Lalego. Dobijają targu.

•

Przez kilka kolejnych tygodni Lale codziennie chodzi do Auschwitz. Pięć krematoriów pracuje na okrągło, ale i tak ma ręce pełne roboty. Instrukcje i materiały odbiera w administracji w Auschwitz. Na to, by iść do biura w Birkenau, nie ma ani czasu, ani pretekstu, więc już od dawna nie widział Gity. Bardzo chciałby przekazać jej wiadomość, że wszystko z nim w porządku.

Baretzki zjawia się w wyśmienitym nastroju – ma jakiś sekret i chce, żeby Lale spróbował go odgadnąć. Tatuażysta podejmuje dziecinną grę esesmana.

– Wypuszczacie nas wszystkich do domu?

Baretzki wybucha śmiechem i uderza go pięścią w ramię.

– Dostał pan awans?

– Dla ciebie lepiej, żebym nie dostał, Tätowierer, bo jeszcze przysłaliby na moje miejsce kogoś, kto nie będzie dla ciebie taki miły.

– Poddaję się.

– Dobra, to ci powiem. Wszyscy dostaniecie w przyszłym tygodniu koce i dodatkowe racje na parę dni. Przyjeżdża Czerwony Krzyż na inspekcję. Mają sprawdzić, jakie wam tu urządziliśmy kolonie.

Lale zastanawia się, co to może oznaczać. Czy świat wreszcie się dowie, co tutaj się dzieje? Pilnuje się, żeby nie zdradzić się z uczuciami przed Baretzkim.

– Jak miło. Myśli pan, że uznają, że więźniowie w obozie mają humanitarne warunki?

Mózg Baretzkiego mozolnie zmaga się z tą zagadką, niemal słychać, jak obracają się tryby w jego głowie. Lale śmieje się z niego w duchu, ale nie śmie otwarcie dać wyrazu wesołości.

– Przez ten czas, kiedy tu zostaną, będziemy was dobrze karmić. No, przynajmniej tych z was, do których ich dopuścimy.

– A więc to będzie wizyta kontrolowana?

– Masz nas za idiotów? – Baretzki wybucha śmiechem.

Lale pomija pytanie milczeniem.

– Czy mogę pana prosić o przysługę?

– Poprosić możesz.

– Gdybym napisał Gicie, że wszystko ze mną w porządku i jestem zajęty w Auschwitz, przekazałby pan jej list?

– Nawet lepiej, powiem jej osobiście.

– Dziękuję.

Lale i wybrana grupa więźniów rzeczywiście dostają dodatkowe porcje przy posiłkach, ale nie na długo. Po kilku dniach wszystko jest tak jak wcześniej, a Lale nie jest nawet pewien, czy Czerwony Krzyż rzeczywiście był w obozie. Baretzki mógł wszystko zmyślić, to do niego podobne. Lale nie ma jednak wyjścia, musi mu zaufać, że przekaże wiadomość Gicie, chociaż nie wierzy, żeby zrobił to bez kombinowania. Może tylko czekać i mieć nadzieję, że nadejdzie taka niedziela, kiedy nie będzie musiał pracować.

•

Kiedy wreszcie udaje mu się skończyć pracę wcześniej, pospiesznie wraca do Birkenau i dobiega do administracji w chwili, kiedy pracownice wychodzą z budynku. Czeka niecierpliwie. Dlaczego właśnie dzisiaj musi wychodzić ostatnia? Kiedy wreszcie pojawia się Gita, serce niemal wyrywa mu się z piersi. Nie marnuje ani chwili, łapie ją za rękę i pospiesznie ciągnie na tyły budynku. Dziewczyna drży, gdy przyciska jej ciało do ściany.

– Myślałam, że nie żyjesz, że cię już nigdy nie zobaczę... – głos jej się łamie.

Lale gładzi jej twarz.

– Baretzki ci nie powiedział?

– Nie. Nikt mi nic nie powiedział.

– Ciii, nic się nie martw. Od kilku tygodni byłem w Auschwitz codziennie.

– Tak bardzo się bałam.

– Wiem, ale teraz już jestem tu przy tobie. I mam ci coś do powiedzenia.

– Co takiego?

– Najpierw chciałbym cię pocałować.

Całują się długo, mocno, namiętnie. W końcu Gita odrywa usta od jego warg i pyta:

– Co takiego chciałeś mi powiedzieć?

– Moja piękna Gita. Całkowicie mnie oczarowałaś. Zakochałem się w tobie.

Lale sprawia wrażenie, jakby całe życie czekał, by móc powiedzieć te słowa.

– Ale dlaczego? Jak możesz coś takiego powiedzieć. Popatrz na mnie tylko. Jestem brzydka. Jestem brudna. Moje włosy... Kiedyś miałam takie piękne włosy.

– Twoje włosy są cudowne takie jak teraz i będą cudowne w przyszłości.

– Ale my nie mamy przyszłości.

Lale przytula Gitę i zmusza, by spojrzała mu w oczy.

– Ależ oczywiście, że mamy. Jutro dla nas nadejdzie. Tej nocy, kiedy mnie tu przywieźli, poprzysiągłem sobie, że przeżyję to piekło. Przeżyjemy i zaczniemy życie na nowo tam, gdzie będziemy mogli się całować, kiedy będziemy chcieli, gdzie będziemy się kochać, kiedy będziemy chcieli.

Gita rumieni się i odwraca wzrok. Lale delikatnie unosi jej podbródek tak, by spojrzała na niego.

– Będziemy się kochać, gdzie tylko i kiedy tylko będziemy chcieli. Słyszysz?

Gita potakuje.

– Wierzysz mi?

– Chcę ci wierzyć, ale...

– Żadnych ale. A teraz biegnij z powrotem na blok, zanim kapo zacznie się zastanawiać, gdzie jesteś.

Lale odwraca się, ale Gita przyciąga go do siebie i mocno całuje.

– Może powinienem częściej znikać – mówi po chwili Lale.

– Ani mi się waż. – Pięść dziewczyny uderza go w pierś.

•

Tej nocy Ivana i Dana oddychają z ulgą na widok uśmiechu na twarzy Gity i zasypują ją pytaniami.

– Powiedziałaś mu o rodzinie? – chce wiedzieć Dana.

– Nie.

– Dlaczego?

– Nie mogę, to zbyt bolesne. A poza tym on tak się cieszył ze spotkania.

– Gita, jeśli on cię kocha tak, jak mówi, to będzie chciał wiedzieć, że straciłaś całą rodzinę. Będzie chciał cię pocieszyć.

– Masz rację, Dana, ale jeśli mu powiem, to oboje będziemy smutni, a ja chcę, żeby chwile, które z nim spędzam, były inne. Chcę zapomnieć, gdzie jestem i co się stało z moją rodziną. A kiedy on mnie trzyma w ramionach, zapominam o wszystkim, nawet jeśli tylko na moment. Czy to źle, że chcę na chwilę uciec od rzeczywistości?

– Nie, oczywiście, że nie.

– Przykro mi, że tylko ja mam swoją ucieczkę, swojego Lalego. Wiecie, że z całego serca życzę wam tego samego.

– Obie cieszymy się, że go masz – mówi Ivana.

– Wystarczy, jeśli choć jedna z nas znajdzie trochę szczęścia. My cieszymy się twoją radością i to nam wystarcza – dodaje Dana.

– Tylko nie trzymaj niczego przed nami w tajemnicy, dobrze? – prosi Ivana.

– Żadnych tajemnic? – upewnia się Dana.

– Żadnych tajemnic – zgadza się Gita.

14

Następnego ranka Lale zjawia się w biurze administracji i podchodzi do Belli przy biurku głównym.

– Lale, gdzie ty się podziewałeś? – Bella wita go, uśmiechając się ciepło. – Myśleliśmy, że coś ci się stało.

– Auschwitz.

– A, nic więcej nie mów. Pewnie kończą ci się materiały, poczekaj tutaj, zaraz wszystko przyniosę.

– Tylko nie za dużo naraz, Bella.

– Jasne. – Bella spogląda na Gitę. – Musisz mieć po co wrócić jutro.

– Jak ty mnie dobrze znasz, młoda damo. Dziękuję. Bella idzie po materiały, a Lale przechyla się przez biurko i spogląda na Gitę. Wie, że go zauważyła, ale droczy się z nim i nie podnosi głowy. Przesuwa palcem po wargach. Ciałem Lalego wstrząsa dreszcz pożądania.

Zauważa też, że krzesło, gdzie zwykle siedzi Cilka, jest puste. Znowu obiecuje sobie wypytać Gitę o to, co dzieje się z dziewczyną.

Wychodząc z biura, zauważa, że przybyła ciężarówka z nowymi więźniami, więc kieruje się na teren selekcji. Kiedy rozstawia stół, pojawia się Baretzki.

– Przyprowadziłem ci kogoś, Tätowierer.

Lale podnosi głowę, ale zanim zdąży zobaczyć, kto to, dobiega go znajomy głos, cichy niczym szept.

– Witaj, Lale.

Obok Baretzkiego stoi Leon – blady, wychudzony i zgarbiony, ostrożnie stawiający kroki.

– Zostawię was, na pewno chcecie sobie pogadać. – Uśmiechnięty Baretzki odchodzi.

– Leon, na Boga, ty żyjesz! – Lale obejmuje przyjaciela. Przez koszulę czuje każdą kość w jego ciele. Odsuwa go na odległość ręki i przygląda mu się uważnie.

– Mengele. Czy to był Mengele?

Leon kiwa głową. Lale delikatnie przesuwa dłońmi po chudych ramionach Leona, dotyka jego twarzy.

– Sukinsyn. Któregoś dnia dostanie za swoje. Zaraz gdy tutaj skończę, przyniosę ci mnóstwo jedzenia. Czekolada, kiełbasa, co tylko chcesz. Musimy cię podtuczyć.

Leon uśmiecha się blado.

– Dziękuję, Lale.

– Wiedziałem, że ten gnój głodzi więźniów, ale myślałem, że robi to jedynie dziewczętom.

– Gdyby tylko o to chodziło...

– Co masz na myśli?

Leon spogląda Lalemu prosto w oczy.

– On mi oderżnął jaja, Lale – mówi, a głos mu nawet nie drgnie. – Trudno o apetyt, kiedy ci oderżną jaja.

Przerażony Lale chwieje się i odwraca twarz, nie chcąc, aby Leon widział, jak straszliwie jest wstrząśnięty. Leon tłumi szloch i z trudem opanowuje drżenie.

– Przepraszam, nie powinienem tego powiedzieć. Dziękuję za propozycję. Jestem ci bardzo wdzięczny.

Lale oddycha głęboko, próbując zapanować nad gniewem. Niczego tak w tej chwili nie pragnie, jak zemścić się za zbrodnię popełnioną na przyjacielu.

Leon odchrząkuje.

– Myślisz, że będę mógł wrócić do pracy?

Twarz Lalego się rozpromienia.

– Oczywiście. Tak się cieszę, że wróciłeś. Ale najpierw musisz odzyskać siły – mówi. – Może pójdziesz do mojego pokoju? Jeśli któryś z Cyganów cię zaczepi, powiedz, że jesteś moim przyjacielem i że to ja cię przysłałem. Zapasy znajdziesz pod moim łóżkiem. Przyjdę, jak tylko tu skończę.

Wyższy stopniem esesman idzie w ich stronę.

– Biegnij, szybko.

– Z bieganiem teraz u mnie słabo.

– Przepraszam.

– W porządku. Już idę. Do zobaczenia później.

Wartownik patrzy, jak Leon odchodzi, po czym wraca do tego, co robił wcześniej: decydowania, kto przeżyje, a kto umrze.

•

Następnego dnia Lale zgłasza się do administracji, gdzie dowiaduje się, że ma dzień wolny. Do Auschwitz i Birkenau nie przybywają nowe transporty, a Herr Doktor nie ma żadnych poleceń. Ranek spędza zatem z Leonem. Przekupił swojego starego kapo z Bloku 7, żeby pozwolił przyjąć Leona. Kapo zgodził się pod warunkiem, że będzie pracował dla niego, jak już odzyska siły. Daje mu jedzenie, które zamierzał przekazać romskim przyjaciołom i Gicie.

Wychodząc od Leona, Lale słyszy, jak wzywa go Baretzki.

– Gdzieś ty się podziewał, Tätowierer? Szukałem cię.

– Powiedziano mi, że mam dzień wolny.

– Już nie. Zbieraj się, mamy robotę.

– Muszę wziąć torbę.

– Do tego nie będziesz potrzebował narzędzi. No już, idziemy.

Lale pośpiesznie podąża za Baretzkim. Kierują się w stronę jednego z krematoriów.

– Gdzie idziemy? – pyta Lale, zrównując krok z wartownikiem.

– A co, strach cię obleciał? – Baretzki się śmieje.

– A pana by nie obleciał?

– Mnie nie.

Pierś Lalego ściska się boleśnie, brak mu tchu. Uciekać? Jeśli spróbuje, Baretzki z pewnością użyje broni. Ale jakie to ma znaczenie? Już lepiej zginąć od kuli niż w piecu.

Są już niemal przy krematorium numer trzy, kiedy Baretzki postanawia skrócić męki Lalego. Zwalnia kroku.

– No dobra, nie martw się. A teraz chodź już, bo obaj będziemy mieć kłopoty i skończymy w piecu.

– Czyli jednak nie chce się pan mnie pozbyć?

– Jeszcze nie. Mamy tu dwóch więźniów z takim samym numerem. Chcemy, żebyś rzucił na nich okiem. Albo to ty ich tatuowałeś, albo ten eunuch. Powiesz nam, który jest który.

Budynek z czerwonej cegły góruje nad nimi, wielkie okna maskują jego przeznaczenie, ale ogromne kominy zdradzają przerażającą prawdę. Dwaj esesmani przy wejściu żartują z Baretzkim i ignorują Lalego. Wskazują im zamknięte drzwi wewnątrz budynku. Lale rozgląda się po tym ostatnim odcinku drogi ku śmierci w Birkenau. Widzi członków Sonderkommando, przybitych, gotowych do pracy, której nikt na świecie nie chciałby wykonywać: zbierają ciała pomordowanych z komór gazowych i przenoszą je do pieców. Próbuje nawiązać z nimi kontakt wzrokowy, dać im znać, że on również został zmuszony do pracy dla wroga. On też postanowił walczyć o życie tak długo, jak to możliwe, nawet kosztem splugawienia ludzi własnej wiary. Jednak żaden nie patrzy mu w oczy. Lale słyszał, co inni więźniowie mówią o tych mężczyznach i ich przywilejach – oddzielne kwatery, dodatkowe racje, ciepła odzież i koce do spania. Jego życie wygląda podobnie, a on sam czuje teraz ucisk w żołądku na myśl, że nim również pogardzają za rolę, jaką odgrywa w obozie. Nie umie w żaden sposób wyrazić solidarności z tymi ludźmi, więc po prostu mija ich i idzie dalej.

Prowadzą ich do ogromnych stalowych drzwi, przed którymi stoi strażnik.

– Wszystko w porządku, gazu już nie ma. Trzeba ich wrzucić do pieca, ale najpierw musisz wyjaśnić sprawę tych numerów.

Strażnik otwiera drzwi przed Lalem i Baretzkim. Prostując się, tatuażysta patrzy esesmanowi w oczy i gestem zaprasza go do środka.

– Pan pierwszy.

Baretzki wybucha śmiechem i klepie Lalego w plecy.

– Nie, nie, ty pierwszy.

– Ależ proszę, ja wejdę za panem – powtarza Lale.

– Nie, to ja nalegam, Tätowierer.

Wartownik otwiera szeroko drzwi i wchodzi do komory. Pomieszczenie wypełniają ciała, setki nagich ciał. Ułożone jedne na drugich, z powykręcanymi kończynami. Martwe oczy patrzą przed siebie. Mężczyźni, młodzi i starsi; dzieci na samym spodzie. Krew, wymiociny, mocz i kał. Odór śmierci wypełnia całą przestrzeń. Lale próbuje nie oddychać. Płuca mu płoną żywym ogniem. Nogi uginają się pod nim. Za plecami słyszy, jak Baretzki mówi „cholera".

To jedno słowo z ust sadysty tylko pogłębia otchłań bestialstwa, w której pogrąża się Lale.

– To tu. – Wartownik wskazuje miejsce.

Lale podąża za nim pod ścianę komory, gdzie obok siebie leżą dwa męskie ciała. Esesman zaczyna coś mówić do Baretzkiego, który jednak nie może się odezwać. Gestem daje znać drugiemu wartownikowi, że Lale zrozumie niemiecki.

– Obydwaj mają ten sam numer. Jak to możliwe? – pyta.

Lale potrząsa głową i wzrusza ramionami. *A niby skąd mam to wiedzieć?*

– Spójrz na nich. Który jest właściwy? – rzuca ostro wartownik.

Lale pochyla się i ujmuje w dłonie ramię pierwszego z mężczyzn. W duchu jest wdzięczny za pretekst, żeby uklęknąć i podeprzeć się o podłoże. Uważnie przygląda się wytatuowanym cyfrom.

– A ten drugi? – pyta.

Esesman brutalnie szarpie ramię martwego więźnia. Lale uważnie przygląda się obu numerom.

– Proszę spojrzeć tutaj. To nie jest trójka, tylko ósemka. Część jest wyblakła, ale to cyfra osiem.

Wartownik wpisuje właściwe numery na każdym zimnym ramieniu. Bez pytania o pozwolenie Lale wstaje i opuszcza budynek. Kiedy Baretzki dogania go na zewnątrz, Lale jest zgięty wpół i łapie powietrze dużymi haustami.

Baretzki przez moment się nie odzywa, a potem pyta:

– W porządku?

– Nie, nie w porządku. Ilu nas jeszcze zamierzacie zabić, wy pieprzeni bandyci?

– Widzę, że nieźle cię ruszyło.

Baretzki to tylko dzieciak, do tego niewykształcony. Ale Lale i tak nie może się nadziwić, jak może być obojętny wobec ludzi, których właśnie widzieli, wobec męki śmierci wypisanej na ich twarzach i powykręcanych ciałach.

– Dalej, idziemy – komenderuje Baretzki.

Lale idzie za nim, choć nie może na niego spojrzeć.

– Wiesz co, Tätowierer? Założę się, że jesteś jedynym Żydem, który kiedykolwiek wyszedł z krematorium żywy.

Śmieje się głośno, klepie Lalego w plecy i rusza naprzód.

15

Lale idzie szybkim krokiem przez obóz. Zaczepiony przez dwóch esesmanów z karabinami wycelowanymi do strzału, unosi torbę, nie zwalniając kroku.

– *Politische Abteilung!*

Niemcy opuszczają karabiny, a on mija ich bez słowa. Wchodzi do obozu kobiecego i natychmiast udaje się na Blok 29, gdzie natyka się na blokową siedzącą pod ścianą z wyrazem znudzenia na twarzy. Jej podopieczne są w pracy. Kobieta obojętnie patrzy, jak Lale podchodzi i wyjmuje z torby duży blok czekolady. Baretzki ostrzegł ją, żeby nie ingerowała w relacje między Tätowiererem a więźniarką numer 4562, więc przyjmuje łapówkę bez słowa.

– Przyprowadź Gitę, proszę. Będę czekał wewnątrz.

Blokowa upycha czekoladę pod obfitym biustem, wzrusza ramionami, po czym kieruje się w stronę budynku administracji. Lale wchodzi do baraku, zamykając za sobą drzwi. Nie musi długo czekać. Otwierają się drzwi i wpada przez nie światło słońca. Gita widzi w półcieniu zarys jego sylwetki z opuszczoną głową.

– Ach, ty!

Lale robi krok w jej stronę. Gita cofa się i opiera plecami o zamknięte drzwi, wyraźnie zdenerwowana.

– Dobrze się czujesz? Gita, to ja.

Podchodzi do niej i dopiero teraz zauważa, że dziewczyna się trzęsie.

– Powiedz coś, Gita.

– Ty... ty... – powtarza w odpowiedzi kobieta.

– Tak, to ja, Lale. – Chwyta ją za nadgarstki.

– Czy ty masz pojęcie, co się dzieje w głowie osoby, po którą przychodzi funkcyjna obozu? Masz w ogóle jakiekolwiek pojęcie?

– Gita...

– Jak mogłeś? Jak mogłeś na to pozwolić?

Lale nie wie, co powiedzieć. Puszcza jej ręce, a ona wyrywa się i odwraca.

– Przykro mi, nie chciałem cię przestraszyć. Poprosiłem blokową, aby cię tutaj przyprowadziła. Musiałem się z tobą zobaczyć.

– Każdy, kogo zabiorą funkcyjni, już nigdy nie wraca. Rozumiesz? Byłam pewna, że zabierają mnie na śmierć, a jedyne, o czym mogłam myśleć, to ty. Nie myślałam o tym, że nigdy więcej nie zobaczę przyjaciół, ani o Cilce, która wszystko widziała i pewnie umiera teraz ze strachu, ale o tym, że już nigdy cię nie zobaczę. I oto jesteś.

Lalego ogarnia wstyd. Jego egoistyczne pragnienie sprawiło ukochanej ból. Dziewczyna podbiega do niego nagle z uniesionymi pięściami. Lale wyciąga do niej ręce, a ona wpada na niego z impetem. Uderza go w klatkę piersiową, a po twarzy płyną jej łzy. Lale znosi jej ciosy bez słowa. Potem powoli unosi jej twarz ku swojej, ociera jej łzy i próbuje ją pocałować. Ich usta prawie się spotykają, ale Gita odsuwa się, patrząc na niego gniewnie. Lale wyciąga ku niej ramiona.

Widząc jej wahanie, opuszcza je jednak. Gita znowu do niego podbiega, tym razem przyciskając go do ściany i rwąc na nim koszulę. Oszołomiony Lale próbuje ją powstrzymać, ale Gita jest zdecydowana, przywiera do niego całym ciałem i całuje go namiętnie. Lale chwyta ją za biodra i podnosi, a ona owija nogi wokół jego talii, całując tak zapalczywie, że przygryza mu wargę. Lale czuje w ustach słony posmak krwi, ale odpowiada na jej pocałunki. Razem upadają na stojącą obok pryczę, zdzierając z siebie nawzajem ubrania. Kochają się namiętnie, desperacko. Kieruje nimi pożądanie, które narastało tak długo, że nie sposób dłużej mu się opierać. Rozpaczliwie pragną chwili miłości i intymności, a jednocześnie boją się, że nigdy jej nie doświadczą. To pieczętuje ich wzajemne zobowiązanie, a Lale wie w tym momencie, że nigdy nie pokocha innej kobiety. Raz jeszcze sobie poprzysięga, że zrobi wszystko, żeby przeżyć jeszcze jeden dzień, a potem kolejny i kolejny, tysiąc kolejnych dni, tyle, ile będzie trzeba, żeby spełniła się złożona Gicie obietnica: „Kochać się, kiedy tylko i gdzie tylko będziemy chcieli".

Wyczerpani, leżą na pryczy, tuląc się do siebie. Gita zasypia, a Lale długo na nią patrzy. Teraz, kiedy ich sprzeczka dobiegła końca, w głowie Lalego kłębią się niespokojne myśli. Co to miejsce z nami zrobiło? Czym się tutaj staliśmy? Jak długo jeszcze to wytrzymamy? Gita myślała, że wszystko się dziś skończy. To ja sprawiłem jej ból. Nigdy więcej nie mogę tego zrobić.

Dotyka zranionej wargi i krzywi się. Ból wyrywa go z mrocznego nastroju i Lale uśmiecha się, przypominając sobie, skąd wzięła się ranka. Delikatnie całuje Gitę, żeby ją obudzić.

– Hej – szepcze.

Gita przewraca się na brzuch i patrzy na niego zmartwiona.

– Nic ci nie jest? Wyglądałeś, nie wiem... Byłam zdenerwowana, kiedy tu przyszłam, ale teraz, gdy o tym myślę, wyglądałeś strasznie.

Lale zamyka oczy, wzdychając głęboko.

– Co się stało?

– Powiedzmy, że zrobiłem kolejny krok bliżej otchłani, ale cofnąłem się znad krawędzi.

– Opowiesz mi kiedyś?

– Raczej nie. Nie naciskaj, Gita.

Dziewczyna kiwa głową.

– Chyba lepiej, żebyś wróciła do biura. Cilka i inne dziewczyny powinny zobaczyć, że nic ci się nie stało.

– Mmm. Chcę zostać tu z tobą na zawsze.

– „Na zawsze" to bardzo długo.

– Równie dobrze może to być jutro – mówi.

– Nie, nie będzie.

Gita odwraca głowę, mruga, zamyka oczy.

– O czym myślisz? – pyta Lale.

– Słucham ścian.

– I co mówią?

– Nic. Wzdychają, opłakują tych, którzy wyjeżdżają stąd rano i nie wracają wieczorem.

– Ciebie nie opłakują, ukochana.

– Nie dzisiaj. Teraz to wiem.

– Ani jutro. Nigdy nie będą cię opłakiwać. A teraz wracaj do pracy.

Gita kuli się na pryczy.

– Możesz wyjść pierwszy? Muszę znaleźć ubranie.

Wymieniają ostatni pocałunek, a Lale po omacku poszukuje porzuconej w pośpiechu odzieży. Ubrany, przed wyjściem całuje ją jeszcze raz. Na zewnątrz blokowa wraca na swoją ulubioną pozycję pod ścianą.

– Lepiej się już czujesz, Tätowierer?

– Tak, dzięki.

– Czekolada była znakomita. Lubię też kiełbasę.

– Zobaczę, co da się zrobić.

– Bardzo dobrze, Tätowierer. Do zobaczenia.

16

MARZEC 1944

Pukanie do drzwi budzi Lalego z głębokiego snu.

Otwiera ostrożnie, spodziewając się zobaczyć któregoś z romskich chłopców. Jednak na progu stoi dwóch młodych mężczyzn. Rozglądają się lękliwie dookoła.

– Czego chcecie? – pyta Lale.

– Czy może Tätowierer? – pyta po polsku jeden z nich.

– To zależy, kto pyta.

– Potrzebny nam Tätowierer. Powiedziano nam, że tu mieszka – mówi drugi chłopiec.

– Wchodźcie, zanim pobudzicie dzieci.

Lale zamyka drzwi za chłopcami i każe im usiąść na łóżku. Obaj są wysocy i wychudzeni, a twarz jednego jest usiana piegami.

– Pytam jeszcze raz, czego chcecie?

– Mamy tu kolegę... – jąka się piegowaty chłopiec.

– Wszyscy mamy jakiegoś kolegę – przerywa mu Lale.

– On... nasz kolega ma kłopoty...

– Wszyscy mamy kłopoty.

Chłopcy spoglądają na siebie, niepewni, czy mówić dalej.

– Przepraszam. Mów, o co chodzi.

– Złapali go i boimy się, że go zabiją.

– Na czym go złapali?

– Uciekł w zeszłym tygodniu, a oni go złapali i przywieźli z powrotem. Jak Tätowierer myśli, co z nim zrobią?

Lale nie może w to uwierzyć.

– Jakim cudem udało mu się uciec? I jak mógł być tak głupi, żeby dać się złapać?

– Nie wiemy dokładnie.

– No cóż, powieszą go najpewniej jutro rano. Wiecie, że to kara za próbę ucieczki.

– Można coś dla niego zrobić? Ludzie mówią, że Tätowierer może pomóc.

– Ja mogę co najwyżej załatwić jedzenie. Gdzie go trzymają?

– Czeka na zewnątrz.

– Pod tym budynkiem?

– Tak.

– Na litość boską, dawaj go tutaj – mówi Lale, otwierając drzwi.

Jeden z chłopców wychodzi pospiesznie, po czym wraca z kolegą. Chłopak ma opuszczoną głowę, w każdym jego ruchu widać strach. Kiedy Lale wskazuje mu łóżko, posłusznie siada. Oczy ma spuchnięte.

– Twoi koledzy mówią, że uciekłeś.

– Tak, proszę pana.

– Jak to zrobiłeś?

– Pracowałem na zewnątrz i zapytałem strażnika, czy mogę zrobić kupę. Kazał mi iść za drzewo, bo nie chciał, żeby mu śmierdziało. A potem, jak chciałem wrócić do mojego komanda, to już sobie poszli. Bałem się, że gdybym za nimi pobiegł, któryś z pozostałych strażników mógłby mnie zastrzelić, więc po prostu poszedłem z powrotem do lasu.

– A potem? – zapytał Lale.

– A potem to po prostu szedłem i szedłem przed siebie. Później mnie złapali, jak poszedłem do wioski, żeby ukraść coś do jedzenia. Byłem głodny. Żołnierze zobaczyli mój tatuaż i przywieźli mnie tutaj.

– A jutro rano mają cię powiesić?

Chłopiec zwiesza głowę. Lale myśli, że dokładnie tak będzie wyglądał jutro, kiedy zawiśnie na sznurze.

– Czy Tätowierer może nam jakoś pomóc?

Lale chodzi po swoim małym pokoju od ściany do ściany. Podciąga rękaw chłopca i przygląda się numerowi na jego skórze. *Moja robota*. Chodzi dalej, a chłopcy siedzą w milczeniu.

– Zostańcie tutaj – rozkazuje im stanowczo Lale, a sam chwyta torbę i wybiega z pokoju.

Światła reflektorów przeczesują teren obozu, a okrutne oczy wartowników wypatrują kogoś do zabicia. Przemykając pod ścianami, Lale przedostaje się do bloku administracyjnego i wchodzi do biura. Z ulgą widzi za biurkiem Bellę. Kobieta podnosi wzrok i patrzy na niego.

– Lale, co tu robisz? Nie mam dzisiaj dla ciebie pracy.

– Dzień dobry, Bella. Chciałbym cię o coś zapytać.

– Oczywiście, co tylko chcesz, Lale.

– Kiedy byłem tu wcześniej, słyszałem, że dziś wieczorem ma wyjechać transport.

– Tak, o północy jeden wyjeżdża do innego obozu.

– Ilu ludzi nim jedzie?

Bella sprawdza dane na liście.

– Mam tu sto nazwisk. Dlaczego pytasz?

– Nazwiska, nie numery?

– Nie, ci nie są numerowani. Dopiero dzisiaj przyjechali i mają jechać do obozu dla chłopców. Tam nie tatuują numerów.

– Czy dałoby się wcisnąć jeszcze jednego na tę listę?

– Myślę, że tak. Kogo? Ciebie?

– Nie, wiesz, że stąd nie wyjadę bez Gity. To ktoś inny. Im mniej będziesz wiedzieć, tym lepiej.

– Dobrze, zrobię to dla ciebie. Jak się nazywa ten ktoś?

– O, cholera – mówi Lale. – Zaraz wracam.

Wściekły na siebie, biegnie z powrotem do pokoju.

– Jak się nazywasz?

– Mendel.

– Mendel, a dalej jak?

– Przepraszam, Mendel Bauer.

•

W biurze Bella kaligrafuje nazwisko na maszynopisie listy.

– Czy strażnikom nie wyda się podejrzane, że to jedno nazwisko jest wpisane ręcznie? – pyta Lale.

– Nie, są na to za leniwi. Musieliby coś z tym zrobić, a nigdy im się nie chce. Po prostu przekaż temu chłopakowi, żeby był na miejscu, jak podjedzie ciężarówka i zacznie się załadunek.

Lale wyjmuje z torby pierścionek z rubinami i diamentami i podaje go Belli.

– Dziękuję. To dla ciebie. Możesz go zachować albo sprzedać. Ja zadbam, żeby chłopak znalazł się w transporcie.

•

Wróciwszy do pokoju, Lale zagania kolegów Mendla z łóżka, wyjmuje torbę i siada obok niego.

– Daj mi rękę.

Obaj chłopcy obserwują następnie, jak Lale przerabia numer na przedramieniu Mendla na węża. Rezultat jest daleki od ideału, ale skutecznie zakrywa cyfry.

– Po co to? – pyta jeden z nich.

– Tam, gdzie Mendel jedzie, nie tatuują numerów. Gdyby ktoś zobaczył jego tatuaż, zaraz przysłaliby go z powrotem tutaj, prosto na szubienicę.

Kończy pracę i zwraca się do stojących obok chłopców:

– Wy dwaj wracajcie teraz na swój blok, tylko ostrożnie. Mogę ratować tylko jedną osobę dziennie – mówi. – Waszego kolegi jutro już tu nie będzie. Wyjedzie transportem o północy. Nie wiem dokąd, ale tam będzie miał przynajmniej szansę przeżyć. Rozumiecie?

Chłopcy żegnają się i obiecują spotkać po drugiej stronie koszmaru. Kiedy wychodzą, Lale siada obok Mendla.

– Zostaniesz tutaj do wyjścia. Zaprowadzę cię na transport, ale potem musisz sobie radzić sam.

– Nie wiem, jak panu dziękować.

– Jeśli znowu uda ci się uciec, nie daj się złapać. To będzie dla mnie najlepsze podziękowanie.

Chwilę później Lale słyszy, że na zewnątrz zaczyna się ruch.

– Chodź, czas na nas.

Przekradają się wzdłuż ścian budynku do miejsca, gdzie wartownicy ładują ludzi na dwie ciężarówki.

– Biegnij teraz, spróbuj się dostać do środka któregoś rzędu. Wepchnij się między ludzi i podaj nazwisko, jak cię zapytają.

Mendel rusza biegiem i wciska się w sam środek kolejki do ciężarówki. Pociera dłońmi ramiona, żeby się ogrzać, jednocześnie zasłaniając świeżo wytatuowanego węża. Lale patrzy, jak wartownik znajduje na liście nazwisko chłopca i każe mu wsiadać. Kiedy ciężarówka rusza, Lale wraca do siebie.

17

Następne miesiące są szczególnie trudne. Więźniowie umierają z różnych powodów. Wielu zabierają choroby, głód i zimno. Kilku rzuca się na druty pod napięciem, inni giną zastrzeleni przez wartownika z wieży, zanim dobiegną do ogrodzenia. Komory gazowe i krematoria pracują na okrągło, a Lale i Leon tatuują dziesiątki tysięcy ludzi przewożonych do Auschwitz i Birkenau.

Lale i Gita widują się w każdą niedzielę, jeśli tylko mogą. Krążą wtedy po obozie wśród innych więźniów, ukradkiem wymieniając uścisk dłoni. Czasem udaje im się spędzić kilka chwil sam na sam na bloku Gity. Spotkania dają im siłę, żeby się nie poddawać, a Lale planuje dla nich wspólną przyszłość. Blokowa Gity robi się coraz grubsza od jedzenia, które przynosi jej Lale. Czasami, kiedy nie mogą się spotkać przez dłuższy czas, kobieta zaczepia Gitę i pyta ją wprost: „Kiedy znowu przyjdzie twój chłopak?".

W niedzielę Gita w końcu opowiada Lalemu, co się dzieje z Cilką.

– Schwarzhuber zrobił z niej swoją zabawkę.

– Dobry Boże. Jak długo to trwa?

– Nie wiem dokładnie. Rok, może dłużej.

– Ta zapijaczona, sadystyczna świnia. – Lale zaciska dłonie w pięści. – Wyobrażam sobie, jak ją traktuje.

– Nie mów tak! Nie chcę o tym myśleć.

– A co Cilka o tym mówi?

– Nic. My jej nie pytamy. Nie wiem, jak jej pomóc.

– Jeśli Cilka mu się sprzeciwi, on ją zabije. Podejrzewam, że się zorientowała, bo inaczej już dawno byłaby martwa. Najgorsze jest to, że może zajść w ciążę.

– Nie ma mowy o ciąży. Do tego potrzebny jest, no wiesz, cykl miesięczny. Nie słyszałeś o tym?

– Słyszałem, słyszałem – mówi zawstydzony Lale. – Po prostu nigdy o tym nie rozmawialiśmy. Nie pomyślałem.

– Ani ty, ani ten sadysta nie musicie się martwić, że któraś z nas zajdzie w ciążę.

– Nie porównuj mnie do niego. Powiedz jej, że moim zdaniem jest bohaterką i że jestem dumny, że ją znam.

– Co masz na myśli? Ona nie jest żadną bohaterką. – W głosie Gity słychać nutę rozdrażnienia. – Po prostu chce żyć.

– Na tym właśnie polega bohaterstwo. Ty też jesteś bohaterką, kochanie. To, że obie postanowiłyście przeżyć, to przecież rodzaj oporu wobec tych hitlerowskich bestii. Wybranie życia jest aktem buntu, formą heroizmu.

– W takim razie kim ty jesteś?

– Dano mi wybór, mogłem przyłożyć rękę do zagłady naszych rodaków i postanowiłem to zrobić, żeby przeżyć. Mogę tylko mieć nadzieję, że pewnego dnia nie uznają mnie za kata lub kolaboranta.

Gita pochyla się nad nim i całuje go.

– Dla mnie jesteś bohaterem.

Czas mija szybko i wkrótce pozostałe więźniarki wracają na blok. Lale i Gita są ubrani, więc szczęśliwie nie ma powodu do zażenowania.

– Witajcie. Dana, jak miło cię widzieć. Do zobaczenia, drogie panie. – Lale żegna się ze wszystkimi i wychodzi.

Blokowa, stojąc jak zawsze przy wejściu do budynku, potrząsa głową na widok Lalego.

– Ma cię tu nie być, kiedy reszta wraca. Jasne, Tätowierer?

– Przepraszam, to się więcej nie powtórzy.

Lale idzie przez obóz lekkim krokiem. Słysząc nagle swoje imię, przystaje i rozgląda się wokół zaskoczony. Wołającym okazuje się Wiktor; on i pozostali polscy robotnicy wychodzą właśnie z obozu.

– Dzień dobry, Wiktor. Cześć, Jurek. Wszystko w porządku?

– U nas tak, ale u ciebie chyba nawet jeszcze lepiej. Co się dzieje?

Lale macha niedbale ręką.

– Nic szczególnego.

– Mam coś dla ciebie, ale nie wiedziałem, czy dam radę ci to przekazać. Masz miejsce w torbie?

– No pewnie. Przepraszam, powinienem przyjść do was wcześniej, ale byłem... trochę zajęty.

Lale otwiera torbę, a robotnicy wrzucają zapasy do środka. Jest ich tyle, że się nie mieszczą.

– Jak chcesz, to resztę przyniosę ci jutro – proponuje Wiktor.

– Nie, jakoś wezmę wszystko, dziękuję. Jutro ci zapłacę.

Oprócz Cilki wśród dziesiątków tysięcy więźniów Birkenau jest jeszcze jedna dziewczyna, której wartownicy pozwolili zachować długie włosy. Jest mniej więcej w wieku Gity. Lale nigdy z nią nie rozmawiał, ale widuje ją od czasu do czasu. Wyróżnia się wśród pozostałych więźniarek jasną, bujną czupryną, podczas gdy wszystkie inne kryją łyse głowy pod chustkami, często zrobionymi z oddartego rękawa koszuli. Pewnego dnia Lale zapytał o nią Baretzkiego. Jak to możliwe, że ma długie włosy?

– Kiedy przywieźli ją do obozu – powiedział mu Baretzki – sam komendant Hoess był na selekcji. Zobaczył ją, uznał, że jest piękna, i zakazał ruszać jej włosów.

Lale niejedno już widział, ale nie potrafi zrozumieć, dlaczego Hoess uznał, że spośród setek tysięcy kobiet, które przewinęły się przez oba obozy, tylko jedna jest piękna.

Po drodze na blok z upchaną w spodniach kiełbasą Lale skręca za róg budynku i nagle widzi ją, jedyną „piękną" dziewczynę w obozie, wpatrzoną w niego szeroko otwartymi oczami. Drogę do pokoju pokonuje w rekordowo krótkim czasie.

18

Nadejście wiosny wygania najgorsze demony zimy. Cieplejsza pogoda daje promień nadziei tym, którym udało się przetrwać okrutne mrozy i jeszcze okrutniejsze kaprysy oprawców. Nawet Baretzki zachowuje się mniej bezdusznie.

– Wiem, że możesz załatwić różne rzeczy, Tätowierer – mówi ciszej niż zazwyczaj.

– Nie rozumiem – odpowiada Lale.

– Rzeczy. Możesz je załatwić. Wiem, że masz kontakty na zewnątrz.

– Dlaczego pan tak uważa?

– Słuchaj, lubię cię, dobra? Nie zastrzeliłem cię przecież.

– Zastrzelił pan wielu innych.

– Ale nie ciebie. Jesteśmy jak bracia, ty i ja. Opowiadałem ci w końcu o różnych sprawach.

Lale postanawia nie kwestionować teorii o braterstwie.

– Proszę mówić dalej – mówi ostrożnie.

– Czasami dawałeś mi rady, a ja słuchałem. Próbowałem nawet pisać miłe rzeczy do mojej dziewczyny.

– Nie wiedziałem o tym.

– No to już teraz wiesz – odpowiada rozbrajająco szczerze Baretzki. – Posłuchaj, chcę, żebyś coś dla mnie załatwił.

Lale zaczyna się denerwować, że ktoś może podsłuchać ich rozmowę.

– Powiedziałem już panu...

– Moja dziewczyna ma niedługo urodziny i potrzebuję dla niej pary nylonowych pończoch.

Lale wpatruje się w Baretzkiego z niedowierzaniem. Esesman uśmiecha się do niego.

– Załatw je, to cię nie zastrzelę – mówi ze śmiechem.

– Zobaczę, co się da zrobić. Może to potrwać kilka dni.

– Byle nie za długo.

– Może mogę coś jeszcze dla pana zrobić? – upewnia się Lale.

– Nie, masz wolny dzień. Możesz iść do Gity.

Lale z trudem tłumi irytację. Boli go już sam fakt, że Baretzki wie, że spędza z nią czas, ale słuchanie, jak wymawia jej imię, jest niemal ponad jego siły.

Zanim jednak posłucha rady Baretzkiego, Lale rozgląda się najpierw za Wiktorem. Znajduje Jurka, który mówi mu, że ojciec jest chory i dzisiaj nie pracuje. Lale odpowiada, że przykro mu to słyszeć, i odchodzi.

– Może ja mogę coś dla ciebie zrobić? – woła za nim Jurek.

Lale zawraca.

– Nie wiem, mam dość nietypową prośbę.

Jurek unosi brwi.

– Kto wie, może będę mógł ci pomóc.

– Nylonowe pończochy. Wiesz, takie coś, co dziewczyny noszą na nogach.

– Nie jestem dzieckiem, Lale. Wiem, co to są nylony.

– Mógłbyś je dla mnie załatwić? – Lale otwiera dłoń, w której trzyma dwa diamenty.

Jurek zabiera oba klejnoty.

– Daj mi dwa dni. Załatwię, czego potrzebujesz.

– Dzięki, Jurek. Przekaż pozdrowienia ojcu. Mam nadzieję, że niedługo wydobrzeje.

•

Lale kieruje się w stronę obozu kobiecego, kiedy nagle słyszy dźwięk silników samolotu. Spogląda w górę w samą porę, żeby zobaczyć, jak mały samolot przelatuje nisko nad obozem i zaczyna zawracać. Leci tak nisko, że Lale rozpoznaje symbol sił powietrznych Stanów Zjednoczonych.

– To Amerykanie! – krzyczy jakiś więzień. – Amerykanie przylecieli!

Wszyscy patrzą w górę. Kilka osób zaczyna podskakiwać, machając ramionami. Lale patrzy na wieże otaczające kompleks i na wartowników, którzy wycelowali właśnie karabiny w stronę, gdzie panuje zamieszanie. Niektórzy z więźniów machają, próbując zwrócić uwagę pilota, inni wskazują krematoria, krzycząc: „Zrzućcie bomby! Zrzućcie bomby!". Lale zastanawia się, czy do nich nie dołączyć, a tymczasem samolot zawraca i ponownie przelatuje nad obozem, a potem przygotowuje się do trzeciego okrążenia. Kilku więźniów biegnie co sił w stronę krematoriów, desperacko usiłując nawiązać kontakt z pilotem. „Zrzućcie bomby! Zrzućcie bomby!".

Przy trzecim kursie nad Birkenau samolot wznosi się i odlatuje. Więźniowie nadal krzyczą. Wielu pada na kolana, rozpaczając, że ich błagania nie zostały wysłuchane. Lale powoli wycofuje się pod ścianę pobliskiego budynku. W samą porę. Z wież wartowniczych sypie się grad kul, kładąc pokotem kilkudziesięciu więźniów, którzy nie zdążyli uciec.

Widząc, jak chętnie wartownicy naciskają spust broni, Lale postanawia nie szukać dziś Gity. Zamiast tego wraca do bloku, gdzie wita go zawodzenie i płacz. Kobiety tulą ciała chłopców i dziewczynek, których dosięgły kule esesmanów.

– Zobaczyli samolot i dołączyli do innych więźniów – mówi jeden z cygańskich mężczyzn.

– Jak mogę wam pomóc?

– Zabierz pozostałe dzieci do środka. Lepiej, żeby tego nie oglądały.

– Jasne.

– Dziękuję, Lale. Przyślemy ci staruszki do pomocy. Nie wiem, co robić z ciałami. Nie mogę ich tutaj zostawić.

– Esesmani przyjdą zabrać zmarłych. – Słowa Lalego brzmią sucho i beznamiętnie w jego własnych uszach. Pod powiekami zbierają mu się łzy. – Tak bardzo mi przykro.

– Co oni z nami zrobią? – pyta Rom.

– Nie wiem, co komu pisane.

– Mamy tutaj umrzeć?

– Nie, jeśli tylko zdołam temu zapobiec.

Lale pomaga zaprowadzić dzieci do środka. Niektóre płaczą, inne są na to zbyt wstrząśnięte. Dołącza do niego kilka starszych kobiet. Zabierają ocalałe dzieci na odległy koniec bloku i zaczynają opowiadać im historie, ale tym razem to nie wystarcza. Dzieci nie sposób pocieszyć. Większość siedzi bez słowa.

Lale idzie do swojego pokoju i wraca z czekoladą, którą Nadia pomaga mu podzielić i rozdać. Niektóre dzieci biorą kawałek, inne patrzą tak, jakby się go bały.

Nic więcej nie może zrobić. Nadia bierze go za rękę i pomaga mu się podnieść.

– Dziękuję.

– Zrobiłeś, ile mogłeś. – Kobieta gładzi go po policzku wierzchem dłoni. – Zostaw nas teraz.

– Pójdę pomóc mężczyznom – odpowiada łamiącym się głosem Lale.

Wychodzi przed barak i pomaga więźniom ułożyć drobne ciałka tak, żeby esesmani mogli je zabrać. Po terenie obozu krążą już wartownicy i zbierają rozrzucone zwłoki. Kilka matek nie pozwala sobie odebrać martwych dzieci, a Lale bezradnie patrzy, jak wartownicy brutalnie wyrywają im je z ramion.

– *Jitgadal wejitkadasz szemeh raba* – niech będzie wywyższone i uświęcone Jego wielkie Imię – Lale recytuje szeptem kadisz. Nie wie, jak i jakimi słowami Romowie oddają cześć zmarłym, ale na śmierć dzieci reaguje instynktownie, tak jak go dawno temu nauczono. Długo stoi na zewnątrz, patrząc w niebo i zastanawiając się, co widzieli i myśleli Amerykanie. Kilku mężczyzn dołącza do niego w milczeniu, które rozbrzmiewa jednak głośniej niż krzyk. Ból spowija ich jak całun.

Lale myśli o 4 kwietnia 1944 roku. W tym tygodniu na dokumentach zobaczył słowo „kwiecień" i poczuł dziwne ukłucie w sercu. Kwiecień, co takiego stało się w kwietniu? W końcu to do niego dotarło – za trzy tygodnie miną dwa lata, odkąd tu jest. *Dwa lata*. Jak to możliwe? Jakim cudem wciąż oddycha, skoro tak wielu nie żyje? Przypomina sobie, co poprzysiągł na początku – przetrwać i dopilnować, by odpowiedzialni zapłacili za swoje zbrodnie. Kto wie, być może ludzie w samolocie zrozumieli, co tu się dzieje, i wkrótce nadejdzie pomoc. Dla tych, którzy dziś zginęli, byłoby za późno, ale może ich śmierć nie poszła na marne. *Trzeba się trzymać tej myśli, dzięki niej łatwiej będzie wstać z łóżka jutro rano i następnego ranka, i następnego.*

Gwiazdy nad głową nie niosą już pociechy. Przypominają mu jedynie o przepaści między tym, czym może być życie, a tym, czym jest obecnie. O ciepłych letnich nocach, kiedy jako chłopiec wymykał się na dwór, gdy tylko wszyscy poszli spać, a nocny wiatr muskał mu twarz i usypiał go; o wieczorach spędzanych z młodymi kobietami, o tym, jak spacerował z nimi pod rękę po parku czy nad jeziorem, a drogę oświetlały im tysiące gwiazd. Widok kopuły nocnego nieba zawsze dodawał mu otuchy. *Gdzieś, daleko stąd, moja rodzina patrzy teraz na te same gwiazdy i zastanawia się, gdzie jestem. Mam nadzieję, że choć oni znajdą w nich pocieszenie.*

•

Na początku marca 1942 roku Lale pożegnał się z rodzicami, bratem i siostrą w rodzinnym mieście Krompachy. W październiku poprzedniego roku zrezygnował z pracy i mieszkania w Bratysławie. Podjął tę decyzję po spotkaniu ze starym przyjacielem, nie-Żydem, który pracował dla rządu. Przyjaciel ostrzegł go, że nadchodzą wielkie polityczne zmiany dla wszystkich żydowskich obywateli i że urok osobisty nie uchroni Lalego przed tym, co wkrótce nastąpi. Zaproponował mu pracę, która, jak powiedział, zapewni mu bezpieczeństwo przed prześladowaniami. Po spotkaniu z przełożonym przyjaciela Lale przyjął propozycję pracy jako asystent lidera Słowackiej Partii Narodowej. W SNS nie chodziło o religię, a o to, by utrzymać kraj w rękach Słowaków. Ubrany w uniform partyjny o podejrzanie wojskowym kroju, Lale spędził kilka tygodni, podróżując po całym kraju, kolportując biuletyny oraz przemawiając na wiecach i spotkaniach. Partia starała się w szczególności przekonać młodych ludzi, że trzeba wspólnie rzucić wyzwanie rządowi, który nie potępił Hitlera, a także zapewnić ochronę wszystkim Słowakom.

Lale wiedział, że na słowackich Żydów nałożono obowiązek noszenia żółtej gwiazdy Dawida poza domem. On sam odmówił, choć nie dlatego, że się bał. Odmówił dlatego, że czuł się Słowakiem: dumnym, upartym, a nawet arogancko pewnym swojego miejsca na świecie. To, że był Żydem, wydawało mu się dziełem przypadku i nigdy wcześniej nie miało wpływu na to, co robił i z kim się przyjaźnił. Jeśli w rozmowie padało takie pytanie, przyznawał się po prostu do pochodzenia, ale nie poświęcał tej kwestii uwagi. Nie była to dla niego cecha, która by go określała.

Temat pojawiał się zresztą częściej w sypialni niż w restauracji czy klubie.

W lutym 1942 roku ostrzeżono go, że niemieckie Ministerstwo Spraw Zagranicznych zażądało, by słowacki rząd rozpoczął wywózkę Żydów na roboty. Lale poprosił o zgodę na wyjazd do rodziny. Pozwolenie uzyskał, a także usłyszał zapewnienie, że może w każdej chwili powrócić do pracy – że miejsce pracy będzie tam zawsze na niego czekało.

Nigdy nie uważał się za naiwnego. Podobnie jak wielu ludzi w ówczesnej Europie martwiło go dojście Hitlera do władzy oraz potworny los, jaki Führer zgotował innym niewielkim nacjom, ale nie dopuszczał do siebie myśli, że hitlerowcy mogą zaatakować Słowację. Nie musieli tego robić. Słowacki rząd dawał im wszystko, czego zażądali, i nie stwarzał żadnego zagrożenia. Słowacja po prostu chciała mieć święty spokój. Podczas kolacji i spotkań z rodziną i przyjaciółmi rozmawiali niekiedy o doniesieniach na temat prześladowań Żydów w innych krajach, ale nie sądzili, by słowaccy Żydzi byli narażeni na podobne traktowanie.

•

A jednak dziś jest w obozie. Minęły dwa lata. Żyje w społeczności podzielonej w dużej mierze na dwie części – żydowską i romską – na podstawie rasy, a nie narodowości, i to jest coś, czego Lale wciąż nie może zrozumieć.

Narody zagrażają innym narodom. Mają władzę, mają wojsko. *W jaki sposób rasa rozproszona po wielu krajach może stanowić zagrożenie?* Wie, że nigdy, do końca życia, jakkolwiek długo by ono trwało, nie zdoła tego zrozumieć.

19

– Nie wierzysz już w Boga? – pyta Gita, opierając się plecami o pierś Lalego. Wybrała ten moment, aby zadać mu to pytanie, ponieważ chce usłyszeć, jak jej na nie odpowiada, ale nie chce na niego patrzeć.

– Dlaczego pytasz? – mówi Lale, głaszcząc ją po głowie.

– Bo tak mi się właśnie wydaje – odpowiada dziewczyna – a to mnie zasmuca.

– W takim razie ty ciągle wierzysz?

– Ja pierwsza cię zapytałam.

– Nie, nie wierzę.

– Od kiedy?

– Od pierwszej nocy tutaj. Mówiłem ci, co się działo, co wtedy widziałem. Jak miłosierny Bóg mógłby do czegoś podobnego dopuścić? Od tamtej nocy nie stało się nic, co by mnie skłoniło do zmiany zdania. Wręcz przeciwnie.

– Trzeba w coś wierzyć.

– Ale ja przecież wierzę. Wierzę w ciebie i we mnie, i w to, że stąd wyjdziemy i zamieszkamy razem tam, gdzie będziemy mogli...

– Wiem, wiem, kiedykolwiek i gdziekolwiek będziemy chcieli – kończy Gita, po czym wzdycha. – Och, Lale, gdyby tylko...

Lale odwraca jej twarz w swoją stronę.

– To, że jestem Żydem, nie decyduje o mojej tożsamości – mówi. – Nie wypieram się pochodzenia, ale przede wszystkim jestem człowiekiem zakochanym w tobie.

– A co, jeśli ja chcę zachować religię? Jeśli to nadal jest dla mnie ważne?

– Ja nie mam w tej kwestii nic do gadania.

– Ależ owszem, masz.

Zapada pełne napięcia milczenie. Lale patrzy na Gitę, ale ona nie podnosi oczu.

– Nie mam problemu z tym, że nadal wierzysz – mówi łagodnie Lale. – Właściwie to nawet mnie to cieszy, jeśli religia tyle dla ciebie znaczy i jeśli dzięki niej mam cię przy sobie. Kiedy stąd wyjedziemy, będziesz mogła wrócić do synagogi, a kiedy urodzą się nam dzieci, wychowamy je w wierze matki. Czy takie rozwiązanie ci odpowiada?

– Dzieci? Nie wiem, czy będę mogła mieć dzieci. Podejrzewam, że moje ciało nigdy nie będzie do tego zdolne.

– Kiedy już stąd wyjdziemy i trochę cię odkarmię, będziemy mieli dzieci; będą piękne po matce.

– Dziękuję, ukochany. Dzięki tobie chcę wierzyć w przyszłość.

– Dobrze. Czy to znaczy, że powiesz mi, jak masz na nazwisko i skąd pochodzisz?

– Jeszcze nie. Już mówiłam, powiem ci w dniu, kiedy opuścimy to miejsce. Proszę, nie pytaj mnie o to więcej.

•

Po pożegnaniu z Gitą Lale idzie poszukać Leona i pozostałych znajomych z Bloku 7. Jest piękny letni dzień, a on ma zamiar cieszyć się słońcem i towarzystwem przyjaciół, kiedy tylko może. Siedzą pod ścianą jednego z bloków, rozmawiając o wszystkim i o niczym. Kiedy rozbrzmiewają obozowe syreny, Lale żegna się i wraca do swojego bloku. Zbliżając się do budynku, wyczuwa, że coś jest nie tak. Dzieci romskie stoją wokół, nie podbiegają, żeby się z nim przywitać, a kiedy je pozdrawia, nie reagują i omijają go szerokim łukiem. Otwiera drzwi do pokoju, a wtedy wszystko staje się jasne. Klejnoty i pieniądze, które przechowywał pod materacem, leżą teraz na łóżku. Obok stoi dwóch esesmanów.

– Może łaskawie spróbujesz nam to wytłumaczyć, Tätowierer?

Słowa więzną Lalemu w gardle.

Jeden z wartowników wyrywa mu torbę z rąk i wyrzuca z niej na podłogę narzędzia i butelki z tuszem, a potem napełnia ją znalezionym łupem. Z wycelowaną bronią popychają go do wyjścia. Zgromadzone przed barakiem dzieci patrzą, jak esesmani pędzą go przez obóz cygański, a Lale myśli, że widzi je po raz ostatni.

•

Houstek stoi przy biurku, na którym rozłożono zawartość torby Lalego. Oberscharführer po kolei podnosi i bada każdy kamień i sztukę biżuterii.

– Skąd to wszystko masz? – pyta, nie patrząc na tatuażystę.

– Od więźniów.

– Jakich więźniów?

– Nie wiem, jak się nazywają.

Houstek spogląda twardo na Lalego.

– Nie wiesz, kto ci to wszystko dał?

– Nie, nie wiem.

– Mam w to uwierzyć?

– Tak, proszę pana. Przynoszą mi te rzeczy, ale nie pytam ich o nazwiska.

Houstek uderza pięścią w blat.

– Przez ciebie jestem wściekły, Tätowierer. Niezły fachowiec z ciebie, a teraz będę musiał znaleźć kogoś innego na twoje miejsce. – Oberscharführer odwraca się do wartowników. – Zabrać go na Blok 11. Zaraz sobie przypomni wszystkie nazwiska.

Esesmani wyprowadzają Lalego i wpychają go na ciężarówkę. Dwóch siada obok niego, po jednym z każdej strony, wbijając mu lufy pistoletów w żebra. Po drodze Lale żegna się z Gitą i przyszłością. Zamykając oczy, wypowiada w duchu imiona każdego członka rodziny. Nie potrafi już przywołać twarzy rodzeństwa tak wyraźnie jak dawniej, ale matkę pamięta doskonale. Jednak jak ma się pożegnać z matką? Z tą, która dała mu pierwszy oddech, która nauczyła go, jak żyć? Nie umie się z nią pożegnać. Gdy przywołuje w pamięci obraz twarzy ojca, z jego krtani wydobywa się zduszony szloch, a jeden z oficerów wciska mu pistolet głębiej między żebra. Kiedy go widział po raz ostatni, ojciec płakał. Nie chce go takiego wspominać, więc szuka w pamięci innego obrazu i widzi ojca przy ukochanych koniach. Zawsze przemawiał do nich serdecznie, inaczej niż do własnych dzieci. Lale myśli o swoim bracie, Maksie, starszym i mądrzejszym. Mówi mu, że ma nadzieję, że go nie zawiódł, że próbował postąpić tak, jak zrobiłby Maks na jego miejscu. Potem myśli Lalego biegną ku jego młodszej siostrze Goldie, a ból, który go ogarnia, pali żywym ogniem.

Ciężarówka nagle hamuje i Lale wpada na wartownika, który siedzi naprzeciwko niego.

Prowadzą go do niewielkiego pomieszczenia na Bloku 11. Bloki numer 10 i 11 cieszą się w obozie ponurą sławą. To bloki karne, a za nimi wznosi się Czarna Ściana, ściana straceń. Lale spodziewa się, że właśnie tam go zabiorą po torturach.

Przez dwa dni siedzi w celi, gdzie jedyne światło wpada przez szczelinę pod drzwiami. Przez ściany dobiegają krzyki i błagania innych więźniów, a Lale wspomina każdą chwilę spędzoną z Gitą.

Trzeciego dnia oślepia go światło słoneczne rozlewające się falą po pomieszczeniu. W drzwiach stoi ogromny mężczyzna i podaje mu miskę z jakimś płynem. Kiedy oczy przyzwyczajają mu się do światła, Lale rozpoznaje olbrzyma.

– Jakub, to ty?

Jakub wchodzi do celi, schylając się, żeby nie uderzyć głową w niski sufit.

– Co ty tu robisz, Tätowierer? – pyta wyraźnie wstrząśnięty.

Lale z trudem wstaje i wyciąga rękę do olbrzyma.

– Często się zastanawiałem, co się z tobą stało – mówi.

– Tak jak przewidziałeś, znaleźli mi pracę.

– Jesteś tu strażnikiem?

– Nie tylko strażnikiem, przyjacielu. – Głos Jakuba brzmi ponuro. – Usiądź i jedz, a ja ci opowiem, co tu robię i co cię wkrótce czeka.

Lale zagląda do miski, którą przyniósł Jakub. Cienka, mętna zupa, a w niej pojedynczy kawałek ziemniaka. Choć jeszcze przed chwilą umierał z głodu, teraz apetyt go opuścił.

– Nigdy nie zapomniałem twojej życzliwości – mówi Jakub. – Byłem pewien, że umrę z głodu tamtej nocy, kiedy tu przyjechałam, a ty mnie nakarmiłeś.

– Cóż, potrzebujesz więcej jedzenia niż większość ludzi.

– Słyszałem historie o tobie, o tym, że szmuglujesz żywność. Czy to prawda?

– Właśnie dlatego tutaj wylądowałem. Więźniarki, które pracują w „Kanadzie", przemycają dla mnie pieniądze i klejnoty, a ja kupuję od ludzi ze wsi żywność i lekarstwa. Podejrzewam, że ktoś musiał na mnie donieść.

– Nie wiesz kto?

– A ty wiesz?

– Nie, moja robota nie polega na tym, żeby wiedzieć. Ja mam wycisnąć z ciebie nazwiska więźniów, którzy mogą planować ucieczkę lub szykować bunt, no i oczywiście tych, co ci przynosili pieniądze i klejnoty.

Do Lalego zaczyna docierać sens słów Jakuba.

– Robię, co muszę zrobić, żeby przeżyć, tak samo jak ty, Tätowierer.

Lale potakuje.

– Mam cię bić, dopóki nie podasz mi nazwisk. Jestem katem, Lale.

Tatuażysta potrząsa głową, mamrocząc pod nosem wszystkie znane sobie przekleństwa.

– Nie mam wyboru.

Lale bije się z myślami. Może podać Jakubowi nazwiska zmarłych więźniów? Nie. Prędzej czy później i tak się zorientują, a potem znowu go tu wsadzą.

– Rzecz w tym – mówi Jakub – że nie mogę ci pozwolić, żebyś cokolwiek mi powiedział.

Lale patrzy na niego zdezorientowany.

– Byłeś dla mnie dobry i mogę uderzać tak, że będziesz wyglądał gorzej, niż gdybym naprawdę cię pobił, ale zabiję cię, zanim pozwolę ci zdradzić choć jedno nazwisko. Chcę jak najmniej niewinnej krwi na rękach – wyjaśnia Jakub.

– Och, Jakubie, nie miałem pojęcia, że taką pracę ci znajdą. Przykro mi.

– Jeżeli muszę zabić jednego Żyda, żeby uratować dziesięciu innych, to tak zrobię.

Lale sięga w górę, żeby dotknąć barku ogromnego mężczyzny.

– Rób to, co musisz.

– Mów tylko w jidysz – prosi Jakub, odwracając się tyłem do Lalego. – Nie sądzę, żeby esesmani cię znali ani wiedzieli, że mówisz po niemiecku.

– W porządku, może być jidysz.

– Wrócę do ciebie później.

W ciemności Lale zastanawia się nad swoim losem. Postanawia, że nie zdradzi żadnych nazwisk. Teraz pozostaje tylko pytanie, z czyjej ręki zginie: znudzonego esesmana, któremu stygnie kolacja, czy Jakuba, który zabija, żeby ratować innych. Pogodziwszy się z nieuchronnością śmierci, Lale czuje, jak ogarnia go spokój.

Czy ktoś powie Gicie, co go spotkało, zastanawia się, czy też nigdy nie będzie jej dane się dowiedzieć?

Lale zapada w głęboki, męczący sen.

•

– Gdzie on się podziewa? – krzyczy ojciec, wpadając do domu.

Lale znowu zaniedbał obowiązki. Ojciec spóźnił się na kolację, bo musiał zrobić to, co należało do Lalego. Ten ucieka i próbuje się schować za matką, odciągając ją od ławy, przy której stoi. Matka osłania go przed razami. Ojciec nie próbuje jej odsunąć ani dosięgnąć Lalego.

– Ja się nim zajmę – mówi matka. – Po kolacji go ukarzę. Teraz siadaj.

Brat i siostra Lalego przewracają oczami. Już to nieraz widzieli i słyszeli.

Później tego samego wieczoru Lale obiecuje matce, że będzie się starał pomagać ojcu. Ale jemu trudno jest pomagać. Lale boi się, że skończy jak on, przedwcześnie postarzały, zbyt zmęczony, aby powiedzieć żonie prosty komplement czy pochwalić jedzenie, które przygotowuje dla niego cały dzień. Lale nie chce być taki.

– Jestem twoim ulubieńcem, prawda, mamusiu? – przymila się Lale. Gdy byli w domu sami, matka mocno go przytulała.

– Tak, kochanie, jesteś.

Jeśli jego brat lub siostra byli obecni, mówiła: „Wszyscy jesteście moimi ulubieńcami". Lale nigdy nie słyszał, aby jego brat lub siostra zadawali to pytanie, choć przecież mogli to robić, gdy go nie było. Jako mały chłopiec często oznajmiał rodzinie, że poślubi matkę, gdy dorośnie. Ojciec udawał, że nie słyszy, a rodzeństwo kłóciło się z Lalem, wykrzykując, że matka jest już mężatką. Kiedy wreszcie udało się rozdzielić dzieci, matka zabierała go na bok i wyjaśniała, że pewnego dnia znajdzie kogoś, kogo będzie kochał i o kogo będzie się troszczył. Nie chciał jej wtedy wierzyć.

Kiedy dorósł, każdego dnia biegł do domu, żeby uścisnąć matkę na powitanie, poczuć ciepło jej ciała, jej miękką skórę, pocałunek w czoło.

– W czym mogę ci pomóc? – pytał.

– Jesteś takim dobrym chłopcem. Pewnego dnia jakaś kobieta znajdzie w tobie wspaniałego męża.

– Powiedz mi, co robić, żeby być dobrym mężem. Nie chcę być jak tata. On nie sprawia, że się uśmiechasz. W niczym ci nie pomaga.

– Twój tata bardzo ciężko pracuje, aby zarobić pieniądze na życie.

– Wiem, ale czy nie może robić jednego i drugiego? Zarabiać pieniędzy i sprawiać, żebyś się uśmiechała?

– Musisz się jeszcze wiele nauczyć, zanim dorośniesz, młody człowieku.

– Więc naucz mnie. Chcę, żeby dziewczyna, którą poślubię, była ze mną szczęśliwa.

Matka siada, a on zajmuje miejsce naprzeciwko niej.

– Przede wszystkim musisz nauczyć się jej słuchać. Nawet jeśli jesteś zmęczony, musisz wysłuchać tego, co ma do powiedzenia. Dowiedz się, co lubi, a przede wszystkim, co jej się nie podoba. Ilekroć możesz, dawaj jej jakiś drobiazg, kwiaty, czekoladki, kobiety lubią takie rzeczy.

– Kiedy ostatni raz tata coś ci przyniósł?

– To nie ma znaczenia. Dla ciebie jest ważne, czego chcą dziewczyny, a nie co ja dostaję.

– Kiedy zarobię pieniądze, przyniosę ci kwiaty i czekoladki, obiecuję.

– Lepiej oszczędzaj pieniądze dla dziewczyny, która skradnie ci serce.

– A jak rozpoznam, że to właśnie ona?

– Och, na pewno rozpoznasz.

Matka mocno go obejmuje: głaszcze po włosach swojego synka, swojego młodego mężczyznę.

•

Obraz jej twarzy rozmywa się, gdy pod powiekami zbierają mu się łzy. Mruga więc i wyobraża sobie, że teraz to on trzyma w objęciach Gitę i gładzi jej włosy.

– Miałaś rację, mamusiu. Rozpoznałem ją od razu.

•

Przychodzi po niego Jakub. Ciągnie go korytarzem do niewielkiego pomieszczenia bez okien. Z sufitu zwisa pojedyncza żarówka. Do ściany przytwierdzono łańcuchem kajdany. Na podłodze leży brzozowa witka. W pomieszczeniu jest dwóch esesmanów; kontynuują rozmowę, jakby nie zauważyli więźnia. Lale cofa się, nie odrywając oczu od podłogi. Bez ostrzeżenia Jakub uderza go pięścią w twarz, a cios rzuca go na ścianę. To wreszcie zwraca uwagę wartowników. Lale próbuje się podnieść. Stojąc na lewej nodze, Jakub bierze zamach, a Lale kuli się w oczekiwaniu kopniaka. Rzuca się do tyłu, kiedy stopa Jakuba uderza go w żebra, a następnie zwija i zaciska ramiona wokół klatki piersiowej, markując ból. Wstaje niezgrabnie, a Jakub ponownie uderza go w twarz. Tym razem przyjmuje całą siłę ciosu, choć Jakub wyraźnie sygnalizował, że go uderzy. Krew spływa mu z rozbitego nosa. Jakub brutalnie podnosi Lalego i zakuwa w kajdany.

Olbrzym podnosi brzozową witkę, zdziera Lalemu koszulę z pleców i wymierza mu pięć razów. Następnie ściąga mu spodnie i kolejne pięć uderzeń ląduje na pośladkach tatuażysty. Tym razem Lale nie udaje okrzyków bólu, które wyrywają mu się z gardła. Szarpnięciem Jakub odchyla mu głowę do tyłu.

– Nazwiska więźniów, którzy dla ciebie kradną! – mówi twardym i groźnym głosem Jakub.

Wartownicy przyglądają się im z niewielkiej odległości.

Lale potrząsa głową i szepcze:

– Nie wiem.

Jakub wymierza mu dziesięć kolejnych razów. Krew spływa mu po nogach. Esesmani zaczynają zwracać na nich coraz większą uwagę i podchodzą bliżej. Jakub znowu szarpie głowę Lalego.

– Mów! – warczy, po czym szepcze mu do ucha: – Powiedz, że nie wiesz, a potem zemdlej. – Głośniej dodaje: – Nazwiska!

– Nie pytałem! Nie wiem. Uwierz mi, proszę...

Kiedy pięść Jakuba uderza go w brzuch, Lale ugina nogi w kolanach i udaje, że mdleje. Jakub zwraca się do esesmanów.

– To jest żydowski mięczak. Gdyby znał nazwiska, już dawno by nam powiedział. – Kopie wiszącego na łańcuchu Lalego w nogi.

Wartownicy kiwają głowami i wychodzą. Jak tylko zamykają się za nimi drzwi, Jakub szybko rozkuwa Lalego i układa go na podłodze. Ukrytą w koszuli szmatką wyciera krew i delikatnie podciąga mu spodnie.

– Przepraszam, Lale.

Pomaga mu wstać, przenosi go z powrotem do celi i kładzie na brzuchu.

– Dzielnie się trzymałeś. Przez jakiś czas będziesz musiał tak spać. Później przyniosę ci wodę i czystą koszulę. Teraz odpocznij.

•

Przez kolejne dni Jakub codziennie przychodzi do Lalego z jedzeniem i wodą, a od czasu do czasu świeżą koszulą. Od niego Lale dowiaduje się, jak wyglądają jego obrażenia i jak się goją. Wie, że blizny zostaną mu na całe życie. *Być może Tätowierer na to zasługuje.*

– Ile razy mnie uderzyłeś? – pyta Lale.

– Nie wiem.

– Wiesz.

– Już po wszystkim, Lale, a rany się goją. Po co to drążyć?

– Złamałeś mi nos? Trudno mi przez niego oddychać.

– Bardzo możliwe, ale nie wygląda to najgorzej. Opuchlizna już schodzi, a nos masz właściwie prawie w ogóle nieskrzywiony. Nadal jesteś przystojny. Dziewczyny nadal będą się za tobą uganiać.

– Nie chcę, żeby się za mną uganiały żadne dziewczyny.

– Dlaczego nie?

– Bo znalazłem już tę jedyną.

Następnego dnia otwierają się drzwi. Lale podnosi się, spodziewając się zobaczyć Jakuba, ale zamiast niego widzi dwóch esesmanów. Każą mu wstać i pójść za nimi, ale nie od razu wykonuje polecenie. Siedząc na łóżku, próbuje zebrać myśli. *Czy to już koniec? Czy wyląduję pod ścianą egzekucji?* W duchu żegna się z rodziną i Gitą. Esesmani tracą cierpliwość, wchodzą do celi i mierzą w Lalego z pistoletów. Wychodzi za nimi na zewnątrz na drżących nogach. Czuje na skórze promienie słońca po raz pierwszy od ponad tygodnia i niemal się zatacza. Przygotowując się na to, co nieuniknione, podnosi wzrok, a wtedy widzi kilku innych więźniów, ładowanych właśnie do stojącej nieopodal ciężarówki. *Może to jednak jeszcze nie koniec.* Nogi odmawiają mu posłuszeństwa, więc esesmani wloką go po ziemi. Kiedy wrzucają go do pojazdu, Lale nie ogląda się za siebie. Trzyma się kurczowo bocznej ściany ciężarówki przez całą drogę aż do Birkenau.

20

Na miejscu wartownicy ściągają Lalego z ciężarówki i prowadzą do biura Oberscharführera Houstka. Obaj esesmani trzymają go mocno za ramiona.

– Nic nie powiedział, nawet po tym, jak go ten wielki Żyd wziął w obroty – mówi jeden z nich.

Houstek odwraca się do Lalego, który unosi głowę.

– A więc naprawdę nie znasz żadnych nazwisk?

– Nie, proszę pana.

– Przywieźli cię z powrotem do mnie, co? I teraz znowu to ja mam cię na głowie?

– Tak, proszę pana.

Houstek zwraca się do wartowników:

– Zabrać go na Blok 31 – rozkazuje im, po czym mówi do Lalego: – Popracujesz, zanim przyjdzie na ciebie pora, zapamiętaj sobie moje słowa.

Esesmani wyciągają tatuażystę z pomieszczenia. Stara się dotrzymać im kroku, ale w połowie drogi poddaje się i zwisa bezwładnie w ich rękach. Kiedy go wleką, żwir ściera mu skórę ze stóp aż do kości. Wartownicy otwierają drzwi do Bloku 31 i wrzucają go do środka. Lale leży na podłodze, wyczerpany na ciele i duszy. Kilku więźniów podchodzi do niego ostrożnie. Dwóch z nich próbuje pomóc mu się podnieść, ale Lale krzyczy z bólu, więc zostawiają go w spokoju. Jeden z mężczyzn podciąga mu koszulę do góry, odsłaniając rozległe rany znaczące jego plecy i pośladki. Delikatniej niż poprzednio podnoszą go i kładą na pryczy. Wkrótce zasypia.

•

– Ja wiem, kto to jest – mówi jeden z więźniów.

– Kto taki? – pyta inny.

– To Tätowierer. Nie poznajesz? To on pewnie wytatuował ci numer.

– Masz rację. Ciekawe, kogo tak wkurzył.

– Przynosił mi jedzenie, kiedy byłem na Bloku 6. Zawsze rozdawał żywność.

– Nie wiedziałem. Mnie od razu zamknęli na tym bloku. Ja wkurzyłem kogoś, zaraz jak tylko przyjechałem.

Mężczyźni śmieją się cicho.

– On nie da rady wstać po kolację. Przyniosę mu kawałek mojej porcji. Jutro mu się przyda.

Wkrótce Lale budzi się i widzi przed sobą dwóch mężczyzn. Każdy z nich trzyma niewielki kawałek chleba. Z wdzięcznością przyjmuje ten dar.

– Muszę się stąd wydostać.

Mężczyźni wybuchają śmiechem.

– Ależ oczywiście, przyjacielu. Masz dwie opcje: jedną szybką, a drugą trochę dłuższą.

– Czyli?

– No cóż, jutro rano możesz wyjść na zewnątrz i rzucić się na wózek z trupami. Możesz też iść z nami i pracować w polu, dopóki nie padniesz albo nie zaczniesz błagać, żeby cię ktoś zastrzelił.

– Żadna opcja mi się szczególnie nie podoba. Będę musiał znaleźć inny sposób.

– Powodzenia, przyjacielu. A teraz lepiej odpocznij. Czeka cię długi dzień, zwłaszcza w twoim stanie.

•

Tej nocy Lale śni o wyjeździe z domu.

Po raz pierwszy opuścił dom jako pełen ambicji młody człowiek, gotowy, żeby stawić czoło światu i samodzielnie zbudować własną przyszłość. Wierzył, że wkrótce znajdzie pracę, którą będzie lubił i w której będzie mógł się rozwijać. Że zdobędzie bogate doświadczenie i zwiedzi romantyczne miasta Europy, o których wcześniej czytał w książkach: Paryż, Rzym, Wiedeń. Ale przede wszystkim chciał znaleźć kobietę, którą pokocha i będzie mógł obdarować ją tym, o czym mówiła mu matka: kwiatami, czekoladkami, czasem i uwagą.

Drugiemu wyjazdowi towarzyszyły niepewność i lęk o przyszłość. Co czeka na krańcu drogi?

Do Pragi dotarł po długiej, trudnej podróży z dala od rodziny. Zgłosił się zgodnie z instrukcją do właściwego urzędu, gdzie powiedziano mu, że ma sobie znaleźć jakieś lokum w pobliżu i przychodzić co tydzień do czasu, aż podjęta zostanie decyzja co do jego losów. Miesiąc później, 16 kwietnia, nakazano mu zabrać bagaż i zgłosić się do budynku miejscowej szkoły. Tam ulokowano go z wieloma młodymi Żydami z całej Słowacji.

Lale był zawsze dumny z tego, jak się prezentował, i nawet w obecnym położeniu nie chciał się zaniedbywać. Każdego dnia mył się i doprowadzał ubranie do porządku w szkolnej łazience. Nie miał pojęcia, co go czeka, ale chciał mieć pewność, że po przyjeździe na miejsce będzie wyglądał jak najlepiej.

Po pięciu dniach siedzenia w szkole Lale i inni zostali poproszeni o zebranie swoich rzeczy i przejście na dworzec kolejowy. Nie powiedziano im, dokąd idą. Podjechał pociąg przeznaczony do przewozu bydła i mężczyznom nakazano wsiadać. Niektórzy odmówili, tłumacząc, że brudne wagony naruszają ich godność. Przyglądając się reakcji eskortujących ich strażników, Lale po raz pierwszy zobaczył, jak jego rodacy celują z karabinów do Żydów i biją tych, którzy protestują. Wsiadł więc do pociągu wraz z pozostałymi, a kiedy nikogo więcej nie dało się już wepchnąć do wagonu, patrzył, jak zatrzaskują się drzwi, i słuchał, jak ryglują je od wewnątrz żołnierze słowackiej armii, których zadaniem było przecież go bronić.

Dźwięk zatrzaskiwanych i ryglowanych drzwi prześladuje go do tej pory.

•

Następnego ranka dwaj więźniowie pomagają Lalemu wyjść przed blok i stoją z nim, czekając na apel. *Kiedy ostatnio musiałem tak stać?* Numery, numery, numery. O przetrwaniu zawsze decyduje twój numer. Jeśli kapo wyczytuje cię z listy, to znaczy, że jeszcze żyjesz. Numer Lalego, jako najnowszego mieszkańca Bloku 31, jest ostatni na liście. Nie od razu reaguje, trzeba mu przypomnieć szturchnięciem. Po śniadaniu złożonym z kubka starej, słabej kawy i cienkiej kromki stęchłego chleba więźniowie wychodzą do pracy.

Na polu pomiędzy obozami Auschwitz i Birkenau dźwigają wielkie kamienie z jednego końca na drugi. Gdy przeniosą już wszystkie, esesmani każą im nosić je z powrotem w drugą stronę. I tak dalej. Lale myśli, że setki razy mijał to miejsce i widział, co tu się działo. *Nie, ja tylko spoglądałem na nich przelotnie. Nie potrafiłem patrzeć na to, co ci mężczyźni musieli wytrzymać.* Wkrótce dowiaduje się, że esesmani strzelają do tego, kto przyniesie kamień jako ostatni.

Lale musi wykorzystać resztki sił, które mu pozostały. Mięśnie go bolą, ale umysł się nie poddaje. Pewnego razu przynosi kamień jako przedostatni. Kiedy dzień dobiega końca, więźniowie zbierają ciała zabitych i niosą do obozu. Lale jest zwolniony z tego obowiązku, ale słyszy, że może liczyć na ten przywilej tylko dziś. Jutro będzie musiał dźwigać zwłoki na równi z pozostałymi, pod warunkiem że dożyje.

Wracając do Birkenau, Lale zauważa za bramą Baretzkiego. Esesman dołącza do niego i przez chwilę idzie obok.

– Słyszałem, co się z tobą stało.

Lale patrzy na niego.

– Panie Baretzki, czy mógłby mi pan w czymś pomóc? – Wie, że w ten sposób przyznaje się przed pozostałymi więźniami, że się od nich różni. Zna nazwisko wartownika i może poprosić go o pomoc. Na myśl, że oto na ich oczach brata się z wrogiem, czuje palący wstyd, ale nie ma wyjścia.

– Niby w czym? – Baretzki rozgląda się z niewyraźną miną.

– Czy mógłby pan przekazać Gicie wiadomość?

– Naprawdę chcesz, aby wiedziała, gdzie jesteś? Nie lepiej, żeby myślała, że jesteś już martwy?

– Po prostu proszę powiedzieć jej dokładnie, gdzie jestem, na Bloku 31. I proszę jej powiedzieć, żeby przekazała Cilce.

– Chcesz, aby jej koleżanka wiedziała, gdzie jesteś?

– Tak, to ważne. Ona to zrozumie.

– Hmm. No dobra. Może jej przekażę. Jak będę miał ochotę. Czy to prawda, że miałeś pod materacem całą fortunę w diamentach?

– A nie mówili nic o rubinach, szmaragdach, dolarach, funtach i południowoafrykańskiej walucie?

Baretzki potrząsa głową i wybucha śmiechem, z rozmachem klepiąc Lalego w obolałe plecy, po czym idzie w swoją stronę.

– Cilka. Gita musi powiedzieć Cilce! – woła za nim Lale, ale w odpowiedzi Baretzki macha tylko ręką.

•

Kiedy Baretzki wchodzi do obozu kobiecego, więźniarki ustawiają się właśnie w kolejce po kolację. Cilka widzi, jak esesman podchodzi do kapo, a następnie wskazuje na Gitę. Kapo gestem wzywa do siebie dziewczynę. Cilka przytula się do Dany, patrząc, jak Gita powoli podchodzi do Baretzkiego. Nie słyszą, co mówi esesman, ale wiadomość sprawia, że Gita zakrywa twarz rękami, po czym odwraca się do przyjaciółek i biegnie w ich stronę.

– On żyje! Lale żyje – mówi. – Mam przekazać Cilce, że jest na Bloku 31.

– Dlaczego akurat mnie?

– Nie wiem, ale ten esesman powiedział, że Lale nalegał, żeby ci to powiedzieć.

– A co takiego ona może zrobić? – pyta Dana.

Cilka odwraca wzrok, rozmyślając gorączkowo nad tym samym.

– Nie wiem – mówi Gita, wyraźnie nie w nastroju na takie rozważania. – Wiem tylko, że żyje.

– Cilka, co możesz zrobić? Jak możesz pomóc? – dopytuje Dana.

– Zastanowię się – odpowiada Cilka.

– On żyje. Mój ukochany żyje – powtarza Gita.

•

Tej nocy Cilka leży obok Schwarzhubera. Wie, że mężczyzna jeszcze nie śpi. Dziewczyna otwiera usta, żeby zadać pytanie, ale rozmyśla się, gdy Schwarzhuber wyciąga ramię spod jej ciała.

– Czy wszystko w porządku? – pyta niepewnie Cilka, obawiając się, że tak osobiste pytanie może wzbudzić w nim podejrzenia.

– W porządku.

W jego głosie pobrzmiewa miękka nuta, której Cilka nigdy wcześniej nie słyszała. To dodaje jej odwagi, więc postanawia mówić dalej.

– Nigdy panu niczego nie odmówiłam, prawda? I nigdy o nic pana nie prosiłam – zaczyna nieśmiało.

– To prawda – odpowiada esesman.

– Czy mogę teraz poprosić o jedną rzecz?

•

Lale przetrwał kolejny dzień. Pomaga nieść ciało jednego z zamordowanych mężczyzn. Nienawidzi się za to, że jedyne, o czym może teraz myśleć, to ból, który sprawia mu to dźwiganie, a przecież powinien współczuć zmarłemu. *Co się ze mną dzieje?* Z każdym krokiem ból staje się coraz silniejszy, jeszcze chwila, a Lale upadnie. *Nie poddawaj mu się, nie poddawaj.*

Przy wejściu do obozu uwagę Lalego przykuwają dwie osoby stojące tuż za ogrodzeniem oddzielającym więźniów od kwater wartowników. Drobniutka Cilka stoi obok Lagerführera Schwarzhubera. Rozmawia z nimi wartownik, który patroluje teren od strony więźniów. Lale zatrzymuje się, wypuszczając na chwilę z rąk ciało zabitego, co powoduje, że więzień, który wraz z nim niósł zwłoki, potyka się i przewraca. Lale patrzy na Cilkę, która odnajduje go wzrokiem, po czym mówi coś do Schwarzhubera. Lagerführer wskazuje na niego. Cilka i Schwarzhuber odchodzą, kiedy wartownik podchodzi do Lalego.

– Chodź ze mną.

Lale, teraz już świadomie, odkłada na ziemię nogi, które niósł całą drogę do obozu, i po raz pierwszy spogląda na twarz zmarłego. Na ten widok ogarnia go wreszcie współczucie. Lale pochyla głowę, składając hołd kolejnej tragicznej ofierze. Przeprasza więźnia, z którym dźwigał ciało, i biegnie za strażnikiem. Inni znajomi z Bloku 31 patrzą, jak odchodzi.

– Mam cię zaprowadzić do dawnego pokoju w obozie cygańskim – mówi mu wartownik.

– Znam drogę.

– Jak chcesz. – Esesman zostawia go samego.

•

Lale przystaje tuż przed wejściem do obozu cygańskiego i patrzy na bawiące się przed barakiem dzieci. Kilkoro przygląda mu się niepewnie. Powiedziano im, że Tätowierer nie żyje. Jedno nagle zrywa się do biegu, dopada Lalego, obejmując go mocno w pasie i witając w „domu". Wkrótce przyłączają się inne, a chwilę potem z bloku wychodzą dorośli.

– Gdzie ty się podziewałeś? – pytają. – Jesteś ranny?

Lale zbywa wszystkie pytania milczeniem.

Nadia stoi z tyłu. Lale odnajduje ją wzrokiem, przepycha się przez tłumek mężczyzn, kobiet i dzieci i zatrzymuje przed nią. Palcem wyciera jej łzę z policzka.

– Miło cię widzieć, Nadia.

– Tęskniliśmy za tobą. Ja za tobą tęskniłam.

W odpowiedzi Lale skłania głowę. Czuje, że jeśli natychmiast nie ucieknie, za chwilę rozsypie się na oczach wszystkich. Biegnie do pokoju, zamyka drzwi i kładzie się na swoim starym łóżku.

21

– Czy ty aby na pewno nie jesteś kotem?

Lale słyszy słowa i usiłuje sobie przypomnieć, gdzie jest. Otwiera oczy i widzi nad sobą wyszczerzoną w szerokim uśmiechu twarz Baretzkiego.

– Co takiego?

– Musisz być kotem, skoro zawsze spadasz na cztery łapy.

Lale z trudem się podnosi.

– To była...

– Cilka, tak, wiem. Dobrze mieć wysoko postawionych przyjaciół.

– Chętnie oddałbym własne życie, żeby nie potrzebować takich przyjaciół.

– Prawie ci się to udało. Nie żeby jej to w czymkolwiek pomogło.

– No tak, akurat w tym przypadku nic nie mogę zrobić.

Baretzki śmieje się w odpowiedzi.

– Tobie się naprawdę wydaje, że to ty rządzisz w tym obozie? Cholera, może i masz rację. W końcu żyjesz, a nie powinieneś. Jak udało ci się wydostać z Bloku 11?

– Nie mam pojęcia. Kiedy mnie wyciągnęli, byłem pewny, że idę pod Czarną Ścianę, ale potem wrzucili mnie do ciężarówki i przywieźli tutaj.

– Nie słyszałem jeszcze nigdy, żeby ktoś wyszedł żywy z rąk Strafkompanie – mówi Baretzki.

– W takim razie cieszę się, że mogłem się tym zapisać w historii. Jakim cudem dostałem z powrotem stary pokój?

– To akurat proste. Jest przypisany do roboty.

– Co takiego?

– Jesteś Tätowierer i Bogu za to dzięki. Ten eunuch, co przyszedł na twoje miejsce, nawet się do ciebie nie umywa.

– Houstek pozwolił mi wrócić do pracy?

– Od niego trzymaj się z daleka. Nie chciał, żebyś wrócił; wolał cię rozstrzelać. To Schwarzhuber miał inne plany wobec ciebie.

– Muszę załatwić czekoladę dla Cilki.

– Nawet nie próbuj, Tätowierer. Będą cię teraz bacznie obserwować. A teraz chodź, idziemy do pracy.

Kiedy wychodzą z pokoju, Lale odwraca się na chwilę do esesmana.

– Przepraszam, że nie załatwiłem panu tych nylonów. Rozmawiałem, z kim trzeba, ale w końcu nie wyszło.

– No cóż, przynajmniej próbowałeś. Tak czy inaczej, nie mam już dziewczyny. Rzuciła mnie.

– Przykro mi to słyszeć. Mam nadzieję, że to nie dlatego, że powiedział jej pan coś, co ja zasugerowałem.

– Nie wydaje mi się. Po prostu poznała kogoś z tego samego miasta, właściwie z tego samego kraju.

Lale przez chwilę rozważa, czy nie powiedzieć czegoś jeszcze, ale ostatecznie decyduje się milczeć. Baretzki wyprowadza go z bloku na plac, gdzie stoi ciężarówka z więźniami i odbywa się selekcja. Lale uśmiecha się w duchu na widok Leona, który upuścił właśnie urządzenie do tatuażu, chlapiąc wokół tuszem. Podchodzi do niego od tyłu.

– Może przyda ci się pomoc?

Leon odwraca się gwałtownie, przewracając butelkę z tuszem. Chwyta dłoń Lalego i potrząsa nią energicznie.

– Nawet nie wiesz, jak się cieszę, że cię widzę! – woła.

– A ty nie wiesz, jak się cieszę, że wróciłem. Jak sobie radzisz?

– Ciągle sikam na siedząco. Poza tym w porządku. A nawet jeszcze lepiej, skoro ty tu jesteś.

– W takim razie do dzieła. Wygląda na to, że będziemy mieli co robić.

– Gita wie, że wróciłeś? – pyta Leon.

– Myślę, że tak. Jej koleżanka, Cilka, wyciągnęła mnie stamtąd.

– To ta, co?...

– Tak. Postaram się jutro z nimi zobaczyć. Gdzie jest igła? Lepiej nie dawać im żadnego pretekstu, żeby mnie znowu wsadzili tam, gdzie ostatnio.

Leon wręcza Lalemu własną igłę, a potem przetrząsa torbę w poszukiwaniu drugiej. Razem zabierają się do tatuowania nowych mieszkańców Birkenau.

•

Następnego dnia Lale czeka po południu pod budynkiem administracji, wypatrując wychodzących o tej porze z pracy dziewcząt. Dana i Gita zauważają go dopiero wtedy, gdy staje przed nimi. W pierwszej chwili nie reagują, a potem obie obejmują go i mocno przytulają. Dana płacze, ale z oczu Gity nie spływa ani jedna łza. Lale uwalnia się z ich objęć i bierze każdą z nich za rękę.

– Obie piękne, jak zawsze – mówi im.

Gita lekko uderza go w ramię wolną dłonią.

– Myślałam, że nie żyjesz. Znowu. Myślałam, że już nigdy cię nie zobaczę.

– Ja też – dodaje Dana.

– Ale żyję. Dzięki tobie i Cilce. Jestem tutaj, z wami, gdzie moje miejsce.

– Ale... – zaczyna Gita.

Lale bez słowa przytula ją i trzyma w mocnym uścisku.

Dana całuje go w policzek.

– Pewnie chcecie teraz pobyć sam na sam. Tak się cieszę, że cię widzę, Lale. Bałam się, że Gicie pęknie serce, jeśli nie wrócisz.

– Dziękuję, Dana – odpowiada jej Lale. – Wiem, że oboje mamy w tobie prawdziwą przyjaciółkę.

Dana idzie w swoją stronę, lekko się uśmiechając.

Wokół nich krążą setki więźniów, a Lale i Gita stoją tam, gdzie stali, nie wiedząc, co robić dalej.

– Zamknij oczy – mówi Lale.

– Co?

– Zamknij i policz do dziesięciu.

– Ale...

– Proszę, po prostu zamknij oczy.

Gita zamyka najpierw jedno oko, potem drugie. Liczy do dziesięciu, po czym podnosi powieki.

– Nie rozumiem.

– Widzisz? Ciągle tu jestem. Już nigdy cię nie opuszczę.

– Chodźmy, nie możemy tu stać – odpowiada dziewczyna.

Idą razem do obozu kobiecego. Bez łapówki dla blokowej Gita nie może ryzykować spóźnienia.

– Nie wiem, jak długo jeszcze wytrzymam – szepcze Gita, pochylając się w jego stronę.

– To nie będzie trwało wiecznie, kochanie. Po prostu wytrzymaj. Resztę życia spędzimy razem.

– Ale...

– Żadnych ale. Obiecałem ci, że stąd wyjdziemy i zbudujemy wspólne życie.

– Jak to możliwe? Nie wiemy, co przyniesie jutro. Spójrz tylko, co właśnie ciebie spotkało.

– A jednak jestem tu teraz z tobą, prawda?

– Lale...

– Nie martw się tym, Gita.

– Powiesz mi, co się stało? Gdzie byłeś?

Mężczyzna potrząsa głową.

– Nie. Teraz jestem z tobą. Liczy się wyłącznie to, że opuścimy to miejsce i będziemy żyć razem jako wolni ludzie. Zaufaj mi, Gita.

– Dobrze. Ufam ci, na dobre i na złe.

Lalemu podoba się ta deklaracja.

– Pewnego dnia wypowiesz te słowa w innych okolicznościach. Przed rabinem, w otoczeniu rodziny i przyjaciół.

Gita chichocze i kładzie na chwilę głowę na jego ramieniu. Razem docierają do wejścia do obozu kobiecego.

•

Kiedy Lale wraca na swój blok, podchodzą do niego dwaj chłopcy.

– To ty jesteś Tätowierer?

– A kto pyta?

– Słyszeliśmy, że możesz załatwić dodatkowe jedzenie.

– Nie wiem, kto wam to powiedział, ale się pomylił.

– Możemy zapłacić – mówi jeden, otwierając zaciśniętą dłoń, w której trzyma niewielki, ale nieskazitelny diament.

Lale zaciska zęby.

– Śmiało, proszę go wziąć do ręki. Gdyby udało się panu nam coś załatwić, bylibyśmy naprawdę wdzięczni.

– Z jakiego bloku jesteście?

– Numer dziewięć.

Ile razy kot może spadać na cztery łapy?

•

Następnego ranka Lale krąży wokół głównej bramy z torbą w ręku. Dwukrotnie zaczepiają go esesmani. Za każdym razem odpowiada im „Politische Abteilung", więc zostawiają go w spokoju. Jednak Lale jest już znacznie ostrożniejszy niż kiedyś. Zauważywszy go, Wiktor i Jurek odłączają się od grupy wchodzących do obozu mężczyzn i witają z nim serdecznie.

– Pytać, gdzie się podziewałeś? – zaczyna Wiktor.

– Lepiej nie – odpowiada Lale.

– Interes się dalej kręci?

– Nie do końca. Teraz działam na mniejszą skalę. Wystarczy tylko trochę dodatkowego jedzenia, jeśli dasz radę coś załatwić, ale już bez nylonów.

– Oczywiście. Witamy z powrotem – mówi z entuzjazmem Wiktor.

Lale wyciąga rękę z diamentem i dyskretnie mu go przekazuje pod pozorem uścisku.

– Zaliczka. Do zobaczenia jutro.

– Do jutra.

– Dobrze jest znów cię zobaczyć – mówi cicho Jurek.

– Ciebie też, Jurek. Czy mi się wydaje, czy trochę podrosłeś?

– Też mi się tak wydaje.

– Powiedz mi – pyta go Lale – nie masz może przy sobie jakiegoś kawałka czekolady? Strasznie chciałbym spędzić trochę czasu z moją dziewczyną.

Jurek wyjmuje tabliczkę z torby i podaje Lalemu, puszczając do niego oko.

Lale zmierza prosto do obozu kobiecego na Blok 29. Blokowa siedzi tam gdzie zawsze, wygrzewając się na słońcu. Obserwuje Lalego spod półprzymkniętych powiek.

– Tätowierer, miło cię znowu widzieć – mówi.

– Chyba straciłaś parę kilo? Dobrze wyglądasz. – W głosie Lalego pobrzmiewa ledwo wyczuwalna nuta ironii.

– Dawno cię u nas nie było.

– Ale już wróciłem. – Podaje jej czekoladę.

– Zaraz ją przyprowadzę.

Lale patrzy, jak kobieta podchodzi do budynku administracji i rozmawia z wartowniczką. Potem sam idzie na blok i czeka na Gitę. Po chwili dziewczyna staje na progu, zamyka drzwi i podchodzi do niego. Lale wstaje, opierając się o podtrzymujący pryczę filar. Obawia się, że nie zdoła wyrazić słowami tego, co chce jej powiedzieć. Wysiłkiem woli udaje mu się zapanować nad wyrazem twarzy.

– Kochać, kiedy tylko i gdzie tylko będziemy chcieli. Wprawdzie nie jesteśmy wolni, ale wybieram teraz i wybieram tutaj. Co ty na to?

Gita podbiega do niego i zasypuje jego twarz pocałunkami. Zaczynają się rozbierać, ale Lale zatrzymuje się na chwilę i ujmuje ręce Gity w swoje dłonie.

– Pytałaś mnie, czy ci powiem, co się ze mną działo, ale ja nie chciałem, pamiętasz?

– Tak.

– Nadal nie chcę o tym mówić, ale jest coś, czego nie mogę przed tobą zataić. Nie musisz się obawiać, pamiętaj, że nic mi nie jest, ale trochę mnie wtedy bili.

– Pokaż mi.

Lale powoli zsuwa koszulę i odwraca do niej plecami. Gita nie odzywa się ani słowem, przesuwa tylko delikatnie palcami po jego skórze. Do dłoni wkrótce dołączają usta, a Lale wie już, że nie musi nic mówić. Kochają się powoli, czule. Lale czuje zbierające się pod powiekami łzy i próbuje je powstrzymać. Nigdy wcześniej nie czuł tak głębokiej miłości.

22

Lale spędza długie, ciepłe letnie dni z Gitą lub na myśleniu o niej. Ilość pracy nie zmniejsza się ani trochę, wręcz przeciwnie: co tydzień do Auschwitz i Birkenau przybywają tysiące węgierskich Żydów. W rezultacie w obu obozach, męskim i kobiecym, zaczyna się niepokój. Lale wkrótce rozumie dlaczego. Im wyższy numer na ramieniu, tym mniej szacunku otrzymuje jego właściciel od pozostałych. W miarę pojawiania się nowych narodowości wybuchają wojny o terytorium. Gita opowiada mu o obozie kobiecym. Słowaczki, które były tam najdłużej, nie lubią dziewcząt z Węgier, bo te nie chcą przyjąć do wiadomości, że nie mają prawa do drobnych przywilejów, które Słowacy sobie wcześniej wynegocjowali. Gita i jej koleżanki uważają, że dzięki temu, przez co tu przeszły, mają prawo do specjalnego traktowania, na przykład do cywilnych ubrań z „Kanady" zamiast biało-niebieskich pasiaków, i nie zamierzają się nimi z nikim dzielić. Esesmanów nie obchodzi, kto ma rację, kiedy wybuchają bójki; wszyscy są karani jednakowo bezwzględnie: odebraniem nawet skromnych porcji jedzenia, chłostą lub uderzeniami kijem czy kolbą karabinu, brutalnym pobiciem, a pozostali więźniowie muszą na to patrzeć.

Gita i Dana trzymają się z dala od wszelkich przepychanek. Gita ma dość problemów z więźniarkami, które zazdroszczą jej pracy w budynku administracji, a ponadto martwi się o Cilkę, która tylko z pozoru jest bezpieczna, nie wspominając o wizytach Tätowierera, swojego narzeczonego.

Lalego obozowe niesnaski właściwie omijają. Pracuje z Leonem i garstką innych więźniów, więc oszczędzony jest mu los tysięcy głodujących mężczyzn, którzy muszą pracować, walczyć, żyć i umierać razem. Życie pośród Romów daje mu również poczucie bezpieczeństwa i przynależności. Zdaje sobie sprawę, że w porównaniu z tym, co jest udziałem większości więźniów, jemu przyszło żyć we względnie komfortowych warunkach. Pracuje wtedy, gdy jest potrzebny, spędza każdą wolną chwilę z Gitą, bawi się z dziećmi romskimi, rozmawia z ich rodzicami – przeważnie młodszymi mężczyznami, ale także starszymi kobietami. Jest zachwycony tym, jak dbają o wszystkich, nie tylko o biologiczną rodzinę. Nieco trudniej jest mu znaleźć nić porozumienia ze starszymi mężczyznami, którzy najczęściej siedzą przed barakiem, z dala od dzieci, młodszych i starszych kobiet. Patrząc na nich, Lale często myśli o swoim ojcu.

•

Pewnej nocy Lalego budzą krzyki esesmanów, szczekanie psów, lamenty kobiet i dzieci. Otwiera drzwi i patrzy, jak mężczyźni, kobiety i dzieci z jego bloku są pędzeni na zewnątrz. Na jego oczach kobieta z niemowlęciem na ręku zostaje brutalnie popchnięta w ciemność nocy. Lale wychodzi za nimi i patrzy, ogłuszony, jak wokół opróżniane są pozostałe cygańskie bloki. Wartownicy gnają tysiące ludzi na paki stojących w pobliżu ciężarówek. W obozie jest widno od świateł reflektorów, a dziesiątki esesmanów z psami otaczają tłum, strzelając do każdego, kto natychmiast nie wypełnia poleceń.

– Wejść na ciężarówkę!

Lale rozpoznaje jednego z wartowników.

– Dokąd ich zabieracie? – pyta go.

– Chcesz do nich dołączyć, Tätowierer? – odpowiada mężczyzna i idzie dalej.

Ukryty w cieniu Lale rozgląda się w tłumie przerażonych ludzi. Spostrzegłszy wśród nich Nadię, podbiega do niej.

– Nadia – błaga ją – nie idź tam.

Kobieta z trudem przywołuje na twarz uśmiech.

– Nie mam wyboru, Lale. Idę tam, dokąd idzie mój lud. Żegnaj, przyjacielu, to było...

Wartownik odpycha ją, zanim ma szansę dokończyć. Na oczach sparaliżowanego Lalego za ostatnim romskim więźniem zatrzaskują się drzwi. Ciężarówki odjeżdżają, a on powoli powraca do cichego baraku. Wraca do łóżka, ale sen nie nadchodzi.

•

Rano pogrążony w żalu Lale dołącza do Leona. Przyjazd nowych transportów zwiastuje ogrom pracy.

Mengele kroczy wzdłuż rzędów milczących więźniów, powoli zbliżając się do stolika tatuażystów. Im bliżej podchodzi, tym bardziej drżą dłonie Leona. Lale posyła asystentowi uspokajające spojrzenia, ale sukinsyn, który go okaleczył, jest zaledwie kilka metrów od niego. Mengele zatrzymuje się i przypatruje ich pracy. Po chwili przygląda się tatuowaniu całkiem z bliska, a wtedy Lale i Leon z trudem opanowują nerwy. Z twarzy nie znika mu potworny uśmieszek. Mengele próbuje zmusić Lalego, aby spojrzał mu w oczy, ale ten ani na chwilę nie podnosi wzroku znad ramienia, nad którym pracuje.

– Tätowierer, Tätowierer – mówi Mengele, opierając się o stolik – kto wie, może to dzisiaj cię zabiorę. Przechyla głowę na bok, spoglądając na Lalego z zainteresowaniem, wyraźnie ciesząc się jego napięciem, po czym odchodzi usatysfakcjonowany.

Coś lekkiego ląduje na głowie Lalego. Spogląda w górę. Komin krematorium wyrzuca chmurę popiołu w powietrze. Ciałem Lalego wstrząsa dreszcz, igła wypada mu z ręki. Leon stara się go uspokoić.

– Lale, co ci jest? Co się dzieje?

Zduszony krzyk Lalego przeradza się w łkanie.

– Wy bestie, wy pieprzone bestie!

Leon chwyta Lalego za rękę i próbuje go uspokoić, a Mengele patrzy na nich i kieruje się w stronę ich stolika. Wściekłość zasnuła oczy Lalemu czerwoną mgłą. Nie potrafi zapanować nad gniewem. *Nadia*. Widząc Mengelego, rozpaczliwie próbuje się uspokoić. Czuje, że zbiera mu się na wymioty.

Czuje oddech Mengelego na twarzy.

– Wszystko w porządku?

– Tak jest, Herr Doktor, wszystko jest w porządku – odpowiada Leon i podnosi igłę, którą upuścił Lale. – Po prostu igła się złamała. Naprawimy to i wrócimy do pracy – kontynuuje.

– Coś blado wyglądasz, Tätowierer. Może chcesz, żebym cię przebadał? – pyta Mengele.

– Czuję się dobrze, po prostu złamała mi się igła – wykrztusza Lale. Opuszcza nisko głowę, odwraca się i próbuje wrócić do pracy.

– Tätowierer! – warczy Mengele.

Lale odwraca się do niego, zaciskając szczęki i nie podnosząc wzroku. Mengele wyjmuje pistolet z kabury i trzyma go w opuszczonej swobodnie dłoni.

– Mogę cię zastrzelić za to, że śmiałeś się odwrócić do mnie plecami. – Podnosi broń i przykłada Lalemu lufę do czoła. – Spójrz na mnie. Mógłbym cię teraz zastrzelić. Co ty na to?

Lale podnosi głowę, ale wbija wzrok w czoło lekarza, zamiast patrzeć mu w oczy.

– Tak jest, Herr Doktor. Przepraszam, Herr Doktor, to się więcej nie powtórzy – mówi cicho.

– Wracaj do pracy. Żadnych przestojów – rzuca Mengele i odchodzi. Lale patrzy na Leona i pokazuje mu popiół, który spada teraz wokół nich.

– Wczoraj wieczorem wysiedlili obóz cygański.

Leon podaje Lalemu igłę, po czym obaj wracają do pracy w milczeniu. Lale podnosi twarz do słońca, które jednak kryje się za chmurą popiołu i dymu.

Tego wieczoru Lale wraca na blok, gdzie zakwaterowano ludzi, których wcześniej tatuował razem z Leonem. Zamyka się w swoim pokoju. Nie chce się z nikim zaprzyjaźniać. Ani dziś, ani kiedykolwiek. Jedyne, czego teraz pragnie, to cisza.

23

Przez kolejne tygodnie Lale spędza czas z Gitą głównie na milczeniu, a kobieta na próżno próbuje go pocieszać. Opowiedział jej, co się stało, i choć Gita rozumie jego cierpienie, nie podziela go w równym stopniu. To nie jej wina, że nigdy nie poznała „drugiej rodziny" Lalego. Uwielbiała słuchać jego opowieści o dzieciach i o tym, jak bawiły się bez zabawek, kopiąc piłki ze śniegu lub śmieci, urządzając zawody, kto podskoczy najwyżej i dosięgnie drewnianych listew na dachu budynku, albo po prostu grając w berka. Próbuje nakłonić go do rozmowy o biologicznej rodzinie, ale Lale uparł się i nie chce powiedzieć nic więcej, dopóki dziewczyna nie podzieli się z nim informacjami o swoim życiu. Gita nie wie, jak poradzić sobie ze smutkiem Lalego. Oboje od ponad dwóch i pół roku stawiają czoła potwornościom, jakich ludzkość dotąd nie znała, ale po raz pierwszy widzi Lalego w tak głębokiej depresji.

– A co z tysiącami naszych rodaków? – pyta go pewnego dnia. – A co z tym, co widziałeś w Auschwitz, co z Mengelem? Czy wiesz, ile osób przeszło przez te dwa obozy?

Lale nie odpowiada.

– Widzę karty z nazwiskiem i wiekiem: niemowlęta, staruszkowie... Widzę ich imiona i numery. Nie znam nawet tak wielkich liczb.

Gita nie musi przypominać Lalemu o tym, ilu ludzi przeszło przez obozy. Sam znaczył ich skórę. Patrzy na nią, a ona wbija wzrok w ziemię. Nagle dociera do niego, że o ile dla niego były to tylko liczby, Gita widziała ich nazwiska. Jej praca oznacza, że wie więcej o tych ludziach niż on. Wie, jak się nazywają i ile mają lat, a on rozumie teraz, że ta wiedza będzie ją już zawsze prześladować.

– Przepraszam, masz rację – mówi. – Każda śmierć to o jedną za dużo. Postaram się nie być tak ponury.

– Chcę, żebyś był sobą, kiedy jesteś ze mną, ale to trwa już zbyt długo, Lale, a jeden dzień to dla nas długi czas.

– Nie dość, że jesteś piękna, to jeszcze mądra. Nigdy ich nie zapomnę, wiesz?

– Nie mogłabym cię kochać, gdyby było inaczej. Wiem, byli dla ciebie jak rodzina. Pewnie dziwnie to zabrzmi, ale najlepiej uhonorujesz ich, jeśli przeżyjesz to miejsce i opowiesz światu, co się tu wydarzyło.

Lale pochyla się, żeby ją pocałować, a serce przepełnia mu miłość i smutek.

Nagle gruntem pod ich nogami wstrząsa potężna eksplozja. Zrywają się i biegną przed budynek administracji. Drugi wybuch dobiega od strony pobliskiego krematorium, nad którym unosi się dym. Nastaje prawdziwe piekło. Z budynku wypadają członkowie Sonderkommando i biegną w kierunku ogrodzenia otaczającego obóz. Nad krematorium pojawia się łuna ognia. Lale widzi, jak na dach wchodzą więźniowie z Sonderkommando i strzelają wokół na oślep. Esesmani odpowiadają serią z ciężkich karabinów maszynowych. Po kilku minutach strzelanina ustaje.

– Co się dzieje? – pyta Gita.

– Nie wiem. Musimy się schować pod dachem.

Kule sypią się na ziemię wokół nich, esesmani celują w każdego, kogo zauważą. Lale przyciska Gitę do ściany. Kolejna głośna eksplozja.

– To jest krematorium numer cztery, ktoś je wysadził. Musimy się stąd wydostać.

Więźniowie wybiegają z budynku administracji wprost pod kule.

– Muszę cię zaprowadzić na blok. To jedyne miejsce, gdzie będziesz bezpieczna.

Odzywają się głośniki.

– Wszyscy więźniowie mają natychmiast wrócić na swoje bloki. Jeśli pójdziecie teraz, nie zostaniecie zastrzeleni.

– Idź, szybko!

– Tak się boję, Lale, zabierz mnie ze sobą – łka dziewczyna.

– Dzisiaj będziesz bezpieczniejsza na własnym bloku. Będą musieli zrobić apel. Nie możesz dać się złapać poza blokiem.

Gita waha się jednak.

– Idź już. Zostań dziś wieczorem na bloku, a jutro idź do pracy jak zwykle. Nie dawaj im żadnego pretekstu, żeby cię szukali. Jutro musisz się obudzić na czas.

Gita bierze głęboki wdech i kieruje się w stronę swojego baraku.

– Jutro cię znajdę. Kocham cię! – woła za nią Lale.

•

Tego wieczoru Lale łamie własną zasadę i dołącza do mężczyzn z baraku, w większości Węgrów, z nadzieją, że dowie się czegoś na temat popołudniowych wydarzeń. Wygląda na to, że kobiety pracujące w pobliskiej fabryce amunicji przemycały do Birkenau niewielkie ilości prochu pod paznokciami. Przekazywały go członkom Sonderkommando, którzy zrobili prowizoryczne granaty z puszek po sardynkach. Gromadzili też broń palną oraz noże i siekiery.

Mężczyźni z bloku Lalego opowiadają mu również o pogłoskach o buncie, do którego chcieli się przyłączyć, ale nie sądzili, że miał się rozpocząć tego dnia. Słyszeli, że Rosjanie posuwają się naprzód, a rebelia miała zbiec się w czasie z ich przybyciem, żeby pomóc im w wyzwoleniu obozu. Lale gani się w duchu za to, że nie zaprzyjaźnił się wcześniej ze współwięźniami z baraku. Brak wiedzy niemal kosztował Gitę życie. Teraz wypytuje ich, co wiedzą o Rosjanach i kiedy spodziewają się ich nadejścia. Odpowiedzi są dość ogólnikowe, ale wystarczają, by poczuł umiarkowany optymizm.

Od dnia, kiedy amerykański samolot przeleciał nad obozem, minęły miesiące. Przez cały czas przychodziły nowe transporty. Lale nie zauważył, żeby hitlerowska maszyna zagłady Żydów i innych grup zwalniała tempo. Mimo to najnowsi więźniowie mają też najświeższe informacje ze świata zewnętrznego. *Być może rzeczywiście nadchodzi wyzwolenie.* Lale postanawia powiedzieć Gicie, czego się dowiedział, i poprosić ją, by zachowała czujność w biurze i pilnie uważała na wszelkie informacje.

Wreszcie promyk nadziei.

24

Jesień wita ich przejmującym zimnem. Wielu więźniów umiera. Lale i Gita trzymają się nadziei. Gita przekazuje koleżankom z bloku pogłoski o Rosjanach i namawia je, by uwierzyły, że mogą przeżyć Auschwitz. Z początkiem 1945 roku temperatura gwałtownie spada. Nastroje wśród kobiet są coraz gorsze, a Gita nie potrafi temu w żaden sposób zapobiec. Ciepłe płaszcze z „Kanady" słabo chronią od zimna, a już wcale nie chronią od strachu przed kolejnym rokiem spędzonym w niewoli w Auschwitz-Birkenau. Transporty przybywają coraz rzadziej, co nie wróży dobrze więźniom, którzy pracują dla SS, zwłaszcza członkom Sonderkommando. Im mniej mają pracy, tym większe ryzyko, że zostaną straceni. Lalemu udało się zgromadzić pewne zapasy, ale dociera do niego coraz mniej przeszmuglowanych kosztowności. A miejscowi, w tym Wiktor i Jurek, nie przychodzą już do pracy, odkąd wstrzymano rozbudowę obozu. Lale słyszał wiadomość, że dwa krematoria wysadzone przez obozowy ruch oporu nie zostaną odbudowane. Po raz pierwszy, odkąd Lale pamięta, więcej ludzi opuszcza Birkenau, niż przybywa do tego obozu. Gita i jej współpracownice zajmują się dokumentacją wywożonych osób, jadących rzekomo do innych obozów koncentracyjnych.

Pod koniec stycznia na ziemi leży gęsty śnieg. Lale słyszy, że Leon „odjechał". Kiedy pyta o jego losy Baretzkiego, esesman nie odpowiada i ostrzega Lalego, że on również może trafić do wywózki z Birkenau. Jednak jako tatuażysta Lale przemyka się przez obóz niemal niezauważony, zwłaszcza że nie musi się meldować podczas apelu rano i wieczorem. Ma nadzieję, że dzięki temu zostanie w obozie, ale nie ma takiej pewności co do Gity. Baretzki wybucha nieprzyjemnym śmiechem. Wiadomość o prawdopodobnej śmierci Leona przygnębiła Lalego, choć nie wiedział, że w ogóle jest jeszcze zdolny do odczuwania bólu.

– Pan widzi odbicie swojego świata w zwierciadle, ale ja mam inne lustro – mówi Lale.

Baretzki zatrzymuje się i patrzy na niego, a Lale wytrzymuje spojrzenie.

– Kiedy w nie zaglądam – mówi – widzę świat, który zatryumfuje nad pańskim.

Usta Baretzkiego rozciągają się w uśmiechu.

– I myślisz, że tego dożyjesz?

– Owszem.

Baretzki kładzie dłoń na zawieszonym u pasa pistolecie.

– Mogę rozbić to twoje lustro tu i teraz.

– Ale pan tego nie zrobi.

– Za długo siedziałeś na mrozie, Tätowierer. Idź się ogrzać i przestań świrować – rzuca na odchodnym Baretzki.

Lale patrzy za oddalającym się esesmanem. Wie, że gdyby kiedykolwiek spotkali się w ciemną noc na równych zasadach, konfrontacja wyglądałaby zupełnie inaczej. Zabiłby tego człowieka bez najmniejszych skrupułów. To do niego należałoby ostatnie słowo.

•

Pewnego ranka pod koniec stycznia Gita biegnie, potykając się w śniegu, w stronę baraku Lalego, choć ostrzegał ją, żeby nigdy się tam nie zapuszczała.

– Coś się dzieje! – woła z daleka.

– Co takiego?

– Esesmani dziwnie się zachowują. Wyglądają, jakby wpadli w panikę.

– Gdzie jest Dana? – pyta z niepokojem w głosie Lale.

– Nie wiem.

– Znajdź ją, idźcie na swój blok i zostańcie, dopóki nie przyjdę.

– Ale ja chcę zostać z tobą!

Lale odsuwa się i chwyta ją mocno za ramiona.

– Pośpiesz się, Gita, znajdź Danę i idźcie na blok. Przyjdę po was, jak tylko będę mógł. Muszę się dowiedzieć, co się dzieje. Od tygodni nie było nowych transportów. To może być początek końca.

Gita odwraca się i niechętnie odchodzi.

Lale dociera do budynku administracji i ostrożnie wchodzi do dobrze mu znanego biura. W środku panuje chaos. Esesmani wyciągają rejestry, karty i dokumenty, wrzeszcząc na przerażone pracownice, które chowają się pod biurkami. Wartowniczka mija Lalego biegiem, niosąc naręcza dokumentacji i ksiąg rejestrowych. Lale wpada na nią, a papiery wypadają jej z rąk.

– Przepraszam. Pomogę pani.

Oboje schylają się, by zebrać rozsypane dokumenty z podłogi.

– Nic się pani nie stało? – pyta Lale najłagodniej, jak potrafi.

– Chyba zostaniesz bez pracy, Tätowierer.

– Dlaczego? Co się dzieje?

Wartowniczka pochyla się w stronę Lalego i zniża głos do szeptu:

– Opróżniamy obóz, jutro zaczynamy.

Lale czuje ucisk w piersi.

– Co jeszcze może mi pani powiedzieć? Proszę.

– Rosjanie prawie już tu są.

Lale wybiega z biura i kieruje się do obozu kobiecego. Drzwi Bloku 29 są zamknięte. Na zewnątrz nikogo nie ma. W środku Lale zastaje więźniarki pod ścianą na tyłach baraku. Jest tu nawet Cilka. Przerażone kobiety zbierają się wokół niego i zasypują go pytaniami.

– Mogę wam tylko powiedzieć, że esesmani niszczą dokumentację – mówi Lale. – Wartowniczka powiedziała mi, że Rosjanie są już blisko.

Informację o tym, że następnego dnia obóz ma być opróżniony, zachowuje dla siebie. I tak nie ma pojęcia, co to oznacza ani dokąd ich zabiorą, więc nie chce niepotrzebnie straszyć kobiet.

– Jak myślisz, co z nami zrobią? – pyta Dana.

– Nie wiem. Miejmy nadzieję, że uciekną i pozwolą Rosjanom wyzwolić obóz. Postaram się dowiedzieć więcej. Wrócę, jak tylko będę coś wiedział. Nie wychodźcie z bloku. Wszędzie pełno esesmanów, a oni rwą się do strzelania. – Ujmuje dłonie Dany w swoje. – Dana, nie wiem, co się dalej z nami stanie, ale chcę ci powiedzieć, jak bardzo będę zawsze wdzięczny za to, że jesteś przyjaciółką Gity. Wiem, że wspierałaś ją zawsze, kiedy najbardziej tego potrzebowała.

Lale całuje ją w czoło, po czym odwraca się do Cilki i Ivany i obejmuje mocno w niedźwiedzim uścisku.

– Jesteś najodważniejszą osobą, jaką kiedykolwiek spotkałem – mówi Cilce. – Nie ponosisz żadnej winy za to, co się tu wydarzyło. Jesteś niewinna, pamiętaj.

– Robiłam, co musiałam, żeby przeżyć – odpowiada mu dziewczyna, szlochając. – Poza tym gdybym mu się sprzeciwiła, jakaś inna kobieta ucierpiałaby z rąk tej świni.

– Zawdzięczam ci życie, Cilka, i nigdy o tym nie zapomnę.

Odwraca się do Gity.

– Nic nie mów – mówi dziewczyna. – Ani mi się waż powiedzieć choć jedno słowo.

– Gita...

– Nie. Możesz mi powiedzieć, że się zobaczymy jutro. To wszystko, co chcę od ciebie usłyszeć.

Lale patrzy na nie i zdaje sobie sprawę, że wszystko zostało już powiedziane. Przywieziono je do Birkenau jako dziewczęta, a teraz, choć żadna nie ma jeszcze dwudziestu jeden lat, stoją przed nim złamane, wyniszczone młode kobiety. Lale ma świadomość, że nigdy nie będą tym, kim mogłyby zostać, gdyby nie obóz. Ich życie nigdy nie wróci na dawne tory. Przyszłość, jaką sobie niegdyś wyobrażały, jako córki, siostry, żony i matki, pracownice, podróżniczki i kochanki, na zawsze będzie naznaczona tym, co widziały i przez co przeszły.

Lale zostawia je i idzie rozejrzeć się za Baretzkim. Ma nadzieję, że od niego się dowie, co przyniesie następny dzień. Jednak po esesmanie nigdzie nie ma nawet śladu. Lale wraca na swój blok, gdzie czeka na niego grupa zaniepokojonych węgierskich więźniów. Mówi im, co wie, ale niewiele znajdują w tym pociechy.

•

W nocy esesmani wchodzą do każdego baraku w obozie kobiecym i jaskrawoczerwoną farbą malują każdej dziewczynie znak na plecach płaszcza. I tym razem los więźniarek zależy od tego, jaki znak im przypisano. Gita, Dana, Cilka i Ivana pocieszają się, że wszystkie są oznakowane tak samo. Cokolwiek zdarzy się jutro, zostaną razem – razem przeżyją albo razem zginą.

•

Nad ranem Lale wreszcie zapada w sen. Budzi go potworne zamieszanie. Zaspany, nie od razu rozpoznaje dobiegające go dźwięki. Nagle powracają wspomnienia nocy, kiedy wywieziono romskich więźniów. *Jakie nowe potworności czekają nas dzisiaj?* Słysząc dźwięk strzałów z karabinu, Lale przytomnieje. Wkłada buty i owija się kocem, po czym ostrożnie wychodzi na zewnątrz. Esesmani zaganiają tysiące kobiet i każą im się ustawić w rzędach. Panuje chaos, ani wartownicy, ani więźniarki nie wiedzą, co robić. Esesmani nie zwracają uwagi na Lalego, który idzie wzdłuż rzędów kulących się z zimna, przerażonych kobiet.

Śnieg nie przestaje padać. Bieg jest niemożliwy. Na oczach Lalego pies rzuca się na jedną z kobiet i przewraca ją na ziemię. Koleżanka próbuje pomóc jej wstać, ale trzymający psa esesman wyjmuje pistolet i strzela do leżącej kobiety.

Lale idzie dalej, rozglądając się rozpaczliwie wśród rzędów więźniarek, coraz bardziej zdesperowany. W końcu ją widzi. Gita i jej współwięźniarki są pędzone w kierunku głównej bramy, ale Cilki nie widać ani wśród nich, ani gdziekolwiek indziej w morzu twarzy. Gita ma opuszczoną głowę, a jej ramiona trzęsą się od szlochu. *W końcu płacze, ale ja nie mogę jej pocieszyć.* Dana zauważa go pierwsza, wyciąga Gitę z rzędu i pokazuje jej Lalego. Gita podnosi wzrok i go widzi. Ich oczy się spotykają, jej mokre od łez, patrzące błagalnie, jego – pełne smutku.

Wpatrzony w Gitę Lale nie zauważa esesmana. Nie udaje mu się w porę uchylić przed kolbą karabinu, która uderza go w twarz. Lale upada na kolana, a widząc to, Gita i Dana krzyczą i próbują przepchnąć się przez kolumnę kobiet. Na próżno. Pod naporem niezliczonych ciał nie mogą ruszyć się o krok. Lale podnosi się z trudem, krew spływa mu po twarzy ze sporego rozcięcia nad prawym okiem. Ogarnia go panika, zanurza się w poruszającym się tłumie, przeszukując wzrokiem kolejne rzędy przerażonych kobiet. Gdy zbliża się do bramy, widzi ją ponownie na odległość wyciągniętej ręki. W tej chwili wyrasta przed nim wartownik i przyciska mu lufę karabinu do piersi.

– Gita! – krzyczy Lale.

Świat wiruje mu przed oczami. Spogląda w górę na niebo, które zdaje mu się ciemnieć, choć jest już prawie świt. I wtedy, ponad wrzaskami strażników i ujadaniem psów, słyszy ją.

– Furman. Nazywam się Gita Furman!

– Kocham cię! – krzyczy, padając na kolana.

Odpowiedź nie przychodzi. Lale nadal klęczy, kiedy stojący nad nim wartownik idzie w inną stronę. Krzyki kobiet cichną. Psy przestają szczekać.

Brama Birkenau zostaje zamknięta.

Lale klęczy w śniegu, który nadal pada gęsto. Krew z rany na czole zalewa mu twarz. Został sam. W ustach czuje gorzki smak upokorzenia. Podchodzi do niego wartownik.

– Zamarzniesz na śmierć. Dalej, wracaj na swój blok.

Esesman podnosi Lalego na nogi. Akt uprzejmości ze strony wroga w ostatniej chwili.

•

Następnego ranka Lalego budzą wystrzały dział i wybuchy. Razem z Węgrami wybiega z baraku na zewnątrz, gdzie widzi ogarniętych paniką esesmanów. Zarówno więźniowie, jak i oprawcy próbują uciekać, nie zwracając na siebie nawzajem uwagi.

Główna brama jest szeroko otwarta.

Setki więźniów przechodzą przez nią, przez nikogo nie niepokojeni. Idą oszołomieni, słaniając się z głodu, potykając się, a potem wracają do swoich baraków, żeby schronić się przed zimnem. Lale wychodzi przez bramę, którą mijał setki razy w drodze do Auschwitz. W pobliżu stoi gotowy do odjazdu pociąg. Wartownicy z psami otaczają mężczyzn i popychają ich w kierunku wagonów. Niesiony ludzką falą Lale trafia do środka. Drzwi wagonu zatrzaskują się, a Lale przepycha się do ściany i wygląda na zewnątrz. Setki więźniów nadal błąkają się bez celu. Pociąg odjeżdża, a Lale widzi, jak esesmani otwierają ogień, strzelając do tych, którzy pozostali.

Przez szparę między deskami Lale patrzy na padający gęsto, bezlitośnie śnieg. Birkenau znika w oddali.

25

Wraz z tysiącami innych kobiet z Birkenau i Auschwitz Gita i jej przyjaciółka biegną wąską ścieżką przez sięgający kostek śnieg. Gita i Dana przeszukują rzędy więźniarek tak ostrożnie, jak tylko mogą, zdając sobie sprawę, że każdy, kto opóźnia marsz, dostaje kulkę. Raz po raz pytają: „Widziałaś Cilkę? Widziałaś Ivanę?". Odpowiedź jest zawsze taka sama. Kobiety trzymają się pod ręce, żeby nie upaść. Od czasu do czasu wartownicy zatrzymują kolumnę i każą im odpocząć. Mimo zimna siadają w śniegu, żeby choć na chwilę dać ulżyć zmęczonym nogom. Kiedy pada rozkaz wymarszu, wiele się już nie podnosi. Są martwe lub umierające, nie mogą zrobić kolejnego kroku.

Po długim dniu nastaje noc, a one wciąż idą. Z każdym kilometrem jest ich coraz mniej, co tylko utrudnia ucieczkę pod czujnym okiem esesmanów. W nocy Dana pada na kolana. Nie może już dłużej iść. Gita zatrzymuje się razem z nią i na chwilę zasłaniają je inne więźniarki.

Dana powtarza Gicie, żeby szła dalej i ją zostawiła. Gita protestuje. Wolałaby umrzeć tu z przyjaciółką, pośrodku pola, gdzieś w Polsce. Cztery dziewczyny oferują pomoc Danie, ale ona ich nie słucha. Każe im zabrać Gitę i iść dalej. Widząc zbliżającego się esesmana, dziewczęta podnoszą Gitę i siłą ciągną ją za sobą. Gita ogląda się za siebie, widzi wartownika, który zatrzymał się nad Daną, ale rusza dalej, nie wyciągnąwszy nawet pistoletu z kabury. Nie słychać wystrzału. Najwyraźniej esesman uważa, że Dana już nie żyje. Dziewczęta odciągają Gitę, trzymając ją mocno, bo próbuje uwolnić się i wrócić do Dany.

Potykając się nieustannie w ciemności, kobiety idą dalej, ledwo zauważając odgłosy rozlegających się od czasu do czasu wystrzałów. Nie odwracają się już, żeby sprawdzić, kto upadł.

O świcie zatrzymują się na torach. Nieopodal stoi lokomotywa i kilka wagonów bydlęcych. *Przywieźli mnie tutaj. Teraz mnie zabiorą*, myśli Gita.

Dowiedziała się, że czwórka dziewcząt, które jej towarzyszyły, to Polki, nie Żydówki. Polskie dziewczyny zabrane od rodzin z powodów, których nie znają. Pochodzą z czterech różnych miast i nie znały się przed Birkenau.

W poprzek pola stoi samotny dom. Za nim rozpościera się gęsty las. Esesmani wykrzykują polecenia, podczas gdy do lokomotywy ładowany jest węgiel. Polki patrzą na Gitę.

– Chcemy pobiec do tego domu. – mówi jedna. – Jeśli nas zastrzelą, to zginiemy tutaj, ale dalej już nie pójdziemy. Biegniesz z nami?

Gita wstaje.

Dziewczyny ruszają biegiem, nie oglądając się za siebie. Całą uwagę wartowników pochłania ładowanie do pociągu tysięcy wyczerpanych kobiet. Drzwi do domu otwierają się, zanim do niego docierają. Wbiegają do środka i padają na podłogę przed ogniem w kominku, przytłoczone mieszaniną adrenaliny i ulgi. Ktoś wciska im do rąk gorące napoje i chleb. Polki mówią coś gorączkowo do gospodarzy, którzy potrząsają głowami w niedowierzaniu. Gita milczy, nie chcąc, aby jej akcent zdradził, że nie jest Polką. Lepiej, żeby ich zbawcy myśleli, że jest jedną z nich, tylko cichą. Pan domu mówi, że nie mogą tu zostać, bo Niemcy często urządzają rewizje. Każe im zdjąć płaszcze, po czym zanosi je na tyły domu. Kiedy wraca, nie ma śladu po czerwonych znakach i pachnie benzyną.

Na zewnątrz słychać wystrzały. Przez zasłony widzą, jak wszystkie ocalałe kobiety zostają w końcu zapędzone do pociągu. Leżące wzdłuż torów ciała zasypuje śnieg. Mężczyzna podaje dziewczętom adres krewnego w pobliskiej wiosce, a także zapas chleba i koce. Opuszczają dom i wchodzą głęboko w las, gdzie spędzają noc na zamarzniętej ziemi, przytulone do siebie, na próżno próbując się ogrzać. Bezlistne drzewa są marną osłoną i nie ochronią ich przed kąsającym mrozem.

•

Zmierzcha się, kiedy docierają do następnej wioski. Słońce zaszło, a słabe lampy uliczne dają niewiele światła. Dziewczęta muszą poprosić przechodnia, żeby wskazał im drogę. Uprzejma kobieta prowadzi je do domu, którego adres podał im gospodarz, i towarzyszy im, gdy pukają do drzwi.

– Zaopiekuj się nimi – mówi, kiedy otwierają się drzwi, i odchodzi.

Gospodyni odsuwa się, żeby mogły wejść do środka. Kiedy zamyka za dziewczynami drzwi, wyjaśniają, kto je tutaj przysłał.

– Wiecie, kto to był? Ta, co was tu przyprowadziła? – pyta drżącym głosem kobieta.

– Nie – odpowiada jedna z dziewcząt.

– Ona jest z SS. Dowódczyni wartowniczek.

– Rozpoznała nas?

– Nie jest głupia. Ludzie mówią, że ze wszystkich strażników w obozach ona jest najgorsza.

Z kuchni wychodzi starsza kobieta.

– Matko, mamy gości. Te biedulki były w obozie. Musimy dać im coś ciepłego do jedzenia.

Staruszka od razu zajmuje się dziewczętami, zabiera je do kuchni i sadza przy stole. Gita nie pamięta, kiedy ostatni raz siedziała na krześle przy kuchennym stole. Starsza kobieta nalewa im gorącą zupę z garnka, po czym zasypuje je pytaniami. Gospodarze postanawiają, że nie powinny zostawać na noc, to zbyt niebezpieczne. Obawiają się, że esesmanka doniesie na nie.

Starsza kobieta przeprasza je na chwilę i wychodzi. Wkrótce wraca z sąsiadką, która ma w domu zarówno stryszek, jak i piwnicę. Chce przenocować całą piątkę na stryszku, bo tam będzie cieplej niż w piwnicy. W ciągu dnia będą musiały wyjść, bo Niemcy mogą w każdej chwili przeszukać dom, mimo że uciekają przed frontem.

Każdej nocy Gita i jej cztery polskie koleżanki śpią pod dachem, a w ciągu dnia ukrywają się w pobliskich lasach. Pogłoski docierają do innych mieszkańców niewielkiej wioski, a na prośbę miejscowego księdza parafianie codziennie przynoszą ich gospodarzom jedzenie. Po kilku tygodniach ostatni Niemcy uciekają przed radzieckimi żołnierzami, z których kilku kwateruje na terenie posiadłości akurat naprzeciwko domu, gdzie nocuje Gita i jej towarzyszki. Pewnego ranka dziewczyny za późno wychodzą do lasu i zatrzymuje je stojący przed budynkiem radziecki żołnierz. Pokazują mu swoje tatuaże i starają się wyjaśnić, gdzie były i dlaczego teraz są tutaj. Poruszony ich losem żołnierz proponuje, że postawi strażnika przed domem.

Oznacza to, że nie muszą już spędzać dni w lesie. Nie muszą się już ukrywać, a kiedy wchodzą i wychodzą, żołnierze uśmiechają się i machają do nich.

Pewnego dnia jeden z żołnierzy zadaje Gicie pytanie, a gdy ta odpowiada, natychmiast rozpoznaje, że nie jest Polką. Mówi mu, że jest ze Słowacji. Tego samego wieczora żołnierz puka do drzwi i wprowadza młodego mężczyznę w radzieckim mundurze, który jednak naprawdę pochodzi ze Słowacji. Gita długo z nim rozmawia.

Wkrótce dziewczęta czują się na tyle swobodnie, że zaczynają przesiadywać przed kominkiem do późna. Powoli przestają się nieustannie pilnować. Pewnego wieczora otwierają się drzwi wejściowe i pijani Sowieci wdzierają się do środka. Dziewczyny widzą, że ich „strażnik" leży na zewnątrz nieprzytomny. Wymachując pistoletem, intruz chwyta jedną z dziewcząt i próbuje zerwać z niej ubranie, jednocześnie rozpinając własne spodnie. Gita i Polki krzyczą. Kilku rosyjskich żołnierzy wpada do pokoju. Widząc, co się dzieje, jeden z nich wyciąga pistolet i strzela napastnikowi w głowę. Razem wywlekają z domu niedoszłego gwałciciela, gorąco przepraszając kobiety.

Wstrząśnięte dziewczęta decydują, że muszą iść dalej. Jedna z nich ma siostrę, która mieszkała w Krakowie, i chce sprawdzić, czy ją tam znajdzie. W ramach kolejnych przeprosin za poprzednią noc dowódca organizuje kierowcę i samochód, który ma zawieźć je do Krakowa.

•

Znajdują siostrę koleżanki w jej przedwojennym mieszkaniu nad sklepem spożywczym. Lokal jest przepełniony ludźmi, przyjaciółmi, którzy uciekli z miasta, a po powrocie odkryli, że są bezdomni. Nikt nie ma pieniędzy. Codziennie chodzą na targ i każdy kradnie po kawałku czegoś do jedzenia. Wieczorem robią z tego kolację.

Pewnego dnia na targowisku Gita słyszy swój ojczysty język. Mówi nim kierowca ciężarówki, który rozładowuje właśnie produkty. Dowiaduje się od niego, że co tydzień kilka ciężarówek jeździ z Bratysławy do Krakowa, przywożąc świeże owoce i warzywa. Zgadza się zabrać Gitę. Dziewczyna biegnie powiedzieć ludziom, z którymi mieszka, że wyjeżdża. Bardzo przeżywa rozstanie z czwórką przyjaciółek, z którymi uciekła. Idą z nią na targ i machają jej na pożegnanie, patrząc, jak ciężarówka wioząca Gitę i dwóch innych jej rodaków odjeżdża w nieznane. Dziewczyna dawno już pogodziła się z myślą, że jej rodzice i siostry zginęli, ale modli się, żeby przynajmniej jeden z jej braci przeżył. Walcząc u boku Sowietów jako partyzanci, mogli się uratować.

•

W Bratysławie, podobnie jak w Krakowie, Gita dołącza do innych ocalałych z obozów, gnieżdżących się razem w zatłoczonych mieszkaniach. Rejestruje się w Czerwonym Krzyżu, usłyszawszy, że inni powracający więźniowie robią to w nadziei na znalezienie zaginionych krewnych i przyjaciół.

Pewnego popołudnia widzi z okna swojego mieszkania, jak dwaj młodzi radzieccy żołnierze przeskakują przez płot za domem, gdzie mieszka. Jest przerażona, ale po chwili rozpoznaje swoich braci, Doddo i Latslo. Zbiega po schodach, otwiera drzwi i ściska obu tak mocno, jak potrafi. Chłopcy obawiają się zostać dłużej. Mówią jej, że chociaż Rosjanie wyzwolili miasto od Niemców, miejscowi nadal są bardzo podejrzliwi wobec ludzi w radzieckich mundurach. Nie chcąc zepsuć radości ze spotkania, Gita zachowuje dla siebie to, co wie o pozostałej części rodziny. Bracia wkrótce i tak się dowiedzą, a nie jest to coś, co można przekazać w ciągu kilku minut w biegu.

Zanim się rozstają, Gita opowiada im, że ona również nosiła radziecki mundur: była to pierwsza odzież, jaką dostała po przyjeździe do Auschwitz. Mówi, że wyglądała w nim lepiej niż oni i wszyscy troje śmieją się serdecznie.

26

Pociąg jedzie przez pola. Lale opiera się o ścianę przedziału i dotyka dłonią dwóch sakiewek przywiązanych wewnątrz spodni. Znajdują się w nich klejnoty, które zdecydował się zabrać. Większość kosztowności zostawił pod materacem. Przypadną w udziale temu, kto przeszuka jego pokój.

Późnym wieczorem pociąg staje i esesmani z karabinami każą wszystkim wysiadać, dokładnie tak samo, jak prawie trzy lata temu w Birkenau. Kolejny obóz koncentracyjny. Lale zeskakuje z wagonu, a wraz z nim wysiada jeden z mężczyzn.

– Znam to miejsce. Byłem tu już wcześniej – mówi.

– Naprawdę? – pyta Lale.

– Mauthausen w Austrii. Nie tak straszne jak Birkenau, ale prawie.

– Ja jestem Lale.

– Józef. Miło cię poznać.

Wreszcie wszyscy wysiadają, a esesmani każą im przejść dalej i znaleźć sobie miejsce na nocleg. Lale podąża za Józefem na blok. Wewnątrz widzą zagłodzonych mężczyzn – szkielety pokryte skórą – w których jednak tli się jeszcze dość życia, by bronić swojego terytorium.

– Zjeżdżajcie, jest ciasno.

Przypada po jednym więźniu na pryczę, każdy twierdzi, że to jego miejsce, i wygląda na gotowego, żeby o nie walczyć. W dwóch następnych barakach powtarza się ta sama sytuacja. W końcu znajdują blok, gdzie jest więcej wolnych prycz, i natychmiast zajmują przestrzeń dla siebie. Kiedy przychodzą inni, którzy także szukają miejsca do spania, Lale i jego towarzysz powtarzają za więźniami z pierwszego bloku: „Zjeżdżajcie, jest ciasno".

Następnego ranka Lale widzi, że mężczyźni z okolicznych bloków ustawiają się w szeregu. Zdaje sobie sprawę, że czeka go rewizja osobista i pytania, kim jest i skąd przybył. Znowu. Z woreczków wyjmuje trzy największe diamenty i wkłada je do ust. Pospiesznie idzie na tyły bloku i rozrzuca tam pozostałe klejnoty, podczas gdy reszta mężczyzn zajęta jest formowaniem kolejki. Rozpoczyna się rewizja ustawionych w rzędzie nagich mężczyzn. Widząc, jak strażnicy szarpnięciem otwierają usta tych, którzy stoją przed nim, Lale umieszcza diamenty pod językiem. Otwiera usta, zanim jeszcze wartownik do niego podejdzie. Ten szybko rzuca okiem i każe Lalemu przejść na bok.

•

Przez kilka tygodni Lale siedzi bezczynnie wraz z innymi więźniami. Jedyne, co może robić, to przyglądać się innym, szczególnie pilnującym ich esesmanom, próbując oszacować, do kogo można się zwrócić i kogo należy unikać. Od czasu do czasu zagaduje do jednego z nich. Wartownik jest pod wrażeniem, że Lale mówi płynnie po niemiecku. Słyszał o Auschwitz i Birkenau, ale nigdy tam nie był i chce wiedzieć jak najwięcej. Lale maluje obraz, który niewiele ma wspólnego z rzeczywistością. Nic nie zyska, mówiąc temu Niemcowi, jak naprawdę traktowano tamtejszych więźniów. Opowiada mu, co tam robił i że wolałby pracować, niż tu siedzieć. Kilka dni później strażnik pyta go, czy chciałby przenieść się do podobozu Mauthausen w wiedeńskim Saurerwerke. Wychodząc z założenia, że tam nie może być gorzej niż tutaj, zwłaszcza że wartownik zapewnia go, że warunki są nieco lepsze, a komendant stary, Lale przyjmuje ofertę. Wartownik zwraca mu uwagę, że w tamtym obozie nie przyjmują Żydów, więc powinien milczeć na temat pochodzenia.

Następnego dnia esesman przychodzi po Lalego.

– Zabieraj rzeczy. Wyjeżdżasz stąd.

Lale rozgląda się wokół siebie.

– Wszystko zabrałem.

– Wyjeżdżasz za godzinę ciężarówką. Ustaw się koło bramy. Twoje nazwisko jest na liście. – Esesman się śmieje.

– Moje nazwisko?

– Tak. Tylko zakryj numer ręką, dobra?

– Mam odpowiedzieć, jak wyczytają moje nazwisko?

– Tak, nie zapomnij. Powodzenia.

– Zanim odjadę, chciałbym panu coś dać.

Wartownik patrzy na niego zaskoczony.

Lale wyjmuje diament z ust, gdzie zwykł go przetrzymywać, przeciera rękawem i podaje esesmanowi.

– Teraz nie będzie pan mógł powiedzieć, że nigdy pan nie dostał niczego od Żyda.

•

Wiedeń. Kto nie chciałby pojechać do Wiednia? W czasach, kiedy uwodził piękne kobiety, Lale marzył, żeby odwiedzić to miasto. Już sama nazwa brzmi romantycznie, jak uosobienie stylu i możliwości. Lale wie jednak, że tym razem miasto nie sprosta jego wyobrażeniom.

Gdy przybywają na miejsce, wartownicy traktują Lalego i pozostałych obojętnie. Więźniowie znajdują blok i dowiadują się, gdzie i kiedy są wydawane posiłki. Myśli Lalego zaprząta Gita i to, jak do niej dotrzeć. Przerzucany z obozu do obozu – nie wytrzyma tego dłużej.

Przez kilka dni obserwuje otoczenie. Widzi, jak ledwo żywy komendant obozu z trudem porusza się na trzęsących się nogach. Zagaduje do wartowników i próbuje zrozumieć dynamikę relacji między więźniami. Kiedy odkrywa, że jest tu prawdopodobnie jedynym słowackim więźniem, postanawia zatrzymać to dla siebie. Polacy, Rosjanie i nieliczni Włosi przez cały dzień rozmawiają z rodakami, pozostawiając Lalego w dużej mierze samemu sobie.

Pewnego dnia przychodzą do niego dwaj młodzi mężczyźni.

– Mówią, że byłeś Tätowierem w Auschwitz.

– Kto mówi?

– Ktoś powiedział, że chyba cię tam widział i że tatuowałeś więźniów.

Lale chwyta młodego mężczyznę za rękę i podciąga mu rękaw. Nie ma numeru. Zwraca się do drugiego więźnia.

– A ty co, byłeś tam?

– Nie, ale czy to prawda, co mówią?

– Byłem Tätowiererem, ale co z tego?

– Nic. Po prostu pytam.

Chłopcy odchodzą. Lale wraca do swoich marzeń na jawie. Nie widzi zbliżających się esesmanów, dopóki nie podniosą go szarpnięciem z ziemi i nie zaprowadzą do pobliskiego budynku. Lale staje przed podstarzałym dowódcą, który kłóci się właśnie z jednym z wartowników. Esesman podciąga rękaw Lalego, odkrywając jego numer.

– Byłeś w Auschwitz? – pyta komendant.

– Tak, proszę pana.

– Byłeś tam Tätowiererem?

– Tak, proszę pana.

– Więc jesteś Żydem?

– Nie, proszę pana, jestem katolikiem.

Komendant unosi brew.

– Doprawdy? Nie wiedziałem, że w Auschwitz mają katolików.

– Tam były wszystkie wyznania, a poza tym kryminalni i polityczni.

– A ty co, kryminalny?

– Nie, proszę pana.

– I nie jesteś Żydem?

– Nie, proszę pana. Jestem katolikiem.

– Dwa razy odpowiedziałeś „nie". Zapytam cię jeszcze raz. Czy jesteś Żydem?

– Nie, nie jestem. Proszę, mogę to zaraz udowodnić. – Lale rozwiązuje sznurek w pasie i spodnie opadają na podłogę. Zaczepia palce za gumkę kalesonów i zaczyna je ściągać.

– Przestań. Nie muszę tego oglądać. Dobra, możesz iść.

Wciągając spodnie z powrotem i próbując zapanować nad oddechem, Lale pospiesznie wychodzi z pomieszczenia. W przedsionku zatrzymuje się i opada na krzesło. Wartownik za biurkiem patrzy na niego.

– Nic ci nie jest?

– Wszystko w porządku, po prostu zakręciło mi się w głowie. Nie wie pan może, jaki dzisiaj dzień?

– Dwudziesty drugi. A nie, nie, czekaj, dwudziesty trzeci kwietnia. Dlaczego pytasz?

– Bez powodu. Dziękuję. Do widzenia.

Na zewnątrz Lale patrzy na więźniów przesiadujących leniwie na terenie obozu i na wartowników, którzy wyglądają na jeszcze bardziej rozleniwionych. *Trzy lata. Zabraliście mi trzy lata życia. Nie dostaniecie ani jednego dnia więcej.* Na tyłach baraków Lale idzie wzdłuż ogrodzenia, potrząsając nim tu i ówdzie i szukając słabego punktu. Nie musi długo szukać. Podciąga dolne druty do góry. Nie rozglądając się nawet, czy go ktoś nie obserwuje, Lale przeciska się pod płotem i spokojnie odchodzi.

W lesie może się schować przed niemieckimi patrolami. Wchodząc głębiej między drzewa, słyszy odgłos strzałów z karabinu i ognia artylerii. Nie wie, czy kierować się w tamtą stronę czy w przeciwną. Kiedy strzelanina na chwilę cichnie, słyszy szemranie strumienia. Co prawda aby do niego dotrzeć, musi zbliżyć się do miejsca, skąd dobiegają strzały, ale zawsze miał dobry wewnętrzny kompas i ten kierunek wydaje mu się właściwy. Jeśli to Rosjanie, a nawet Amerykanie, po drugiej stronie potoku z przyjemnością się im podda. Powoli zachodzi słońce i zapada zmierzch, a wtedy widzi błyski wystrzałów karabinów i dział. Najpierw jednak chce się dostać do wody i ma nadzieję, że znajdzie też most i drogę. Na miejscu okazuje się, że to nie tyle strumień, ile rzeka. Spogląda na drugi brzeg i wsłuchuje się w wystrzały artylerii. *To muszą być Rosjanie. Idę do was.* Lale wchodzi do wody, która wita go paraliżującym zimnem. Powoli wypływa dalej, starając się jak najmniej wzburzać wodę, na wypadek gdyby ktoś mógł go dostrzec. Zatrzymuje się, unosi głowę i nasłuchuje. Strzelanina jest bliżej.

– Cholera – mówi pod nosem.

Przestaje pływać i pozwala, aby prąd wody przeniósł go przez linię ognia, jak kłodę czy martwe ciało. Kiedy uznaje, że jest już poza obszarem działań wojennych, płynie co sił i rzuca się na brzeg. Przemoczony, wczołguje się między drzewa, pada na ziemię wstrząsany dreszczami i traci przytomność.

27

Lale budzi się, czując promienie słońca na twarzy. Jego ubranie nieco przeschło, a poniżej słychać szum rzeki. Czołga się przez drzewa, między którymi ukrywał się w nocy, i dociera do drogi w momencie, kiedy idą tamtędy radzieccy żołnierze. Przygląda się im przez chwilę, obawiając się, że mogą zacząć do niego strzelać. Jednak mundurowi wyglądają na spokojnych. Lale decyduje, że czas przyspieszyć powrót do domu.

Podnosi ręce i wychodzi na drogę. Zaskoczeni żołnierze natychmiast celują do niego z karabinów.

– Jestem Słowakiem. Od trzech lat byłem w obozie koncentracyjnym.

Żołnierze wymieniają spojrzenia.

Jeden z nich mówi „spieprzaj", po czym maszerują dalej, a po drodze któryś go popycha. Lale stoi przez kilka minut, a kolejni żołnierze mijają go, kompletnie ignorując. Skoro nie zwracają na niego uwagi, Lale uznaje, że najlepiej będzie ruszyć w drogę. Postanawia iść w kierunku przeciwnym do tego, dokąd zmierzają Sowieci, wychodząc z założenia, że najprawdopodobniej szykują się do potyczki z Niemcami, więc im dalej od nich, tym bezpieczniej.

W końcu nadjeżdża wojskowa terenówka. Samochód zatrzymuje się, a siedzący w nim żołnierz mierzy go wzrokiem.

– Kim wy, do cholery, jesteście?

– Jestem Słowakiem. Przez trzy lata byłem więźniem w Auschwitz. – Podciąga lewy rękaw, odsłaniając wytatuowany na przedramieniu numer.

– Pierwsze słyszę.

Lale przełyka ślinę. Nie mieści mu się w głowie, że ktoś może nie znać miejsca takiej grozy.

– To w Polsce. To wszystko, co mogę powiedzieć.

– Świetnie mówicie po rosyjsku – mówi żołnierz. – Znacie jakieś inne języki?

– Czeski, niemiecki, francuski, węgierski i polski.

Żołnierz patrzy na niego uważniej.

– A gdzie to się wybieracie?

– Do domu, wracam na Słowację.

– Otóż nie. Mam dla was robotę. Wsiadajcie.

Lale ma ochotę uciec, ale widząc, że nie ma najmniejszych szans, posłusznie siada na miejscu pasażera.

– Zawracaj, jedziemy z powrotem do sztabu.

Podskakując na wykrotach, terenówka zmierza w kierunku, z którego przyjechał. Kilka kilometrów dalej przejeżdżają przez niewielką wioskę, po czym skręcają w polną drogę wiodącą w stronę okazałego pałacyku na szczycie wzgórza z widokiem na piękną dolinę. Wjeżdżają na szeroki, okrągły podjazd, na którym stoi kilka drogich samochodów. Po obu stronach imponujących drzwi wejściowych stoją strażnicy. Terenówka zatrzymuje się, kierowca wysiada i otwiera żołnierzowi tylne drzwi.

– Chodź ze mną – mówi oficer.

Lale podąża za nim do holu. Przystaje, oszołomiony otaczającym go bogactwem. Ogromne schody, dzieła sztuki – obrazy i gobeliny na każdej ścianie – oraz meble, jakich w życiu nie widział. Lale wkroczył do świata, który nie mieści mu się w głowie. Po tym, co przeżył, jest to niemal bolesne doświadczenie.

Żołnierz idzie w stronę pomieszczenia przylegającego do holu, gestem nakazując Lalemu iść za sobą. Wchodzą do dużego, bogato umeblowanego pokoju. We wnętrzu rzuca się w oczy mahoniowe biurko oraz siedząca za nim osoba. Sądząc po mundurze i towarzyszących mu insygniach, Lale znalazł się w obecności radzieckiego oficera bardzo wysokiego stopnia. Gdy wchodzą, mężczyzna podnosi wzrok.

– Co my tu mamy?

– Twierdzi, że przez trzy lata był więźniem hitlerowców. Podejrzewam, że jest Żydem, ale nie sądzę, żeby to miało znaczenie. Liczy się to, że mówi po rosyjsku i niemiecku – mówi żołnierz.

– No i?

– Pomyślałem sobie, że może się nam przydać. Do kontaktów z miejscowymi.

Oficer odchyla się do tyłu.

– W takim razie niech pracuje. Znajdź kogoś, kto będzie go pilnować i zastrzeli, jeśli spróbuje uciec.

Żołnierz wyprowadza Lalego z pokoju. Zanim zamkną się za nimi drzwi, oficer odzywa się znowu:

– I niech się umyje i przebierze w jakieś porządne ubranie.

– Tak jest. Myślę, że będziemy mieli z niego pożytek.

Lale podąża za żołnierzem. *Nie mam pojęcia, czego ode mnie chcą, ale jeśli to oznacza kąpiel i czyste ubrania...* Przechodzą przez hol i wchodzą na pierwsze piętro; Lale widzi, że powyżej są jeszcze dwa. Wchodzą do sypialni, a Rosjanin podchodzi do szafy i ją otwiera. Damska odzież. Bez słowa wychodzi i idzie do następnej sypialni. Tym razem trafia na męskie ubrania.

– Znajdźcie sobie coś, co będzie na was pasować. Tam powinna być łazienka. Umyjcie się, a ja za chwilę po was wrócę.

Wychodzi, zamykając za sobą drzwi. Lale rozgląda się po pomieszczeniu. Pośrodku stoi duże łoże z baldachimem obłożone ciężką pościelą i stosami poduszek o różnych kształtach i rozmiarach; jest także komoda, która wygląda na hebanową, stolik z lampką marki Tiffany i szezlong pokryty bogato haftowaną tapicerką. Tak bardzo by chciał, żeby Gita teraz przy nim była. Tłumi tę myśl. Nie może sobie pozwolić na to, żeby teraz o niej myśleć. Jeszcze nie.

Dotyka wiszących w rzędach garniturów i koszul, codziennych i wieczorowych. W szafie są także wszystkie akcesoria potrzebne do wskrzeszenia dawnego Lalego. Wybiera garnitur i przykłada go do ciała, przyglądając się sobie krytycznie w lustrze: będzie pasował prawie jak ulał. Rzuca go na łóżko. Wkrótce dołącza do niego biała koszula. Z szuflady wyjmuje miękką bieliznę, nieskazitelnie czyste skarpetki i gładki, brązowy pas skórzany. W innej szafce znajduje pasującą do garnituru parę butów wypolerowanych na błysk. Wsuwa w nie nagie stopy. Pasują idealnie.

W łazience złote okucia lśnią na białej glazurze okrywającej ściany i podłogę; przez sporych rozmiarów witrażowe okno wpada jasnożółte i ciemnozielone światło popołudniowego słońca. Lale wchodzi do pomieszczenia i stoi długo, ciesząc się chwilą. Następnie napuszcza wody do głębokiej wanny i wchodzi do niej. Leży, aż woda zaczyna stygnąć. Dolewa wrzątku, niespiesznie rozkoszuje się pierwszą normalną kąpielą od trzech lat. W końcu wychodzi i wyciera się miękkim ręcznikiem, który wisi na wieszaku obok kilku innych. Wolnym krokiem wraca do sypialni i wkłada ubranie, delektując się dotykiem gładkiej bawełny i lnu, miękkością wełnianych skarpetek. Nic go nie drapie, nie drażni ani nie zwisa luźno z jego wychudzonego ciała. Najwyraźniej właściciel tych ubrań był bardzo szczupły.

Przez chwilę siedzi na łóżku, czekając na powrót swego nadzorcy. Postanawia rozejrzeć się po pokoju. Przesuwa ciężkie zasłony i odsłania drzwi balkonowe prowadzące na taras. Otwiera je z rozmachem i wychodzi na zewnątrz. *Gdzie ja jestem?* Przed nim rozciąga się zadbany ogród przechodzący w las. Z miejsca, gdzie stoi, jest doskonały widok na podjazd, i widzi, jak podjeżdża kilka samochodów, po czym wysiadają z nich kolejni radzieccy oficerowie. Słyszy, jak otwierają się drzwi do pokoju, i odwraca się w porę, żeby zobaczyć swojego nadzorcę w towarzystwie drugiego, niższego stopniem żołnierza. Zostaje na tarasie. Mężczyźni dołączają do niego i rozglądają się po okolicy.

– Ładnie tutaj, nie uważacie? – mówi nadzorca Lalego.

– Nieźle się urządziliście. Kawał rezydencji.

– A owszem. – Żołnierz się uśmiecha. – Ta siedziba jest trochę wygodniejsza niż ta, którą mieliśmy na froncie.

– No dobrze, to co mam tu robić?

– To jest Fredrich. Będzie was pilnował. Jak będziecie próbowali uciekać, to was zastrzeli.

Lale patrzy na żołnierza. Rękawy koszuli opinają się ciasno na potężnych ramionach, a guziki sprawiają wrażenie, jakby lada moment miały wystrzelić pod naporem mięśni klatki piersiowej. Nieruchomych cienkich ust nie wykrzywia ani uśmiech, ani grymas. Lale skłania głowę na powitanie, ale gest pozostaje bez odpowiedzi.

– On nie tylko będzie was tu pilnował, ale też każdego dnia będzie was woził do wioski po zakupy. Rozumiecie?

– Co będę kupował?

– Na pewno nie wino; mamy tego pełną piwnicę. Jedzenie kupują kucharze. Oni wiedzą, czego potrzebują.

– Czyli zostaje...

– Rozrywka.

Lale zachowuje kamienną twarz.

– Codziennie rano pojedziecie do wioski i znajdziecie nam piękne, młode panie, które miałyby chętkę spędzić z nami wieczór. Rozumiecie?

– Mam być waszym alfonsem?

– Znaczy się, rozumiecie.

– Jak niby mam je przekonać? Powiedzieć im, że przystojne z was chłopaki i że będziecie dla nich mili?

– Damy wam coś, co je zachęci.

– Co takiego?

– Chodźcie ze mną.

Wszyscy trzej schodzą na dół do kolejnego bogato urządzonego pokoju, gdzie inny żołnierz otwiera właśnie sporą skrytkę osadzoną w ścianie. Nadzorca Lalego wchodzi do środka i wyjmuje stamtąd dwa metalowe pudełka, które kładzie na biurku. W jednej jest waluta, w drugiej biżuteria. Lale widzi, że w skrytce jest jeszcze wiele podobnych pudełek.

– Fredrich przyprowadzi was tu codziennie rano. Weźmiecie stąd pieniądze i biżuterię dla dziewczyn. Każdej nocy będziemy potrzebować od ośmiu do dziesięciu. Po prostu pokażcie im zapłatę, a w razie potrzeby dajcie im jakąś niewielką sumę z góry. Powiedzcie im, że zapłacimy im całość, jak przyjdą tutaj, a gdy wieczór się skończy, wrócą do domów bezpiecznie i w pełnym zdrowiu.

Lale wyciąga rękę w stronę pudełka z biżuterią, która jednak zamyka się z trzaskiem.

– Jest już jakaś ustalona stawka? – pyta.

– Takie rzeczy to już wam zostawiam. Jakoś się z nimi dogadacie. Po prostu załatwcie najlepszą możliwą ofertę. Rozumiecie?

– Jasne, chcecie kupić najlepszą polędwicę w cenie kiełbasy. – Lale wie dokładnie, co powiedzieć.

Oficer wybucha śmiechem.

– Pójdziecie teraz z Fredrichem, oprowadzi was. Możecie jeść posiłki w kuchni albo w pokoju – dajcie tylko znać kucharzom.

Fredrich zabiera Lalego na dół i przedstawia go dwóm kucharzom. Lale mówi im, że wolałby jeść w swoim pokoju. Fredrich ostrzega go, żeby nie wchodził wyżej niż pierwsze piętro, a nawet tam ma nie zaglądać do innych pokojów poza własnym. Nie trzeba mu tego dwa razy powtarzać.

Kilka godzin później przynoszą mu jagnięcinę w gęstym, kremowym sosie. Marchew jest ugotowana al dente i ocieka masłem. Całe danie doprawiono solą, pieprzem i świeżą pietruszką. Lale zastanawiał się, czy zdoła docenić bogactwo smaków jak dawniej. Okazuje się, że nic się w tej kwestii nie zmieniło. Stracił jednak umiejętność cieszenia się jedzeniem. Zresztą z czego tu się cieszyć, skoro nie ma z nim Gity? Nie wie nawet, czy ona ma teraz coś do jedzenia. Nie wie, czy... Tłumi tę myśl. Jest teraz tutaj i zrobi wszystko, co będzie musiał, żeby ją znaleźć. Zjada tylko połowę tego, co leżało na talerzu. Zawsze zachowaj coś na później: ta zasada pomogła mu przeżyć ostatnie lata. Do posiłku Lale wypija większość butelki wina. Rozbiera się niezgrabnie, pada na łóżko i zapada w ciężki, przesycony alkoholem sen.

Rano budzi go dźwięk tacy ze śniadaniem, którą ktoś stawia na stole. Nie pamięta, czy poprzedniej nocy zamknął drzwi pokoju. Być może kucharz i tak ma klucz. Wczorajsza taca i butelka zostają zabrane. Wszystko odbywa się bez słowa.

Po śniadaniu bierze szybką kąpiel. Gdy przychodzi po niego Fredrich, Lale wkłada buty.

– Gotowy?

Lale potakuje.

– Idziemy.

Najpierw kierują się do gabinetu ze skrytką. Fredrich i drugi żołnierz patrzą, jak Lale wybiera z niej gotówkę, która zostaje przeliczona i zapisana w księdze, oraz kilka sztuk drobnej biżuterii i klejnotów, również odnotowanych.

– Prawdopodobnie biorę więcej, niż będzie potrzebne, ale to mój pierwszy raz i nie mam pojęcia, jaka jest stawka – wyjaśnia.

Obaj żołnierze wzruszają ramionami.

– Tylko przynieście z powrotem wszystko, czego nie wydacie – mówi księgowy.

Lale wrzuca pieniądze do jednej kieszeni, a klejnoty do drugiej, po czym podąża za Fredrichem do rozległego garażu. Fredrich siada za kierownicą terenówki, a Lale wskakuje obok niego. Jadą kilka kilometrów do wioski, którą Lale wczoraj mijał. *To było zaledwie wczoraj? Jak to możliwe, że tyle się już zmieniło?* W czasie jazdy Fredrich mówi, że podjedzie tu potem mała ciężarówka, która wieczorem zabierze dziewczyny. Nie jest w niej szczególnie wygodnie, ale to jedyny pojazd, który pomieści dwanaście osób. Kiedy wjeżdżają do wsi, Lale pyta, gdzie ma szukać dziewcząt.

– Zostawię was u wylotu ulicy. Wchodźcie do każdego sklepu. To mogą być pracownice albo klientki, nie ma znaczenia. Liczy się tylko jedno: żeby były młode i jak najładniejsze. Wypytajcie je o cenę, pokażcie im zapłatę. Jeśli będą chciały coś z góry, dawajcie im wyłącznie gotówkę. Powiedzcie im, że odbierzemy je o szóstej pod piekarnią. Niektóre z nich były już u nas wcześniej.

– Skąd będę wiedział, czy już kogoś nie mają?

– Podejrzewam, że takie odmówią. Mogą też czymś w was rzucić, więc w razie czego musicie się w porę uchylić.

Lale wysiada z samochodu.

– Będę tu na was czekał i patrzył. Nie spieszcie się. I nie róbcie nic głupiego.

Wchodząc do pierwszego sklepu, Lale modli się w duchu, żeby żaden mąż ani narzeczony nie wybrał się dziś na zakupy ze swoją panią. Kiedy przekracza próg butiku, wszystkie oczy kierują się na niego. Wita się po rosyjsku, po czym przypomina sobie, że jest w Austrii, i przechodzi na niemiecki.

– Dzień dobry, drogie panie, jak się dziś miewacie?

Kobiety wymieniają spojrzenia. Kilka z nich chichocze.

– Czym mogę panu służyć? – pyta w końcu sprzedawczyni. – Szuka pan czegoś dla żony?

– Niezupełnie. Chciałbym z paniami porozmawiać.

– Pan jest Rosjaninem? – chce wiedzieć jedna z klientek.

– Nie, jestem Słowakiem. Jestem tu jednak w imieniu armii radzieckiej.

– Mieszka pan we dworze? – pyta inna kobieta.

– Tak.

Ku ogromnej uldze Lalego kolejna klientka pyta:

– Czy przyszedł pan tu, żeby nas zapytać, czy chciałybyśmy się zabawić dziś wieczorem?

– Tak, właśnie tak. Pani już tam wcześniej bywała?

– Owszem. Niechże pan tak na mnie nie patrzy. Wszystkie dobrze wiemy, czego pan od nas chce.

Lale rozgląda się po wnętrzu sklepu. Widzi dwie sprzedawczynie i cztery klientki.

– A więc? – zagaja ostrożnie.

– Niech nam pan najpierw pokaże, co tam pan dla nas ma – odpowiada jedna z klientek.

Lale opróżnia kieszenie, a dziewczyny zbierają się wokół niego.

– Ile możemy z tego dostać?

Lale spogląda na dziewczynę, która była już wcześniej w pałacyku.

– Ile pani zapłacono poprzednio?

Kobieta macha mu przed twarzą dłonią, na której palcu tkwi pierścionek z perłami i brylantem.

– Plus dziesięć marek.

– Dobrze, co pani powie na pięć marek teraz, drugie pięć dziś wieczorem, a do tego coś z biżuterii?

Dziewczyna przegląda klejnoty i wybiera perłową bransoletkę.

– Wezmę to.

Lale wyjmuje ją delikatnie z jej ręki.

– Jeszcze nie – mówi. – Dziś o szóstej wieczorem przed piekarnią. Zgoda?

– Zgoda – odpowiada kobieta.

Lale wręcza jej pięć marek, a ona upycha je za dekoltem.

Pozostałe kobiety przeglądają błyskotki i wybierają po jednej dla siebie. Lale daje każdej po pięć marek. Żadna się nie targuje.

– Dziękuję, drogie panie. Czas już na mnie, ale zanim się rozstaniemy, czy któraś z pań byłaby łaskawa mi podpowiedzieć, gdzie znajdę inne równie piękne damy?

– Może pan spróbować w kawiarni albo w bibliotece – sugeruje jedna.

– Tylko niech pan uważa na babcie w kawiarni – chichocze inna.

– Co ma pani na myśli, mówiąc „babcie"? – chciałby wiedzieć Lale.

– No wie pan, staruszki... Niektóre mają ponad trzydzieści lat!

Lale uśmiecha się do niej.

– Proszę posłuchać – mówi ta, która zgłosiła się pierwsza. – Może pan zaczepić każdą kobietę, którą spotka pan na ulicy. Wszystkie wiemy, czego chcecie, i większość chętnie skorzysta z okazji, żeby dobrze zjeść i się napić, nawet jeśli będziemy musiały się podzielić z tymi rosyjskimi świniami. Tutaj nie ma już żadnych mężczyzn, którzy mogliby nam pomóc. Robimy, co musimy.

– To tak jak ja – odpowiada Lale. – Dziękuję jak najuprzejmiej. Będę pań niecierpliwie wyglądał dziś wieczorem.

Lale wychodzi ze sklepu i opiera się o ścianę. Jeden sklep, połowa dziewcząt. Patrzy na drugą stronę ulicy, gdzie czeka na niego Fredrich, i pokazuje mu uniesione kciuki.

Dobrze, a teraz gdzie jest ta kawiarnia? Po drodze Lale zatrzymuje jeszcze trzy młode kobiety, z których dwie zgadzają się przyjść do pałacyku. W kawiarni znajduje trzy kolejne. Na oko mają dobrze po trzydziestce, ale są wciąż piękne i każdy mężczyzna byłby dumny, mając którąś z nich u boku.

Tego wieczoru Lale i Fredrich odbierają kobiety czekające pod piekarnią. Są elegancko ubrane i umalowane. Transakcja przekazania biżuterii i gotówki odbywa się przy minimalnym udziale Fredricha.

Lale patrzy, jak kobiety wchodzą do pałacyku, trzymając się za ręce, z determinacją wypisaną na twarzach, od czasu do czasu wybuchając śmiechem.

– Zabiorę, co wam zostało – mówi Fredrich, podchodząc do Lalego.

Lale wyjmuje z kieszeni garść banknotów i parę sztuk biżuterii i przekazuje je Fredrichowi, który wydaje się zadowolony z bilansu transakcji. Upycha wszystko w zakamarkach własnego ubrania, a następnie obmacuje Lalego od stóp do głów, wsadzając mu ręce głęboko w kieszenie.

– Hej, spokojnie – mówi Lale. – Aż tak dobrze to się jeszcze nie znamy!

– I tak nie jesteście w moim typie.

•

Ktoś musiał poinformować kucharzy, że wrócił, bo ledwie przekracza próg, a kolacja od razu dociera do jego pokoju. Zjada, następnie wychodzi na balkon. Opierając się o balustradę, przygląda się sznurom przyjeżdżających i odjeżdżających samochodów. Sporadycznie docierają do niego odgłosy zabawy piętro niżej, a wtedy cieszy się, że słyszy tylko śmiechy i rozmowy. Wraca do pokoju i zaczyna się szykować do łóżka. W mankiecie spodni znajduje niewielki brylant. Wyciąga jedną skarpetkę z szuflady i zanim się położy, starannie chowa w niej klejnot.

Kilka godzin później budzi go śmiech i śpiewy dochodzące zza drzwi balkonowych. Wychodzi na zewnątrz i patrzy, jak dziewczyny wsiadają do ciężarówki, która ma je zawieźć do domu. Większość jest ewidentnie na rauszu, ale żadna nie wygląda, jakby stała się jej jakaś krzywda. Lale wraca do łóżka.

•

Przez kilka tygodni Lale i Fredrich dwa razy dziennie jeżdżą do wioski. Wkrótce Lalego wszyscy tam znają; nawet kobiety, które nigdy nie przychodzą do pałacyku, wiedzą, kim jest, i pozdrawiają go na ulicy. Butik i kawiarnia stają się jego ulubionymi miejscami i wkrótce dziewczyny same się tam zbierają. Często witają go pocałunkiem w policzek i proszą, żeby tej nocy przyłączył się do zabawy. Są wyraźnie zmartwione, kiedy odmawia jak zawsze.

Pewnego dnia Serena, kelnerka w kawiarni, pyta go głośno:

– Lale, nie ożeniłbyś się ze mną, gdy wojna się skończy?

Pozostałe dziewczyny chichoczą, a starsze kobiety cmokają z dezaprobatą.

– Ona całkiem straciła dla ciebie głowę, Lale. Nie chce żadnego z tych rosyjskich wieprzy, nieważne, ile jej dają pieniędzy – dodaje jedna z klientek.

– Jesteś bardzo piękną dziewczyną, Sereno, ale obawiam się, że moje serce należy do kogoś innego.

– Do kogo? Jak jej na imię? – pyta niezadowolona Serena.

– Nazywa się Gita i jesteśmy zaręczeni. Kocham ją.

– Czeka na ciebie? Gdzie teraz jest?

– Nie wiem, gdzie jest teraz, ale ją odnajdę.

– Nie wiesz nawet, czy żyje?

– Och, Gita żyje, ja to wiem. Znasz to uczucie, kiedy po prostu wiesz?

– Nie jestem pewna.

– Więc nigdy nie byłaś naprawdę zakochana. Zobaczymy się później, dziewczęta. Punkt szósta. Nie spóźnijcie się.

Żegna go chór kobiecych głosów.

•

Tej nocy, kiedy Lale dokłada do swojej skrzynki duży rubin, ogarnia go straszliwa tęsknota za domem. Przez długi czas siedzi na łóżku. Wspomnienia z domu zbrukała pamięć o tym, co się wydarzyło podczas wojny. Obraz wszystkiego, co było mu bliskie, przyćmiewają teraz cierpienia i dojmujące poczucie straty. Kiedy w końcu się uspokaja, opróżnia zawartość skarpetki na łóżko i liczy klejnoty, które udało mu się przemycić przez ostatnie tygodnie. Wychodzi na balkon. Noce są coraz cieplejsze, więc uczestnicy przyjęcia wyszli na trawnik; niektórzy odpoczywają, inni grają w coś w rodzaju berka. Pukanie do drzwi sypialni wyrywa go z zadumy. Od pierwszej nocy Lale zamyka drzwi na klucz, niezależnie od tego, czy jest w pokoju czy nie. Po drodze zauważa klejnoty na łóżku i szybko przykrywa je narzutą. Nie widzi, że na podłogę spada jeden rubin.

– Dlaczego drzwi były zamknięte na klucz? – dopytuje się Fredrich.

– Nie mam ochoty, żeby do łóżka zaplątał mi się jeden z twoich kolegów, wiesz, tych, co to się nie bardzo interesują dziewczynami, które im przyprowadzamy.

– Rozumiem. Przystojny z ciebie chłopak. Wiesz, że dobrze by ci to wynagrodzili, gdybyś tylko był zainteresowany.

– Ale nie jestem.

– A może chcesz jakąś dziewczynę? Już dostały zapłatę.

– Nie, dziękuję.

Bystre oko Fredricha dostrzega coś błyszczącego na dywanie. Schyla się i podnosi rubin.

– A co to takiego ?

Zaskoczony Lale patrzy na klejnot.

– Możesz wytłumaczyć, jak to się tu znalazło, Lale?

– Musiał mi się zaplątać w podszewce kieszeni.

– Naprawdę?

– Czy myślisz, że gdybym go sam wziął, tobym go tu tak zostawił na wierzchu?

Fredrich zastanawia się przez chwilę.

– Pewnie nie. – Chowa kamień do kieszeni. – Zaniosę go do skrytki.

– Chciałeś się ze mną zobaczyć? – Lale zmienia temat.

– Jutro mnie przenoszą, więc teraz będziesz sobie musiał radzić beze mnie.

– A z kim? – chciałby wiedzieć Lale.

– Z nikim. Udowodniłeś, że można ci ufać; generał jest pod wielkim wrażeniem. Po prostu dalej rób to, co robisz, a jak cały sztab stąd wyjedzie, to może nawet dostaniesz jakąś nagrodę.

– Przykro mi, że wyjeżdżasz. Lubiłem nasze rozmowy w ciężarówce. Uważaj na siebie; wojna się jeszcze nie skończyła.

Podają sobie ręce.

Kiedy Lale zostaje sam, zamyka drzwi na klucz, zbiera klejnoty z łóżka i wkłada je z powrotem do skarpetki. Z szafy wybiera najbardziej elegancki garnitur i odkłada go na bok. Wyjmuje na stół koszulę i kilka par kalesonów i skarpetek, a pod blatem ustawia parę butów.

•

Następnego ranka Lale bierze kąpiel i wkłada ubrania, które wybrał wcześniej, w tym cztery pary kalesonów i trzy pary skarpetek. Chowa skarpetkę z klejnotami do wewnętrznej kieszeni marynarki. Po raz ostatni rozgląda się po pokoju, po czym idzie do gabinetu ze skrytką. Wyjmuje tyle samo pieniędzy i klejnotów co zawsze, ale kiedy ma już wychodzić, zatrzymuje go księgowy.

– Zaczekaj. Dziś po południu ma przyjechać dwóch bardzo ważnych wojskowych z Moskwy. Załatw najlepsze dziewczyny.

Lale bierze dodatkowe pieniądze i klejnoty.

– Mogę dzisiaj wrócić trochę później niż zwykle. Pójdę też do biblioteki, żeby zapytać, czy mogę wypożyczyć książkę.

– Mamy tutaj świetnie zaopatrzoną bibliotekę.

– Dziękuję, ale tam są zawsze żołnierze i... no cóż, trochę się ich boję. Rozumiesz?

– No dobra, jak tam sobie chcesz.

Lale wchodzi do garażu i wita się z adiutantem, który jest właśnie zajęty myciem samochodu.

– Piękny dzień, Lale. Klucze są w terenówce. Słyszałem, że dzisiaj jedziesz sam.

– Tak, przenieśli Fredricha. Miejmy nadzieję, że nie na front.

Adiutant parska śmiechem.

– To by był niezły pech.

– Już pytałem i mogę dzisiaj wrócić później niż zwykle.

– Wpadła ci tam któraś w oko, co?

– Coś w tym rodzaju. Do zobaczenia później.

– Do zobaczenia.

Lale wsiada do terenówki i odjeżdża, nie oglądając się za siebie. Dociera do wioski i parkuje przy głównej ulicy, zostawia klucze w stacyjce i odchodzi. Przed sklepem zauważa rower. Zabiera go i przez chwilę prowadzi, po czym wskakuje na siodełko i wyjeżdża poza wieś.

Kilka kilometrów dalej zatrzymuje go radziecki patrol. Przepytuje go młody żołnierz.

– A dokąd to się wybieracie?

– Przez trzy lata byłem więźniem Niemców. Jestem ze Słowacji i wracam do domu.

Żołnierz łapie za kierownicę, zmuszając Lalego, żeby zsiadł. Odwróciwszy się do wojskowego na chwilę plecami, Lale otrzymuje solidnego kopniaka w pośladki.

– Spacer dobrze ci zrobi. A teraz spieprzaj stąd.

Lale odchodzi. *Nie warto się wykłócać.*

Nadchodzi wieczór, a on ciągle idzie przed siebie. Widzi światła miasteczka i przyspiesza kroku. Wszędzie jest pełno radzieckich żołnierzy. Choć nie zwracają na niego najmniejszej uwagi, Lale czuje, że powinien iść dalej. Na obrzeżach miasteczka natyka się na dworzec kolejowy. Kieruje się w jego stronę z nadzieją, że znajdzie jakąś ławkę, gdzie będzie się mógł przespać choć kilka godzin. Przy peronie stoi pociąg, ale brak jakichkolwiek oznak życia. Widok pociągu budzi w nim złowrogie skojarzenia, niemniej Lale tłumi strach i idzie wzdłuż wagonów, zaglądając do środka. Przedziały. Przedziały przeznaczone do przewozu ludzi. Jego uwagę przykuwa światło w oknie biura stacji, więc kieruje się w tamtą stronę. W środku na krześle kiwa się drzemiący naczelnik. Co jakiś czas głowa opada mu na pierś. Lale podchodzi do okienka i udaje, że kaszle. Naczelnik budzi się nagle i przysuwa do okna, uchylając je na tyle, żeby można było przez nie rozmawiać.

– Czym mogę służyć?

– Dokąd jedzie ten pociąg?

– Do Bratysławy.

– Mógłbym się nim zabrać ?

– A ma pan czym zapłacić?

Lale wyciąga skarpetkę z marynarki, wyjmuje z niej dwa diamenty i wręcza je naczelnikowi. Kiedy wyciąga rękę, lewy rękaw podwija się, odsłaniając tatuaż na przedramieniu. Naczelnik bierze klejnoty.

– Ostatni wagon, tam nikt panu nie będzie przeszkadzał. Odjazd dopiero o szóstej rano.

Lale patrzy na zegar na peronie. *To za osiem godzin.*

– Mogę poczekać. Jak długo jedzie ten pociąg?

– Około półtorej godziny.

– Dziękuję. Bardzo panu dziękuję.

Po drodze do ostatniego wagonu Lale słyszy wołanie naczelnika, który go dogania i wręcza mu jedzenie i termos.

– To tylko kanapka, żona zrobiła, a kawa jest gorąca i mocna.

Odbierając od niego jedzenie, Lale nie może powstrzymać łez. Kiedy podnosi wzrok, naczelnik odwraca się i idzie w stronę biura, ale Lale widzi, że on też płacze.

– Dziękuję. – Nic więcej nie może wydusić z zaciśniętego gardła.

•

O świcie przekraczają granicę ze Słowacją. Do Lalego podchodzi urzędnik i prosi o dokumenty. Lale podwija rękaw, pokazując jedyny dowód tożsamości, jaki ma: 32407.

– Jestem Słowakiem – mówi.

– Witamy w domu.

28

Bratysława. Lale wysiada z pociągu w mieście, gdzie kiedyś mieszkał i gdzie był szczęśliwy; gdzie jego życie powinno było się toczyć przez ostatnie trzy lata. Błąka się po dzielnicach, które kiedyś świetnie znał. Wiele trudno dziś rozpoznać, pełne są ruin po nalotach. Nie ma tu czego szukać. Musi jakoś wrócić do Krompachów. Podróż do domu będzie daleka: ma do przebycia trzysta osiemdziesiąt kilometrów. Pieszo zajmuje mu to cztery dni; czasem ktoś podwiezie go kawałek na wozie, raz jedzie konno, a raz na przyczepie za ciągnikiem. Płaci, kiedy musi, jedyną walutą, jaką ma: diamentem albo szmaragdem. W końcu dociera do ulicy, na której dorastał, i staje naprzeciwko rodzinnego domu. Po sztachetach dawnego ogrodzenia nie ma śladów, zostały jedynie skręcone słupki. Kwiaty, niegdyś duma i radość jego matki, duszą się pod chwastami, zarośnięte trawą. Ktoś zabił deskami uszkodzone okno.

Z domu naprzeciwko wychodzi starsza kobieta i podbiega do niego.

– Co ty sobie wyobrażasz? Wynocha! – krzyczy, wygrażając mu drewnianą łyżką.

– Przepraszam. Ja tylko... Kiedyś tu mieszkałem.

Staruszka przygląda mu się uważnie i nagle go rozpoznaje.

– Lale? To ty ?

– Tak. Ach, pani Molnar, czy to pani? Wygląda pani...

– Staro. Wiem. O mój Boże, Lale, to naprawdę ty?

Obejmują się. Drżącym głosem jednocześnie zasypują się nawzajem pytaniami, nie słysząc odpowiedzi. W końcu sąsiadka wypuszcza go z objęć.

– Co tak tu stoisz? Dalej, idź do domu.

– To ktoś tam mieszka?

– No przecież, że tak. Twoja siostra! Och... Czy ona wie, że żyjesz?

– Moja siostra? To Goldie żyje?

Lale biegnie na drugą stronę ulicy i głośno puka do drzwi. Z początku nikt mu nie odpowiada, puka więc znowu. Ze środka słyszy:

– Już idę, idę.

Goldie otwiera. Widząc na progu brata, mdleje. Pani Molnar wchodzi za Lalem do środka. Ten podnosi siostrę i kładzie ją na kanapie. Pani Molnar przynosi szklankę wody. Lale podtrzymuje głowę Goldie i czeka, aż otworzy oczy. Kiedy dziewczyna przytomnieje, podaje jej wodę. Goldie łka i rozlewa zawartość szklanki. Pani Molnar wychodzi po cichutku, widząc, że Lale kołysze siostrę w ramionach, a łzy płyną mu po twarzy. Musi minąć sporo czasu, zanim ściśnięte gardło pozwoli mu zadać pytania, na które tak rozpaczliwie szuka odpowiedzi.

Wieści są ponure. Rodziców Lalego zabrano kilka dni po jego wyjeździe. Goldie nie ma pojęcia, dokąd ich wywieziono ani czy jeszcze żyją. Maks poszedł do partyzantki i zginął, walcząc z Niemcami. Żona Maksa i obaj chłopcy też zostali wywiezieni, Goldie nie wie dokąd. Jest tylko jedna dobra wiadomość: Goldie zakochała się w Rosjaninie i wyszła za niego za mąż. Teraz nazywa się Sokołow. Jej mąż wyjechał w interesach i ma wrócić za kilka dni.

Lale podąża za siostrą do kuchni, nie chce tracić jej z oczu ani na chwilę. Patrzy, jak Goldie przygotowuje posiłek. Jedzą razem, a potem rozmawiają do późnej nocy. Goldie nalega, żeby Lale powiedział jej, gdzie się podziewał przez ostatnie trzy lata, jednak mówi jej tylko, że był w obozie pracy w Polsce, a teraz jest w domu.

Następnego dnia zwierza się siostrze i pani Molnar. Opowiada im o miłości do Gity i o tym, że wierzy, że ona żyje.

– Musisz ją znaleźć – mówi Goldie. – Koniecznie musisz jej szukać.

– Nie wiem, gdzie zacząć.

– A skąd ona w ogóle jest? – pyta pani Molnar.

– Nie wiem. Nie chciała mi powiedzieć.

– Zaraz, chyba nie rozumiem. Znasz ją od trzech lat i przez cały ten czas nic nie powiedziała o tym, skąd pochodzi? – Goldie nie może uwierzyć.

– Nic. Miała mi wszystko powiedzieć, kiedy wyjdziemy z obozu, ale wypadki potoczyły się zbyt szybko. Wszystko, co mam, to jej nazwisko: Furman.

– To już coś jest, chociaż nadal niewiele – mówi ostro siostra.

– Ale wielu ludzi wraca już z obozów do domu – dodaje pani Molnar. – Wszyscy przyjeżdżają do Bratysławy. Może ona też tam będzie.

– Jeśli mam wrócić do Bratysławy, będę potrzebował transportu.

– No to co ty tu jeszcze robisz? – Goldie się uśmiecha.

W mieście Lale zaczepia każdego, kto ma konia, rower, samochód czy ciężarówkę, i pyta, czy może odkupić pojazd. Wszyscy odmawiają.

Kiedy powoli ogarnia go rozpacz, podjeżdża starszy mężczyzna na furmance. Lale staje przed ciągnącym ją koniem, zmuszając mężczyznę do zatrzymania.

– Kupię tego konia razem z wozem – mówi.

– A ile za niego dasz?

Lale wyciąga z kieszeni kilka klejnotów.

– Są prawdziwe. I warte dużo pieniędzy.

Starzec sprawdza kamienie.

– Pod jednym warunkiem – oświadcza.

– Jakim? Zgodzę się na wszystko.

– Najpierw musisz mnie zawieźć do domu.

Lale spełnia jego wymaganie, a niewiele później zajeżdża pod dom siostry i dumnie prezentuje swój nowy pojazd.

– Nie mam dla niego nic do jedzenia! – woła Goldie.

Lale pokazuje jej wysoką trawę.

– Warto by skosić podwórko.

Koń spędził wieczór uwiązany przed domem, a pani Molnar i Goldie postanowiły przygotować dla Lalego jedzenie na podróż. Lalemu jest przykro, że dopiero wrócił do domu, a już musi wyjechać, ale kobiety nawet nie chcą słyszeć o zmianie planów.

– Nie waż się wracać bez Gity – żegna go Goldie, a Lale wspina się na furmankę i niemal zaraz z niej spada, kiedy koń się płoszy. Ogląda się za siebie i widzi dwie kobiety pod rodzinnym domem, objęte, uśmiechnięte, machające mu na pożegnanie.

•

Przez trzy dni i trzy noce Lale i jego nowy towarzysz podróżują przez zrujnowane drogi i zbombardowane miasteczka. Przejeżdżają przez potoki, gdzie straszą zniszczone mosty. Po drodze podwożą różnych ludzi. Lale oszczędnie korzysta z zapasów jedzenia. Czuje głęboki smutek na myśl o rozproszonej rodzinie. Jednocześnie tęskni za Gitą, a to daje mu poczucie celu i siłę, żeby jechać dalej. Musi ją odnaleźć. Obiecał jej przecież.

Po dotarciu do Bratysławy natychmiast jedzie na dworzec kolejowy. Wszystkich pyta: „Czy to prawda, że ocaleni z obozów koncentracyjnych wracają do domu?". Ktoś potwierdza i wręcza mu rozkład jazdy pociągów. Nie mając pojęcia, gdzie Gita mogła wylądować – nie wie nawet, w którym kraju – postanawia czekać na przyjazd każdego pociągu. Zastanawia się, czy nie rozejrzeć się za jakimś noclegiem, ale dziwny człowiek i jego koń nie stanowią szczególnie atrakcyjnych lokatorów, więc śpi na wozie, na każdym skrawku przestrzeni, jaki uda mu się znaleźć, tak długo, jak koń je trawę lub dopóki ktoś nie każe im się wynosić. Często myśli o przyjaciołach z obozu cygańskiego, o historiach, które opowiadali mu o swoim życiu. Zbliża się koniec lata. Deszcz pada niemal codziennie, ale to go nie zniechęca.

Przez dwa tygodnie Lale kręci się po dworcu kolejowym za każdym razem, kiedy przyjeżdża nowy pociąg. Chodzi wzdłuż peronu, zagadując każdą kobietę: „Była pani w Birkenau?". Kilka razy słyszy potwierdzenie, wtedy pyta: „Czy zna pani Gitę Furman? Była na Bloku 29". Nikt jej nie zna.

Pewnego dnia kolejarz pyta go, czy zgłosił Gitę w Czerwonym Krzyżu, który zbiera nazwiska zaginionych i tych, którzy wrócili i szukają bliskich. Nie mając nic do stracenia, Lale idzie do centrum miasta i kieruje się pod adres, który mu podano.

•

Gita idzie główną ulicą w towarzystwie dwóch koleżanek, kiedy nagle zauważa konia ciągnącego rozklekotaną furmankę. Lejce trzyma młody mężczyzna.

Dziewczyna wychodzi na drogę.

Czas staje w miejscu, kiedy koń zatrzymuje się przed młodą kobietą.

Lale zsiada z furmanki.

Gita robi krok w jego stronę. Lale stoi jak sparaliżowany. Dziewczyna robi kolejny krok.

– Witaj – mówi.

Lale pada na kolana. Gita odwraca się do przyjaciółek, które patrzą na wszystko w zdumieniu.

– Czy to jest...? – pyta niepewnie jedna.

– Tak – mówi Gita. – To on.

Lale najwyraźniej wrósł w ziemię i nie może się ruszyć, więc Gita podchodzi do niego. Uklęknąwszy przed nim, mówi:

– Na wypadek gdybyś mnie nie usłyszał, kiedy wychodziliśmy z Birkenau – kocham cię.

– Wyjdziesz za mnie? – pyta Lale.

– Tak.

– A uczynisz mnie najszczęśliwszym człowiekiem na świecie?

– Tak.

Lale bierze Gitę w ramiona i całuje. Jedna z jej przyjaciółek podchodzi i zabiera konia. Po chwili Gita oplata Lalego ramionami w pasie i kładzie mu głowę na ramieniu. Razem odchodzą, wtapiając się w tłum na ulicy – znikają wśród innych młodych par w mieście zniszczonym przez wojnę.

EPILOG

Lale zmienił nazwisko na Sokołow, rosyjskie nazwisko męża swojej siostry, ponieważ powodowało mniej problemów niż Eisenberg na kontrolowanej przez Sowietów Słowacji. W październiku 1945 roku wziął ślub z Gitą i zamieszkał z nią w Bratysławie. Zaczął importować tkaniny wysokiej jakości – len, jedwab, bawełnę – z całej Europy i Azji. Sprzedawał je fabrykantom, którzy desperacko próbowali odbudować i odziać zniszczony kraj. Według jego słów należąca do niego firma była jedynym przedsiębiorstwem, które nie zostało natychmiast znacjonalizowane przez komunistyczne władze po przejęciu Czechosłowacji przez Związek Radziecki. To on przecież dostarczał tkaniny, których partyjna nomenklatura potrzebowała na osobisty użytek.

Interesy szły świetnie; Lale przyjął partnera i zyski wzrosły jeszcze bardziej. Znowu zaczął nosić stylowe ubrania. Razem z Gitą jadali w najlepszych restauracjach i wyjeżdżali na wczasy do kurortów w Związku Radzieckim. Oboje popierali ruch na rzecz utworzenia państwa żydowskiego w Izraelu. Szczególnie mocno zaangażowana była Gita, która pozyskiwała pieniądze od zamożnych obywateli, a potem organizowała transfer tych środków z kraju. Kiedy małżeństwo partnera biznesowego Lalego zakończyło się rozwodem, jego była żona doniosła władzom o działalności Lalego i Gity. 20 kwietnia 1948 roku Lale został aresztowany i oskarżony o „wywóz biżuterii i innych kosztowności z Czechosłowacji". Jak stwierdzono w nakazie aresztowania: „W rezultacie Czechosłowacja poniosłaby niewyobrażalne straty gospodarcze, a Sokołow uzyskałby za swoje bezprawne i rabunkowe działania znaczne korzyści pieniężne lub majątkowe". Lale co prawda wywoził biżuterię i pieniądze, lecz nie czerpał z tego żadnych zysków. W rzeczywistości to on wydawał pieniądze.

Dwa dni później jego firma została znacjonalizowana, a on sam skazany na dwa lata więzienia w Ilavie, znanej po wojnie jako miejsce osadzenia więźniów politycznych i Niemców. Lale i Gita byli na tyle przewidujący, że ukryli część swojego majątku. Dzięki kontaktom w samorządzie lokalnym i sądach Gicie udało się przekupić urzędników. Pewnego dnia Lalego odwiedził w więzieniu ksiądz katolicki. Po jakimś czasie duchowny poprosił strażników, żeby wyszli z celi, bo chciał wysłuchać spowiedzi Lalego. Kiedy zostali sami, powiedział Lalemu, żeby zaczął symulować chorobę psychiczną. Gdyby mu się udało, władze musiałyby sprowadzić do niego psychiatrę. Wkrótce Lale spotkał się z psychiatrą, który powiedział mu, że załatwi mu przepustkę na kilka dni, żeby mógł się zobaczyć z bliskimi, zanim „oszaleje do reszty i będzie za późno".

Tydzień później Lale został przewieziony do mieszkania, w którym żył z Gitą. Powiedziano mu, że za dwa dni strażnicy po niego wrócą i zawiozą go z powrotem do więzienia, gdzie odsiedzi resztę wyroku. Tej nocy z pomocą przyjaciół Lale i Gita wymknęli się tylnym wyjściem z walizką i obrazem, którego Gita nie chciała zostawić. Malowidło przedstawiało Cygankę. Zabrali też sporą sumę pieniędzy, które mieli przekazać łącznikowi w Wiedniu, a które miały trafić do Izraela. Potem ukryli się za fałszywą ścianą ciężarówki wiozącej towar z Bratysławy do Austrii.

O określonej godzinie w ustalonym dniu stawili się na peronie stacji kolejowej w Wiedniu, szukając łącznika, którego nigdy wcześniej nie widzieli. Według relacji Lalego przypominało to scenę z powieści le Carrégo. Zagadywali kilku mężczyzn ustalonym hasłem, aż ostatecznie jeden z nich udzielił właściwej odpowiedzi. Lale wręczył mu teczkę z pieniędzmi, a on natychmiast zniknął.

Z Wiednia wyjechali do Paryża, gdzie wynajmowali mieszkanie i przez kilka miesięcy odwiedzali kawiarnie i bary we wracającym do swojej tradycji mieście. W kabarecie widzieli występ Josephine Baker, fenomenalnej amerykańskiej piosenkarki i tancerki. Wywarła na Lalem ogromne wrażenie – opisując ją po latach, stwierdził, że miała „nogi aż po samą szyję".

Jako obywatele obcego państwa Lale i Gita nie mogli jednak znaleźć żadnej pracy, postanowili więc opuścić Francję. Chcieli wyjechać jak najdalej od Europy. Kupili fałszywe paszporty i wyruszyli do Sydney, gdzie dotarli 29 lipca 1949 roku.

Na statku zaprzyjaźnili się z małżeństwem, które opowiedziało im o krewnych w Melbourne. To wystarczyło, aby przekonać Lalego i Gitę do osiedlenia się w tym mieście. Lale po raz kolejny zajął się handlem tekstyliami. Kupił mały magazyn i zaczął zaopatrywać się w tkaniny do sprzedaży na rynku lokalnym i zagranicznym. Gita zdecydowała, że również chce się zaangażować w prowadzenie firmy, zapisała się więc na kurs projektowania ubioru. Następnie zaczęła projektować odzież damską, dzięki czemu przedsiębiorstwo zyskało nowy obszar działalności.

Przez długie lata ich największym pragnieniem było posiadanie dziecka, ale wyglądało na to, że nie będzie im to dane. Ostatecznie porzucili nadzieję. Niespodziewanie jednak, ku ich wielkiemu zaskoczeniu i radości, Gita zaszła w ciążę. Ich jedyny syn Gary urodził się w 1961 roku, gdy Gita miała 36 lat, a Lale 44. Mieli wszystko, czego pragnęli: dziecko, przyjaciół, powodzenie w interesach i święta na

Złotym Wybrzeżu, a przede wszystkim miłość, której nawet największe cierpienia nie zdołały złamać.

Obraz cygańskiej kobiety przywieziony przez Gitę ze Słowacji nadal wisi w domu Gary'ego.

2

POSTSCRIPTUM

Siedzę w salonie starszego mężczyzny. Nie znam go jeszcze zbyt dobrze, ale już zdążyłam zapoznać się z jego psami, Tootsie i Bam Bamem – jeden jest wielkości kucyka, drugi mniejszy niż mój kot. Szczęśliwie udało mi się zdobyć ich względy, a teraz śpią.

Odwracam wzrok. Muszę mu o tym powiedzieć.

– Pan wie, że nie jestem Żydówką?

Od mojego przyjścia minęła godzina. Siedzący naprzeciwko mnie starszy mężczyzna prycha ze zniecierpliwieniem, ale bez wrogości. Odwraca głowę i splata palce dłoni. Siedzi ze skrzyżowanymi nogami, a zawieszona w powietrzu stopa podskakuje bezgłośnie. Spogląda w stronę okna i otwartej przestrzeni.

– Tak – mówi w końcu, zwracając się do mnie z uśmiechem. – Właśnie dlatego cię wybrałem.

Odprężam się trochę. Może jednak trafiłam pod właściwy adres.

– No więc – mówi, jakby zaczynał dowcip – powiedz mi, co wiesz o Żydach.

Usiłuję sobie przypomnieć cokolwiek, ale przychodzi mi do głowy tylko siedmioramienny świecznik.

– Znasz jakichś Żydów?

Kojarzę jedną osobę.

– Pracuję z taką dziewczyną, ma na imię Bella. Chyba jest Żydówką.

Spodziewam się dezaprobaty, ale mój rozmówca reaguje entuzjazmem.

– Bardzo dobrze! – oświadcza.

Zdałam kolejny test.

Następnie pojawia się pierwsza instrukcja.

– Nie możesz niczego zakładać z góry. – Przerywa, jakby szukał odpowiednich słów. – Nie chcę, żeby jakiekolwiek osobiste kwestie zaważyły na mojej opowieści.

Wiercę się w miejscu niepewnie.

– Z tym może być pewien problem.

Pochyla się do przodu, na moment traci równowagę, podpiera się ręką o blat stołu. Mebel jest niestabilny, krótsza noga uderza o podłogę z głośnym stuknięciem. Hałas budzi psy.

Przełykam ślinę.

– Nazwisko panieńskie mojej matki brzmiało Schwartfeger. Jej rodzina pochodziła z Niemiec.

Mężczyzna odpręża się.

– Wszyscy skądś pochodzimy – mówi.

– Tak, ale ja jestem rodowitą Nowozelandką. Rodzina mojej matki mieszka w Nowej Zelandii od ponad stu lat.

– Imigranci.

– Tak.

Uspokojony, rozsiada się z powrotem wygodnie.

– Jak szybko możesz pisać? – pyta.

Pytanie mnie zaskakuje. Co konkretnie chciał wiedzieć?

– To zależy od tego, co piszę.

– Musisz pracować szybko. Mam niewiele czasu.

Panikuję. Celowo nie zabrałam dyktafonu ani notatnika na pierwsze spotkanie. Poproszono mnie, żebym wysłuchała historii jego życia i rozważyła jej spisanie. Na razie chciałam po prostu wysłuchać, co miał do opowiedzenia.

– Niewiele, czyli ile? – pytam go.

– Bardzo mało.

Jestem zdezorientowana.

– Pan się gdzieś niedługo wybiera?

– Tak – mówi, a jego oczy wędrują znowu w stronę otwartego okna. – Muszę się spotkać z Gitą.

•

Nigdy nie spotkałam Gity. To jej śmierć i tęsknota za nią skłoniły Lalego, żeby opowiedzieć tę historię. Chciał się nią podzielić, żeby – jak powiedział – „nigdy więcej się to już nie wydarzyło".

Po pierwszym spotkaniu odwiedzałam Lalego dwa albo trzy razy w tygodniu. Rozplątanie wszystkich wątków jego opowieści zabrało nam trzy lata. Musiałam zdobyć jego zaufanie, a sporo czasu minęło, zanim był gotów rozmawiać o najtrudniejszych sprawach. Staliśmy się przyjaciółmi – nie, więcej niż przyjaciółmi: nasze losy splotły się na zawsze, kiedy zrzucał przy mnie ciężar winy, którą nosił na własnych barkach przez ponad pół wieku, i obawę, że ktoś uzna jego i Gitę za nazistowskich kolaborantów. Przejęłam od niego część tego ciężaru, siedząc z nim przy kuchennym stole, słuchając jego łamiącego się głosu, patrząc na niego, na jego drżące dłonie, na oczy, które sześćdziesiąt lat po najstraszliwszych wydarzeniach w historii ludzkości nadal zachodziły łzami.

Opowiadał swoją historię wyrywkowo, czasem powoli, a czasem wyrzucając z siebie słowa z prędkością karabinu maszynowego, przeskakując między licznymi, niepowiązanymi ze sobą epizodami. Ale to nie miało znaczenia. Siedziałam z nim i jego dwoma psami i słuchałam zafascynowana, choć dla obcych uszu jego opowieść mogła brzmieć jak chaotyczna paplanina starego człowieka. Czy to przez jego uroczy wschodnioeuropejski akcent? Jego zawadiacki urok? A może sprawiła to skomplikowana historia, którą powoli zaczynałam rozumieć? Właściwie wszystko to było prawdą, ale tkwiło w tym coś jeszcze, coś więcej.

Spisując koleje losów Lalego, skupiłam się na tym, jak pamięć i historia czasami idą ramię w ramię, a czasem biegną odrębnymi torami. Nie chciałam kolejnej lekcji historii, zależało mi raczej na tym, żeby była to wyjątkowa lekcja człowieczeństwa. Wspomnienia Lalego były niezwykle klarowne i precyzyjne. Poszukałam informacji na własną rękę i zgadzały się osoby, daty i miejsca. Czy znalazłam w tym pocieszenie? Znajomość z człowiekiem, który osobiście doświadczył takich potworności, sprawiła, że wszystko, o czym czytałam, stało się jeszcze bardziej przerażające. W przypadku tego starego, pięknego człowieka pamięć i historia kroczyły razem w doskonałej harmonii.

Tatuażysta z Auschwitz to opowieść o dwójce zwykłych ludzi, którym przyszło żyć w szczególnych czasach; których ograbiono nie tylko z wolności, lecz także z godności, imion i nazwisk oraz tożsamości. To świadectwo Lalego o tym, co musieli zrobić, by przeżyć. Lale żył zgodnie z mottem: „Jeśli budzisz się rano, to znaczy, że jest dobry dzień". W dniu jego pogrzebu obudziłam się rano, wiedząc, że dla mnie dzień nie będzie dobry, ale dla niego jak najbardziej. Był już z Gitą.

DODATKOWE INFORMACJE

Lale urodził się jako Ludwig Eisenberg 28 października 1916 roku w miejscowości Krompachy na Słowacji. 23 kwietnia 1942 roku został przewieziony do Auschwitz, gdzie wytatuowano mu numer 32407.

Gita urodziła się jako Gisela Fuhrmannova (Furman) 11 marca 1925 roku w miejscowości Vranov nad Topl'ou na Słowacji. 3 kwietnia 1942 roku została wywieziona do Auschwitz, gdzie wytatuowano jej na przedramieniu obozowy numer. W relacji dla Archiwum Historii Wizualnej Instytutu Fundacji Shoah Gita podaje numer 4562, jednak Lale zapamiętał inny – 34902, dlatego też właśnie w takiej wersji pojawia się w pierwszym wydaniu książki.

Rodzice Lalego, Jozef i Serena Eisenbergowie, zostali wywiezieni do Auschwitz 26 marca 1942 roku (kiedy Lale był jeszcze w Pradze). Badania wykazały, że zostali zamordowani natychmiast po przybyciu. Lale nigdy się o tym nie dowiedział. Odkryto to dopiero po jego śmierci.

Od 16 czerwca do 10 lipca 1944 roku Lalego więziono w Strafkompanie, gdzie był torturowany przez Jakuba.

Sąsiadka Gity, pani Goldstein, ocalała i wróciła do domu do Vranova nad Topl'ou.

Kiedy Gita była chora, Lale zdobył dla niej lekarstwo – prekursor penicyliny. W swojej relacji Gita używa nazwy „prontosil" – był to środek bakteriobójczy, prolek z grupy sulfonamidów. Został odkryty w 1932 roku i był powszechnie wykorzystywany w połowie XX wieku.

Cilkę oskarżono o kolaborację z hitlerowcami i skazano na ciężkie roboty na Syberii. Po odbyciu kary wróciła do Bratysławy. Z Gitą spotkała się tylko raz, w połowie lat siedemdziesiątych, kiedy ta odwiedzała braci.

W 1961 roku Stefan Baretzki został postawiony przed sądem we Frankfurcie i skazany na karę dożywotniego więzienia za zbrodnie wojenne. 21 czerwca 1988 roku popełnił samobójstwo w szpitalu Konitzky-Sift w niemieckim Bad Nauheim.

Gita zmarła 3 października 2003 roku.

Lale zmarł 31 października 2006 roku.

POSŁOWIE

Kiedy poproszono mnie o napisanie kilku słów do książki, zacząłem się obawiać, że mogę nie sprostać temu zadaniu. Wspomnienia wciąż mnie przytłaczały i nie wiedziałem, jak się do tego zabrać.

Czy mam pisać o jedzeniu stanowiącym jedną z najważniejszych kwestii dla obojga moich rodziców, ale przede wszystkim mojej matki, która szczyciła się lodówką wypełnioną sznyclami z kurczaka, wędlinami i niezliczonymi ciastami i owocami? Pamiętam, jaka była nieszczęśliwa, kiedy w XI klasie przeszedłem na restrykcyjną dietę. Na piątkową kolację zaserwowała mi trzy tradycyjne sznycle i nigdy nie zapomnę wyrazu jej twarzy, kiedy dwa z nich odłożyłem z powrotem na tacę. „Coś jest nie tak? Moja kuchnia już ci nie smakuje?" Bardzo trudno było jej zrozumieć, że nie mogłem już zjeść tyle co kiedyś. Z kolei kiedy odwiedził mnie przyjaciel i zaraz po przywitaniu się poszedł prosto do lodówki, sprawiło jej to ogromną radość. Nasz dom był zawsze otwarty dla wszystkich.

Zarówno Mama, jak i Tata bardzo wspierali wszelkie moje hobby i zainteresowania, do tego chętnie sami mnie wprowadzali we wszystko – jazdę na nartach, podróże, jazdę konną, parasailing i inne. Czuli, że obrabowano ich z ich własnej młodości, i nie chcieli, żeby mnie cokolwiek ominęło.

Mieliśmy cudowne życie rodzinne. Rodzice darzyli się nawzajem absolutnym i bezwarunkowym oddaniem. Kiedy kolejni ich przyjaciele się rozwodzili, zapytałem matkę, jak to możliwe, że oni przeżyli razem tyle lat. Jej odpowiedź była bardzo prosta: „Nikt nie jest doskonały. Twój ojciec zawsze się o mnie troszczył od pierwszego dnia w Birkenau. Wiem, że nie jest doskonały, ale wiem również, że dla niego zawsze będę na pierwszym miejscu". Nasz dom był zawsze pełen miłości i czułości, zwłaszcza dla mnie. Dzięki temu, że patrzyłem, jak po pięćdziesięciu latach małżeństwa nadal się przytulają, trzymają za ręce i całują, sam jestem dziś czułym, kochającym i troskliwym mężem i ojcem.

Moi rodzice uważali, że powinienem wiedzieć, przez co przeszli. Miałem trzynaście lat, kiedy w telewizji pokazywano serial *Historia II wojny światowej*; co tydzień miałem oglądać każdy odcinek, ale oni wtedy wychodzili z pokoju. Dla nich było to zbyt trudne. Pamiętam, że kiedy pokazywano nagrania z obozów, wśród ludzi na ekranie szukałem moich rodziców. Do dziś mam w pamięci tamte sceny.

Ojciec potrafił opowiadać o przejściach w obozie, ale tylko na żydowskich festiwalach. On i inni mężczyźni siedzieli wtedy przy stole i rozmawiali o swoich przeżyciach – słuchałem wszystkiego z zapartym tchem. Mama natomiast niewiele mówiła. Tylko raz powiedziała mi, że w obozie, gdy była bardzo chora, przyszła do niej we śnie matka i powiedziała: „Wydobrzejesz. Wyjedziesz daleko stąd i urodzisz syna".

Postaram się opisać, jak te lata wpłynęły na nich oboje. Kiedy miałem szesnaście lat, ojciec musiał zamknąć firmę. Pamiętam, że wróciłem do domu i zobaczyłem, że nasz samochód jest odholowywany, a przed domem ktoś stawia ogłoszenie o licytacji. W środku Mama pakowała nasze rzeczy. Śpiewała. „Jak to", pomyślałem wtedy, „właśnie stracili wszystko, a Mama śpiewa?" Posadziła mnie wówczas i powiedziała, co się dzieje, a ja zapytałam: „Jak możesz tak po prostu pakować się ze śpiewem na ustach?". Uśmiechając się szeroko, odpowiedziała, że kiedy człowiek przez całe lata nie wie, czy za pięć minut nie zginie, to niewiele rzeczy może go wyprowadzić z równowagi. Powiedziała: „Dopóki żyjemy i jesteśmy zdrowi, wszystko samo się ułoży".

Mieli swoje przyzwyczajenia. Przechadzaliśmy się ulicą, a Mama schylała się i zrywała z ziemi cztero- lub pięciolistną koniczynę, bo kiedy znalazło się taką w obozie, można ją było dać niemieckim żołnierzom, którzy wierzyli, że przynosi szczęście; w ten sposób można było dostać dodatkową porcję zupy i chleba. U Taty był to instynkt przetrwania i stłumione emocje, do tego stopnia, że nawet gdy jego siostra zmarła, nie uronił ani jednej łzy. Kiedy zapytałem go o to, powiedział, że po tym, jak napatrzył się na śmierć na tak wielką skalę przez tyle lat, po tym, jak stracił rodziców i brata, stwierdził, że nie umie płakać – przynajmniej do dnia, kiedy umarła Mama. Wtedy po raz pierwszy widziałem, jak płacze.

Pamiętam przede wszystkim ciepły rodzinny dom, miejsce przepełnione miłością, uśmiechem, czułością, jedzeniem i sarkastycznym humorem ojca. Miałem szczęście dorastać w naprawdę niezwykłym otoczeniu i zawsze będę wdzięczny rodzicom za to, jak mnie nauczyli żyć.

PODZIĘKOWANIA

Przez dwanaście lat historia Lalego istniała jako scenariusz. Zawsze widziałam ją na ekranie, obojętnie, wielkim czy małym. Ostatecznie jednak przybrała postać powieści, a mnie pozostaje podziękować tym wszystkim, którzy wraz ze mną wyruszyli w tę podróż lub dołączyli do mnie później, a także tym, którzy towarzyszyli mi w niej od początku do samego końca. Oto oni:

Gary Sokolov – zawsze będę ci wdzięczna za to, że przedstawiłeś mi swojego ojca i wspierałeś mnie bezwarunkowo, kiedy spisywałam niezwykłą historię twoich rodziców. Ani na chwilę nie pozwoliłeś mi zwątpić w powodzenie tego przedsięwzięcia.

Glenda Bawden – moja szefowa od ponad dwudziestu lat, która przymykała oko, kiedy wychodziłam z pracy, żeby spotkać się z Lalem lub innymi, którzy pomagali mi w pisaniu scenariusza, a także moi koledzy i koleżanki z Oddziału Opieki Społecznej Centrum Medycznego Monash.

David Redman, Shana Levine, Dean Murphy, Ralph Moser z Instinct Entertainment, bo to z nimi się najczęściej spotykałam, kiedy wymykałam się z pracy. Dziękuję wam za pasję i zaangażowanie w ten projekt.

Lisa Savage i Fabian Delussu – jestem pełna podziwu dla waszych talentów detektywistycznych, dzięki którym udało się ustalić niezbędne fakty i upewnić, że historia i pamięć pozostają w idealnej harmonii. Bardzo wam dziękuję.

Organizacja Film Victoria, której dziękuję za finansowe wsparcie prac nad oryginalną scenariuszową wersją opowieści Lalego.

Lotte Weiss, Ocalała, której pragnę podziękować za okazane mi wsparcie i podzielenie się ze mną wspomnieniami o Lalem i Gicie.

Shaun Miller – mój prawnik, który jak mało kto zna się na umowach. Dzięki.

Wszyscy, którzy udzielili mi wsparcia za pośrednictwem portalu Kickstarter. Dziękuję bardzo za to, że jako pierwsi poparliście pomysł, by wydać tę historię jako powieść. Jestem wam za to ogromnie wdzięczna. Oto lista osób i organizacji, które mnie wsparły: Bella Zefira, Thomas Rice, Liz Attrill, Bruce Williamson, Evan Hammond, David Codron, Natalie Wester, Angela Meyer, Suzie Squire, George Vlamakis, Ahren Morris, Ilana Hornung, Michelle Tweedale, Lydia Regan, Daniel Vanderlinde, Azure-Dea Hammond, Stephanie Chen, Snowgum Films, Kathie

Fong Yoneda, Rene Barten, Jared Morris, Gloria Winstone, Simon Altman, Greg Deacon, Steve Morris, Suzie Eisfelder, Tristan Nieto, Yvonne Durbridge, Aaron K., Lizzie Huxley-Jones, Kerry Hughes, Marcy Downes, Jen Sumner, Chany Klein oraz Chris Key.

Ta książka i wszystko, co się z nią wiąże, nie miałaby szans zaistnieć, gdyby nie wsparcie niesamowitej, wspaniałej, utalentowanej Angeli Meyer, redaktor wydawnictwa Echo, działającego pod egidą Bonnier Publishing Australia. Mam wobec ciebie ogromny dług wdzięczności i czuję, że – podobnie jak Lale – jesteś ze mną przez cały czas. Podeszłaś do tej historii z pasją i entuzjazmem. Płakałaś i śmiałaś się ze mną, słuchając kolejnych epizodów opowieści. Widziałam, że potrafisz wczuć się w to, co przeżywali Lale i Gita, rozumiałaś ich ból i miłość, i zainspirowałaś mnie do pisania najlepiej, jak potrafię. Zwykłe „dziękuję" to za mało, żeby wyrazić, co czuję, ale i tak ci dziękuję.

Angela nie była jedyną osobą w Echo, która przyczyniła się do powstania tej książki. Oto pozostali członkowie zespołu, którym również jestem winna podziękowania: Kay Scarlett i Sandy Cull za niesamowity projekt okładki, oraz Shaunowi Jury'emu za skład, Nedowi Pennantowi-Rae i Talyi Baker za znakomitą redakcję oraz Anie Vucic za korektę. Cath Ferla i Kate Goldsworthy zapewniły mi opiekę redakcyjną, a Clive Hebard zarządzał końcowymi etapami procesu wydawniczego. Bardzo wam wszystkim dziękuję.

W Zaffre, londyńskim oddziale grupy wydawniczej Bonnier, działa zespół, na czele którego stoi Kate Parkin. To ona niezmordowanie zabiegała o to, żeby moja powieść dotarła do wszystkich zakątków świata. Dziękuję, Kate. Dziękuję też Markowi Smithowi i Ruth Logan, a także Richardowi Johnsonowi i Julianowi Shawowi z wydawnictwa Bonnier za to, że dostrzegli wartość tej opowieści.

Mojemu bratu Ianowi Williamsonowi i szwagierce Peggi Shea dziękuję za to, że w środku zimy oddali mi na miesiąc do dyspozycji swój dom w Big Bear w Kalifornii, gdzie mogłam napisać pierwszy szkic historii. To dzięki wam, parafrazując Sir Edmunda Hillary'ego, „W końcu załatwiłam skurczybyka".

Szczególne podziękowania należą się też mojemu zięciowi Evanowi i szwagierce Peggi za niewielką, ale istotną rolę, jaką każde z was odegrało, kiedy podjęłam decyzję, żeby zaadaptować scenariusz na powieść. Sami najlepiej wiecie, co zrobiliście!

Dziękuję braciom Johnowi, Bruce'owi i Stuartowi, którzy wspierali mnie bezwarunkowo i przypominali, że Mama i Tata byliby bardzo dumni.

Brak mi słów, by wyrazić, jak ważne dla mnie są moje dwie najbliższe przyjaciółki, Kathie Fong-Yoneda i Pamela Wallace, dzięki których miłości i wsparciu mogłam w końcu opowiedzieć tę historię.

Mojemu serdecznemu przyjacielowi Harry'emu Bluststeinowi dziękuję za okazywane mi przez wiele lat zainteresowanie i wskazówki. Mam nadzieję, że udało mi się wcielić twoje porady w życie i że jesteś ze mnie dumny.

Dziękuję także Muzeum Holokaustu w Melbourne, gdzie Lale kilkakrotnie mnie zabrał i oprowadził. To ta instytucja otworzyła mi oczy na doświadczenia, jakie były udziałem Lalego i Gity.

Moi synowie, Ahren i Jared, zaprosili Lalego do naszego życia rodzinnego i zawsze traktowali go z miłością i szacunkiem – im także jestem ogromnie wdzięczna.

Moja córka Azure-Dea. Kiedy Lale cię poznał, miałaś osiemnaście lat, czyli dokładnie tyle, ile Gita podczas ich pierwszego spotkania. Powiedział mi, że pierwszego dnia odrobinę się w tobie zakochał. Przez kolejne trzy lata za każdym razem, kiedy się spotykaliśmy, zaczynał od pytania „Jak się miewacie, ty i twoja piękna córka?". Dziękuję za to, że pozwalałaś mu trochę z tobą poflirtować, i za to, że dzięki tobie się uśmiechał.

Dziękuję też partnerom moich dzieci – Bronwyn, Rebecce i Evanowi.

Steve, od ponad czterdziestu lat mój ukochany mąż. Pamiętam, że kiedyś zapytałeś mnie, czy powinieneś być zazdrosny o Lalego, ponieważ spędzałam z nim tyle czasu. Otóż tak i nie. Byłeś przy mnie, gdy wracałam do domu przygnębiona porażającą opowieścią Lalego. Otworzyłeś przed nim nasz dom i zaprosiłeś go do naszej rodziny, zawsze traktując go z szacunkiem. Wiem, że zawsze będziesz u mojego boku, do końca podróży.

NORWEGIA
SZWECJA
DANIA
MORZE BAŁTYCKIE
PRUSY
PRUSY WSCHODNIE
Łaba
BERLIN
Wisła
POZNAŃ
Odra
HANOWER
HOLANDIA
WARSZAWA
Ren
LUBLIN
RZESZA NIEMIECKA
GENERALNA GUBERNIA
BELGIA
FRANKFURT
PRAGA
BIRKENAU
AUSCHWITZ
NORYMBERGA
CZECHY I MORAWY
PARYŻ
KROMPACHY
VRANOV NAD TOPĽOU
STRASBURG
Dunaj
MONACHIUM
WIEDEŃ
MAUTHAUSEN
BRATYSŁAWA
SAURER-WERKE
SALZBURG
BUDAPESZT
FRANCJA
SZWAJCARIA
WĘGRY
RUMUNIA
WŁOCHY
JUGOSŁAWIA
ALBANIA
EUROPA ŚRODKOWA 1942-1945

Birkenau/Auschwitz II, 1944

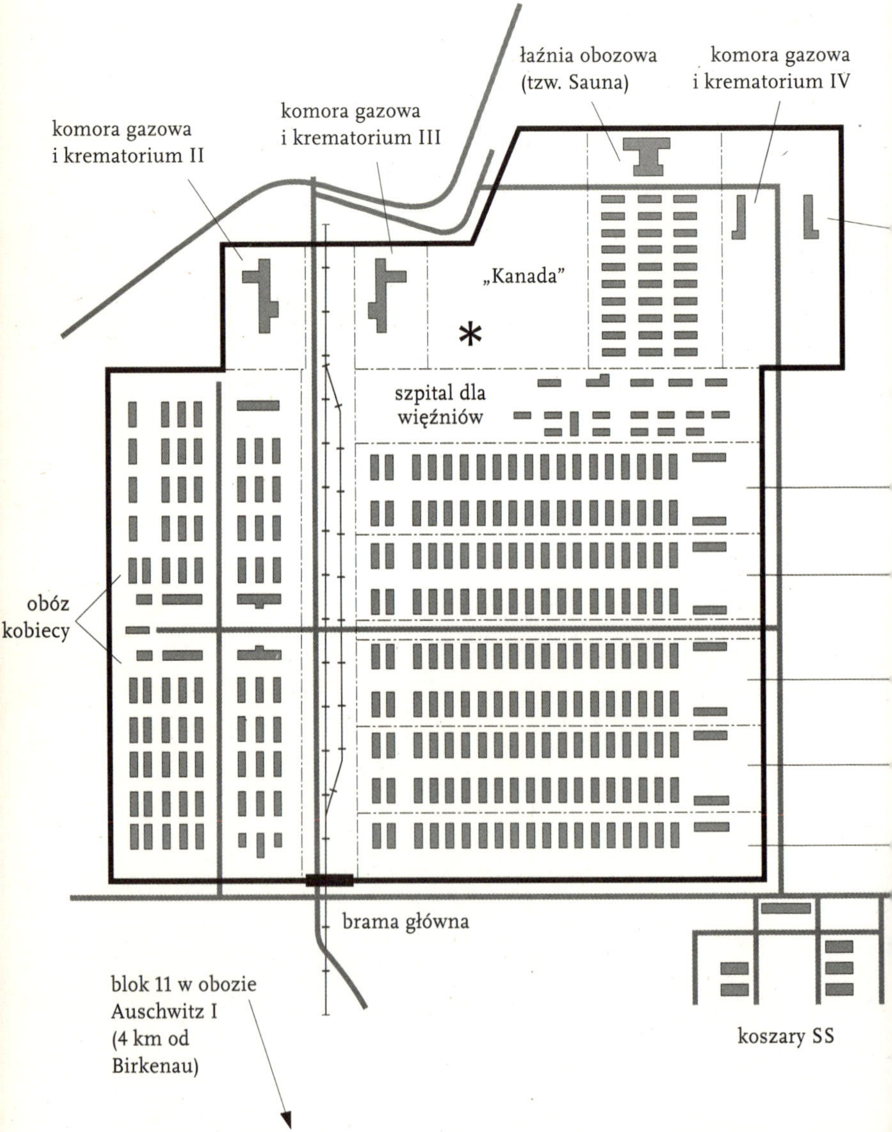

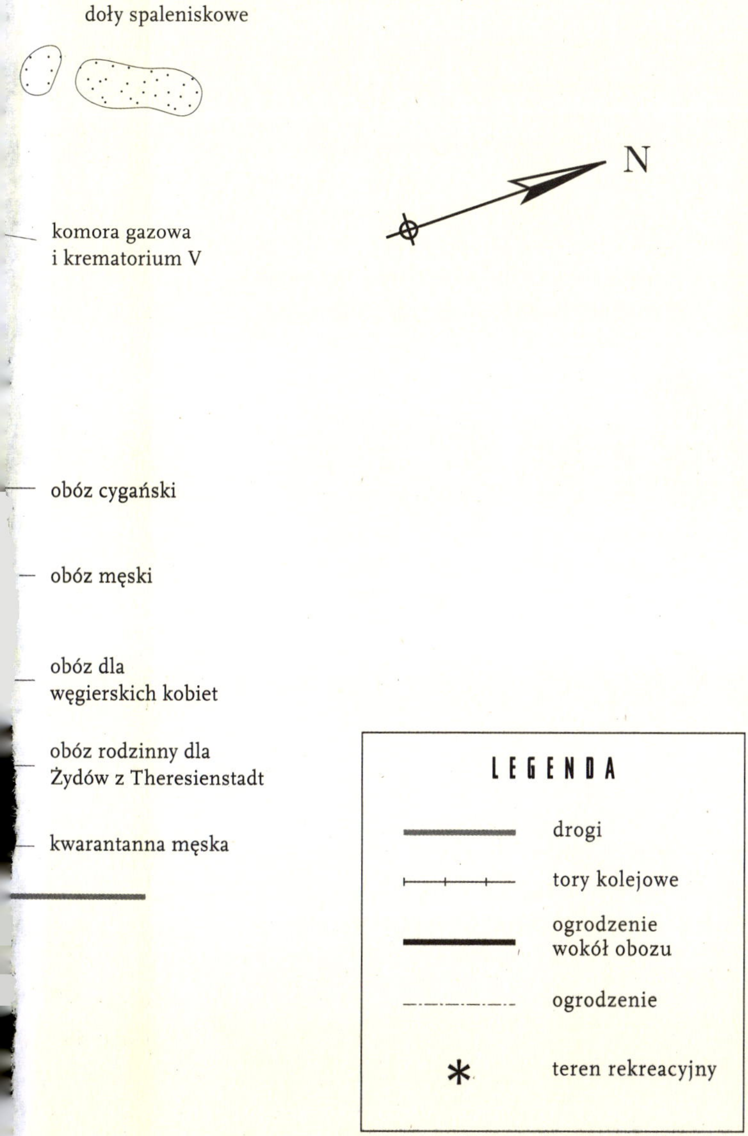
doły spaleniskowe
N
komora gazowa
i krematorium V
obóz cygański
obóz męski
obóz dla
węgierskich kobiet
obóz rodzinny dla
Żydów z Theresienstadt
kwarantanna męska
LEGENDA
drogi
tory kolejowe
ogrodzenie
wokół obozu
ogrodzenie
teren rekreacyjny

TYTUŁ ORYGINAŁU *The Tattooist of Auschwitz*
PRZEKŁAD Kaja Gucio

WYDAWCA Katarzyna Rudzka
REDAKTOR PROWADZĄCY Adam Pluszka
REDAKCJA Roman Honet
KOREKTA Anna Sidorek, Beata Wójcik
PROJEKT OKŁADKI, OPRACOWANIE GRAFICZNE I TYPOGRAFICZNE Anna Pol
ŁAMANIE **manufaktura** | manufaktu-ar.com

ISBN 978-83-65973-31-3 (miękka oprawa)
ISBN 978-83-66140-36-3 (twarda oprawa)

WYDAWNICTWO MARGINESY SP. Z O.O.
UL. FORTECZNA 1A, 01-540 WARSZAWA
TEL. 48 22 839 91 27
redakcja@marginesy.com.pl
www.marginesy.com.pl

WARSZAWA 2018
WYDANIE PIERWSZE

ZŁOŻONO KROJAMI PISMA Scala ORAZ Jute

KSIĄŻKĘ WYDRUKOWANO NA PAPIERZE Creamy 70 g vol 2.0
DOSTARCZONYM PRZEZ Zing Sp. z o.o.

ZiNG

DRUK I OPRAWA Abedik S.A.